GUNNAR SCHWARTING

Plötzlicher Tod eines Vollzugsbeamten

Ein Krimi

GUNNAR SCHWARTING

Plötzlicher Tod eines Vollzugs-beamten

Ein Krimi

LEINPFAD
VERLAG

Alle handelnden Personen sind frei erfunden;
Ähnlichkeiten mit lebenden Personen wären rein zufällig.

Umschlag: kosa-design, Ingelheim
Layout: Leinpfad Verlag, Ingelheim
Druck: TZ Verlags- & Print GmbH, Roßdorf

Leinpfad Verlag, Leinpfad 5, 55218 Ingelheim
Tel. 06132/8369, Fax: 896951
E-Mail: info@leinpfadverlag.de
www.leinpfadverlag.çom

ISBN 978-3-942291-57-6

Inhalt

Personenverzeichnis

Christa Schirrmann, *Ordnungsamt*
Volker Schirrmann, *ihr Mann*
Petra Richter-Christ, *Kulturamt, Freundin von Christa Schirrmann*
Roswitha Palmer, *Ordnungsamt*
Bernhard Rothermel, *Hausmeister*
Erwin Werner, *Mitarbeiter im Außendienst des Ordnungsamtes*
Jan Christoph Besenbichler, *Azubi*
Peter Kutter, *Amtsleiter Ordnungsamt*
Anja Kutter, *seine Frau*
Ursula Domröse, *seine Sekretärin*
Ferdi Schild, *stellvertretender Amtsleiter Ordnungsamt*
Lothar Wendtland, *Kriminalhauptkommissar*
Susanne Wendtland, *seine Frau*
Rosemarie Lottermann, *Assistentin in der Kriminalinspektion*
Franz-Josef Menzel, *Bürgermeister*
Lutz Kohlmeier, *Kollege von Erwin Werner*
Ina Mockenhaupt, *Kollegin von Erwin Werner*
Doris Wall, *Kollegin von Erwin Werner*
Kurt Feller, *Kriminaloberrat, Kollege von Lothar Wendtland*
Chris Keller, *junger Polizist*
Sandra Weinzierl, *junge Polizistin*
Elisabeth Werner, *Mutter von Erwin Werner*
Johanna Wansleben, *Schwester von Erwin Werner*
Frieder Wansleben, *ihr Mann*
Alina und Layla, *zwei Prostituierte*
Hermann Busch, *Hauptamtsleiter*
Julia, *Babysitterin bei Familie Wendtland*
Sabine und Florian Goldschmidt, *Freunde von Lothar und Susanne Wendtland*

Elli und Peter Bauermann, *Freunde von Lothar und Susanne Wendtland*
Klaus Badura, *Mitarbeiter der Volksbank*
Gert Baumgart, *Autobahnpolizist*
Sigurd Lange, *Leiter Autobahnpolizei*
Martin Buchholz, *Steuerberater*
Paul Mummert, *Journalist bei der AZ*
Georgios Apostolidis, *Wirt des Restaurants Akropolis in Landau*
Brigitte Köppen, *eine Nachbarin von Frau Werner*
Ansgar von Bertheau, *Hamburger Anwalt*
Theresa Mouillard, *Hamburger Anwältin*

Erster Montag

I

„Der Werner ist tot.“

Christa Schirrmann, die gerade das Büro betreten hatte, blickte verständnislos: „Welcher Werner?“

Roswitha Palmer, ihre Kollegin, mit der sie das Büro teilte, hob den Kopf und sah sie an: „Na, unser Werner, der Erwin.“

Christa hatte gerade noch Zeit, sich an der Schreibtischkante abzustützen. „Das glaub ich nicht. Der war doch noch gar nicht so alt. Wer erzählt denn so was?“

Roswitha vertiefte sich wieder in ihre Listen: „Der Rothermel. Er sagt, man habe Werner tot im Garten gefunden.“

Christa setzte sich, ihr war ziemlich flau zumute; ganz unbewusst schob sie ihre Tasche unter den Schreibtisch. Bernhard Rothermel, der Hausmeister, war immerhin so etwas wie das wandelnde Nachrichtenblatt im Rathaus. Sie starrte auf ihren schwarzen Bildschirm. Sie hatte zwar nie viel mit Erwin Werner zu tun gehabt, noch weniger mit ihm gesprochen. Aber dass er jetzt nicht mehr kommen würde – sie konnte es noch gar nicht fassen. Auch dass Roswitha das alles beinahe geschäftsmäßig sagte, völlig unbeteiligt, als würde sie der Tod eines Menschen gar nicht berühren, schockierte sie.

„Aber Roswitha, das ist doch furchtbar! Wie kannst du nur so tun, als ginge dich das gar nichts an?“

Roswitha blickte langsam hoch. „Nein, ich finde das auch traurig, aber Erwin Werner war mir doch ziemlich fremd; ich hab meine eigenen Sorgen.“

Erst jetzt fiel es Christa wieder ein: Natürlich, Roswitha musste sich um ihre kranken Eltern kümmern. Jederzeit konnte einer von beiden sterben. Da war kein Platz für Trauer um einen – wie sie auch wusste: bei Roswitha ziemlich unbeliebten – Kollegen.

An Arbeit war kaum zu denken. Fast mechanisch schaltete sie den PC ein, nahm sich den Stapel der Posteingänge und begann ziellos darin zu blättern. Plötzlich stutzte sie. „Mühlenstraße" stand auf einem der grünen Zettel – wohnte da nicht Erwin Werner? Oder – es schauderte sie – hatte dort gewohnt? Sie mochte Roswitha nicht fragen. Allmählich begann sie, die Einsatzpläne für den ruhenden Verkehr vorzubereiten. Heute waren – wie eigentlich immer montags – die Straßen rund um das Jobcenter dran; dazu kamen der Wohnbereich in der südlichen Neustadt (ein sehr ergiebiges Gebiet) und ein paar Straßenzüge im Gewerbegebiet jenseits der Schnellstraße (da gab es nicht viel zu holen).

So verlief die erste Stunde dieses schrecklichen Arbeitstages. Christa machte sich schon Gedanken, wie sie die nächsten sieben Stunden überstehen sollte, denn mit Roswitha zu reden machte heute wenig Sinn. Sonst hatten sie sich eigentlich immer eine ganze Menge zu erzählen. Aber irgendwie stand der Schatten des toten Erwin Werner zwischen ihnen. Roswitha mochte es ähnlich gehen; sie vertiefte sich in die Arbeit und ging kurz vor neun „eine rauchen".

In dieser gedrückten Stimmung schaute Jan, der neue Azubi, zur Tür herein. „Guten Morgen", sagte er fröhlich (hatte er noch gar nichts gehört?), „in einer halben Stunde Besprechung mit dem Chef in Raum 110!"

Schon war er wieder verschwunden, um seine Meldung weiterzutragen. Sein drolliger bayerischer Akzent hing noch einen Moment im Zimmer. „Bestimmt wegen dem Werner", flüsterte Christa.

Roswitha, wieder am Platz, nickte: „Wird wohl so sein – was sollte er auch sonst mit uns besprechen?"

Roswitha Palmer war schon viel länger im Ordnungsamt als Christa; sie war ja auch deutlich älter. Von ihrem Amtsleiter hielt sie ziemlich wenig und ließ das auch bei jeder Gelegenheit fallen: „Nur das Parteibuch, sonst nix!", war ihr Standardspruch. Nun, so viel hatte Christa in den drei Jahren, die sie jetzt auf dem Amt war, auch schon mitbekommen. Peter Kutter, der Amtsleiter, kümmerte sich herzlich wenig um seine Mitarbeiter. Er war meistens nur zur Stelle, wenn irgendetwas schiefgelaufen war. Ein Lob hatte Christa von ihm noch nie gehört. Trotzdem war sie gespannt, wie er mit dem Tod von Erwin Werner umgehen würde.

Die Zeit verging jetzt ziemlich schnell, denn andere Kolleginnen und Kollegen riefen bei ihr an: „Schrecklich!", „Und dann so!", „Er war doch noch keine fünfzig!", „Das möchtest du deinem schlimmsten Feind nicht wünschen!" Die Wortfetzen flogen ihr nur so um die Ohren. Warum müssen sich alle bei mir ausweinen, wenn ich doch selbst die Tränen kaum zurückhalten kann, dachte Christa sich. Immerhin konnte sie aus den Gesprächen so viel mitbekommen, dass Erwin Werner nicht an einer Krankheit oder durch einen Unfall gestorben war. Es war, so ging das Gerücht, ein gewaltsamer Tod gewesen. Als sie das Roswitha erzählte, drang das auch durch deren Panzer: „Wer hat denn etwas gegen den Werner? Der hätte doch keiner Maus was zuleide getan!" Roswitha Palmer war sichtlich schockiert.

Christa versuchte, sich das Bild des Mannes ins Gedächtnis zu rufen. Unscheinbar, langweilig, altmodisch (im wahrsten Sinne, wenn sie an seine unmöglichen Hemden dachte), ziemlich verschlossen, manchmal sogar mürrisch – diese Eigenschaften fielen ihr ein. Roswitha hatte recht: Wer sollte einen Zorn auf solch einen Mann haben? Allerdings: Wer sollte ihn umgekehrt auch wirklich mögen (oder gemocht haben), dachte sie?

Der Raum 110 – erst jetzt merkte sie den sonderbaren Zufall, dass sie sozusagen im Polizeizimmer saßen – war viel zu klein, als dass für alle Mitarbeiterinnen und Mitarbeiter ein Stuhl vorhanden gewesen wäre. Die meisten der 25 Personen, die im Amt arbeiteten, standen an der Wand. Da erschien auch schon Peter Kutter; er stellte sich an die Stirnseite und setzte sich in Pose (das beherrschte er meisterhaft): „Liebe Kolleginnen und Kollegen“, begann er, „manche von Ihnen werden es schon gehört haben. Unser, von uns allen geschätzter“, ‚Heuchler‘, raunte Roswitha ihr zu, „Kollege Erwin Werner ist heute Morgen verstorben. Er wurde im Vorgarten seines Hauses gefunden – erschlagen.“

Gedämpft waren Schreckenslaute zu hören. Zu grausam klang das, was der Amtsleiter gerade ausgesprochen hatte. „Noch am Freitag hat Erwin Werner sich von uns ins Wochenende verabschiedet, jetzt weilt er nicht mehr unter uns“, fuhr Peter Kutter mit belegter Stimme fort. Christa hörte bald nur noch „unfassbar“, „einer von uns“, „tragischer Tod“ – die Worthülsen flossen unaufhaltsam aus dem Mund ihres Amtsleiters. In diesen Momenten konnte Christa die Verachtung ihrer Kollegin für ihren Chef nur zu gut verstehen. Aber mit dieser Redegewandtheit hatte Peter Kutter es offenbar geschafft, als Bürgermeisterkandidat der Freien Wähler für die Wahl im November aufgestellt zu werden.

„Mehr, meine Damen und Herren, weiß ich auch nicht. Ich vermute, dass wir bald mehr erfahren werden.“ Damit kam Kutter zum Ende seiner Ansprache. „Ich habe Sie nicht nur zu dieser Zusammenkunft gebeten, um Ihnen diese schreckliche Botschaft zu überbringen. Bitte gehen Sie auch davon aus, dass die Polizei Sie in Kürze als Zeugen über unseren – er machte eine kurze Pause – ehemaligen Kollegen befragen wird. Bitte geben Sie jeden auch noch so unscheinbaren Hinweis weiter, denn wir alle wollen, dass der oder die, die hinter dieser furchtbaren Bluttat stecken, so bald wie möglich gefasst werden. Dies sage ich auch im Namen unseres Herrn Bürgermeisters, mit dem ich vorhin telefoniert habe.“

Er hielt einen Moment inne, bevor er fortfuhr: „Und noch eines: Die Beerdigung unseres lieben, so grausam aus unserer Mitte gerissenen Kollegen wird vermutlich Ende dieser Woche sein. Ich denke, wir sollten mit einem Kranz der Kolleginnen und Kollegen Erwin Werner das letzte Geleit geben. Wenn ich mich recht entsinne, Frau Schirrmann, übernehmen Sie die Sammlung bei allerdings sonst viel schöneren Anlässen. Darf ich Ihnen diese traurige Aufgabe dennoch anvertrauen?“

Christa nickte, reden konnte sie jetzt nicht. Denn – es ließ sich einfach nicht verhindern – die Tränen liefen ihr jetzt ungehemmt über die Wangen. Die Zahl der Taschentücher, die herausgezogen wurden, war ohnehin beachtlich. Peter Kutter eilte aus dem Raum, gefolgt von dem schleimigen Ferdi Schild, der es mit seiner kriecherischen Art immerhin geschafft hatte, Kutters Stellvertreter zu werden. Als er an Christa vorbeiging, klopfte er ihr auf die Schulter: „Sie machen das schon, Frau Schirrmann!“ Christa spürte noch lange hinterher Ekel – sie konnte dieses vordergründig kumpelhafte Getue nicht ausstehen.

Noch eine ganze Zeit stand die Mitarbeiterschaft in einzelnen Grüppchen beisammen, beklagte das traurige Los von Erwin Werner („hat er eigentlich Familie?“) oder erging sich schon in wüsten Spekulationen über Tat und Täter. „Mit einer Eisenstange!“, war aus der einen Gruppe, „Bestimmt der Schlägertrupp, der auf der Kirmes den Wachmann fast halb tot geprügelt hat!", war aus der nächsten Gruppe zu vernehmen. Christa wandte sich ab; sie wollte jetzt mit ihren Gedanken allein sein. Ihr kamen die Worte des Amtsleiters in den Sinn: „Geben Sie jeden noch so unscheinbaren Hinweis weiter." Aber welchen Hinweis hätte sie geben können? War sein Hobby, die Fotografie, von dem er in seinen seltenen gesprächigen Momenten erzählt hatte, wirklich bedeutsam?

Sie rief sich die wenigen Sätze in Erinnerung, die sie mit dem Opfer (sie erschrak bei diesem Wort) geführt hatte. Er war stets unverbindlich geblieben, kaum über ein „Guten Morgen" hinausgekommen. Für die Polizei würde sie eine lausige Zeugin sein. Doch dann fiel es ihr plötzlich wieder ein. Vor ein paar Wochen hatte sie ihn auf der Landstraße überholt; er fuhr einen etwas älteren Opel Astra und neben ihm saß, ganz eindeutig, eine Frau. Erwin Werner war, das allerdings wusste sie, nicht verheiratet. Sollte sie davon sprechen? Natürlich hatte sie der Beobachtung damals keinen Wert beigemessen – ohnehin war es wahrscheinlich die Mutter gewesen, bei der er, soweit sie wusste, noch (oder wieder) wohnte.

Sie war ganz froh, dass sie das Geld für den Beerdigungskranz einsammeln sollte. Das lenkte sie ab. Sie rief bei zwei Blumenläden zur Vorsicht an, um nicht am Ende zu wenig Geld zu haben. Je nach Größe, ob mit, ob ohne Schleife, müsse sie mit 50 bis 100 Euro rechnen, bekam sie in beiden Geschäften zur Antwort. Also müssten zwei Euro je Person reichen, denn erfahrungsgemäß würden Kutter und Schild jeder zehn oder 20 Euro geben. Sie machte eine kleine Sammelliste und ging durchs Amt. Nicht alle waren am Platz, sie würde daher noch einmal gehen müssen.

Nach Feierabend erledigte sie schnell noch ein paar Einkäufe, bevor sie die Kinder bei den Großeltern, ihren Schwiegereltern, abholte. Einige Kunden sprachen sie direkt an: „Sie sind doch auf dem Rathaus – ist das nicht furchtbar?" In der Kleinstadt verbreiteten sich Nachrichten in Windeseile. Christa murmelte stets „schrecklich, ja", um schnell weiterzugehen. Zu längeren Gesprächen über den „Fall Werner" hatte sie nun überhaupt keine Lust. Die beiden Kinder, Lisa war jetzt zwei, Tobias vier Jahre alt, brachten sie schnell auf andere Gedanken. Sie hatten heute zwei Eichhörnchen im Garten von Oma und Opa gesehen; das war natürlich etwas ganz, ganz Aufregendes.

Volker, ihr Mann, kam spät nach Hause; er hatte wieder einmal Überstunden machen müssen. Sie seufzte – an Familienleben war eigentlich gar nicht zu denken. Doch sie brauchten seinen Zusatzverdienst und ihr Gehalt, um das Haus, das sie vor drei Jahren – auch der Kinder wegen – gebaut hatten, abzuzahlen. Sie versuchte, das Gespräch auf den toten Kollegen zu bringen, doch Volker winkte ab: „Nicht jetzt, ich muss noch ein paar Berichte für unsere Sitzung morgen lesen." Christa nahm sich ihr Buch, aber nach zwei Seiten merkte sie, dass sie überhaupt nicht verstand, was sie da las. Sie verzog sich ins Schlafzimmer, wo der kleine Fernseher stand, und zappte ein wenig durch die Programme. Doch auch das wurde ihr bald zu viel und sie verkroch sich schon um neun ins Bett.

An Schlaf war vorerst nicht zu denken – der Tag zog noch einmal an ihr vorüber. Doch irgendwann fiel sie in einen unruhigen Schlummer. Sie wachte auf, als Volker ins Bett kam, es musste schon ziemlich spät sein. Oft – das war seine Angewohnheit – verspürte er in solchen Momenten noch Lust auf sie. Eigentlich war das auch ganz schön, aber heute betete sie, dass er sich gleich auf die Seite drehen würde.

Der Himmel hatte sie offenbar erhört, denn nach wenigen Minuten war das leise Schnarchen ihres Mannes zu hören.

II

Es war nach acht Uhr, als Kriminalhauptkommissar Lothar Wendtland am Montagmorgen sein Büro in der Polizeidirektion betrat. Die Meldung über die Bluttat in der benachbarten Kreisstadt lag auf seinem Tisch. Er zog seinen Mantel aus (es war für September morgens doch schon sehr frisch), hängte ihn in den Schrank und packte sein Mittagsbrot in das kleine Regal hinter dem Schreibtisch. Dann setzte er sich geräuschvoll auf seinen Drehstuhl und zog sich mit beiden Händen an den Tisch. Frau Lottermann, die Sekretärin, hatte alles für ihn schon zurechtgelegt. Auch sein Kaffee, wie immer mit etwas Milch und zwei Tabletten Süßstoff, stand dampfend auf dem Tisch.

Frau Lottermann war ein Schatz in diesem Büro – sie hatte seine Vorlieben und Wünsche beinahe schon verinnerlicht. Sie war Anfang 50 und seit drei Jahren verwitwet, ihr Mann war sehr lange sehr krank gewesen. Ihre Kinder waren aus dem Haus, Enkel aber noch nicht in Sicht. So hatte sie ihre ganze Fürsorge auf ihren Chef übertragen. Manchmal dachte Wendtland, dass sie ihn möglicherweise besser kenne als seine eigene Frau Susanne. Aber das war ja eigentlich nichts Ungewöhnliches, saß er doch mit Frau Lottermann fast mehr Stunden zusammen als mit Susanne.

Er nahm einen kräftigen Schluck, das tat gut! Dann blätterte er durch die ersten Informationen zur Tat. Der neue Fall war klar und rätselhaft zugleich. Erwin Werner war wie jeden Morgen an diesem Montag gegen halb sechs an die Gartenpforte des Hauses, das er zusammen mit seiner Mutter bewohnte, gegangen, um die Zeitung zu holen. Als man ihn fand, hatte er tatsächlich auch die Allgemeine Zeitung noch in der Hand. In dem Moment musste ihn jemand mit einem stumpfen Gegenstand mit voller Wucht von der rechten Seite auf den Kopf geschlagen haben. Der Hieb war direkt tödlich. Entdeckt worden war der Tote kurz vor sieben Uhr, als der Hund eines Spaziergängers anschlug und der Passant den leblosen Körper durch die Gartenhecke hindurch erblickte. Über Handy hatte er sofort die Polizei gerufen, aber gesehen hatte er natürlich ebenso wenig wie die alte Mutter von Erwin Werner, die noch im Bett gelegen hatte, als die Polizei kam. Aus ihr war im Moment ohnehin nicht viel herauszuholen – die alte Dame war völlig aufgelöst, so stand es im ersten kurzen Protokoll, das er per E-Mail erhalten hatte. Eine Nachbarin kümmere sich zunächst um Frau Werner, bis die Tochter aus Hamburg eingetroffen sei.

Der Rest war einfach, aber auch nicht sehr hilfreich. Wendtland notierte:

- Erwin Werner, 48 Jahre, ledig, nie verheiratet, keine Kinder, mit seiner Mutter zusammenlebend.
- Beschäftigt bei der Stadtverwaltung der Kreisstadt im Ordnungsamt, Außendienst, mittlere Beamtenlaufbahn.
- Das Haus gehört – nach dem Tod des alten Herrn Werner – zur Hälfte der Mutter und zu je einem Viertel dem Getöteten und seiner Schwester.
- Das Haus ist schuldenfrei.
- Die unmittelbaren Nachbarn schildern Herrn Werner als ruhig, sehr zurückgezogen. Ärger gab es nie, nicht einmal um den Schneeräumdienst.
- Todeszeitpunkt wahrscheinlich zwischen fünf und sechs Uhr morgens.

- Die Zeitung in der Hand des Toten war noch zusammengerollt; er selbst war im Schlafanzug, darüber mit einem Bademantel bekleidet. An den Füßen trug er Badeschlappen aus Plastik. Morgentoilette hatte er noch nicht gemacht.
- Die Straße ist ruhig. Zu so früher Zeit ist sie fast immer leer; Durchgangsverkehr gibt es nicht. Das Viertel wird als gediegen bürgerlich bezeichnet, die Häuser wurden in den 70er Jahren gebaut. Die meisten der Bauherren wohnen noch immer selbst darin.
- Die Tatwaffe konnte bisher nicht gefunden werden, obwohl die nähere Umgebung genau abgesucht worden war.

Wendtland legte den Kugelschreiber beiseite. Mehr war bisher nicht bekannt. Er nahm noch einmal den Stift und schrieb in Großbuchstaben: WARUM?

Er trank seinen Kaffee aus, schaute bei Frau Lottermann ins Zimmer, und verkündete, dass er jetzt ins Rathaus zu den Kollegen des Getöteten fahren wolle. Für einen Besuch bei der Mutter sei es bestimmt noch zu früh. Frau Lottermann nickte, dass sie verstanden habe, fragte aber noch vorsichtshalber, ob sie denn Telefonanrufe auf sein Handy durchstellen solle.

„Heute Vormittag bitte nicht, ich will die Gespräche in Ruhe führen – ab ein Uhr ist es ok. Wann ich wiederkomme, weiß ich noch nicht, es könnte doch später Mittag werden.“ Inzwischen zeigte die Uhr zehn.

Er musste nicht allzu weit fahren. Bis zur Kreisstadt, in der die Tat geschehen war, brauchte er normalerweise ungefähr zwanzig Minuten. Zum Glück war der Berufsverkehr schon durch, auch der Morgennebel hatte sich verzogen, sodass er sogar etwas schneller am Ziel war. Er stellte seinen Wagen auf den einzig freien Parkplatz vor dem Rathaus und kümmerte sich nicht darum, dass dort das Schild „Bürgermeister“ stand. Allerdings war damit klar, dass er sein Gesprächsprogramm würde ändern müssen. Eigentlich wollte er zuerst Bürgermeister Franz-Josef Menzel aufsuchen, auch wenn er sich von dem Gespräch wenig Erhellendes versprach. Selbst in einer Kleinstadtverwaltung liegen manchmal zwischen einem Bürgermeister und einem Außendienstmitarbeiter des Ordnungsamtes Welten.

An der Pforte fragte er nach dem Leiter des Ordnungsamtes. „1. Stock, links“, sagte eine junge Frau hinter dem Tresen, „Zimmer 101 – der Aufzug ist da vorne. Sie kommen sicher wegen Herrn Werner, nicht?“

Lothar Wendtland nickte – weswegen hätte er sonst wohl kommen sollen? Er nahm aber lieber die Treppe und hörte noch hinter sich ein „Ist das nicht schrecklich?“ Kurz danach stand er vor Zimmer 101. „Peter Kutter, Amtsleiter 32 – Eingang Zimmer 102“ las er auf dem Schild. Natürlich, das Vorzimmer, ein beliebtes Statussymbol! Er klopfte und öffnete im gleichen Moment die Tür. Eine Frau mittleren Alters blickte auf und verstand sofort, als er seine Dienstmarke zeigte: „Sie wollen wegen Herrn Werner zu unserem Herrn Amtsleiter?“

O je, was für ein gestelztes Getue, dachte Wendtland bei sich, nickte aber nur stumm.

„Der Herr Amtsleiter ist gerade in einer Besprechung, hat aber gesagt, ich solle ihn benachrichtigen, falls die Polizei vorspreche. Bitte nehmen Sie doch so lange Platz.“

Na ja, dachte er, so ein Ordnungsamt hat eben Erfahrung mit der Polizei. Er ließ den Blick durchs Zimmer schweifen. Die obligaten Pflanzen, zwei Kalender, einer nach dem

Motto „wo die Welt am schönsten ist“ von einer Firma, die er nicht kannte; der andere Kalender war von der Sparkasse, er hing auch bei Frau Lottermann: „Die Weine unserer Region.“ Die Vorzimmerdame, die den Telefonhörer in die Hand genommen hatte, mochte Mitte fünfzig sein; bestimmt war sie einmal recht attraktiv gewesen. Jetzt aber schien sie eine gewisse Aura der Unnahbarkeit um sich aufgebaut zu haben. Kleidung, Haltung und Sprache passten dazu perfekt. Wendtland lächelte in sich hinein – er liebte es, Leute ohne ihr Wissen zu taxieren. Allerdings machte ihm das auch zu schaffen, denn er konnte dann eine gewisse Voreingenommenheit nicht abschütteln. Auf der Polizeischule hatten sie immer wieder gehört, so neutral wie möglich Gespräche mit Zeugen zu führen. Aber wer konnte das schon?

„Herr Kutter ist in fünf Minuten hier – wenn Sie sich so lange gedulden wollen.“ Die Dame legte den Hörer auf.

„Ach, wo ich hier schon etwas warte, kann ich ja auch Sie fragen, ob Sie Herrn Werner näher gekannt haben“, sagte Wendtland mit recht ausdruckslosem Ton. Die Antwort kam rasch, ein bisschen sehr rasch, fand er. „Nein, Herr Werner war ein Kollege, der wenig sprach. Wir haben uns bestenfalls ‚Guten Morgen‘ gesagt oder ‚einen schönen Tag noch‘ gewünscht. Aber hier ist er sowieso sehr selten gewesen.“

Wendtland fuhr fort: „Es ist doch merkwürdig, dass jemand, der offensichtlich seine Ruhe haben will, erschlagen wird. Finden Sie nicht?“

Jetzt drehte sich die Dame zu ihm um: „Woher soll ich denn wissen, wer das getan hat; aber es laufen ja so viele Strolche frei herum – man hört und liest es immer wieder!“

Wendtland seufzte; es war die alte Leier: Das Leben ist gefährlich, hinter jeder Ecke hockt ein Bösewicht, die Polizei ist offenbar hilf- und machtlos. Auch wenn das objektiv nicht stimmte – die Frau hier sagte nur, was wahrscheinlich 95 Prozent der Menschen dachten. Die restlichen fünf Prozent waren dann die Polizisten, unverbesserliche Optimisten und – natürlich – die Strolche selbst. Dass die meisten Morde nicht einfach so passierten, war den meisten Menschen trotz, aber vielleicht auch gerade wegen der Unmenge an Kriminalromanen und -serien, nicht bewusst zu machen.

Er hing seinen Gedanken nach und merkte zunächst gar nicht, dass der „Herr Amtsleiter" inzwischen eingetreten war. Doch dessen lautes, etwas aufgesetztes „Guten Morgen" ließ ihn aufblicken. Das also war Peter Kutter, Amtsleiter und Kandidat der Freien Wähler bei der nächsten Bürgermeisterwahl. Er war Wendtland auf Anhieb unsympathisch, obwohl er mit Ausnahme des Grußes noch gar nichts gesagt hatte. Wahrscheinlich lag es auch an dem gestelzten Verhalten seiner Vorzimmerdame. Vermutlich eitel und eingebildet, aber keineswegs dumm – so schätzte er den Amtsleiter ein, der wohl um die vierzig sein mochte, also in etwa seine eigene Altersklasse.

Er stand auf, gab seinem Gegenüber die Hand und stellte sich kurz vor. „Bitte, kommen Sie doch herein – möchten Sie einen Kaffee?"

Wendtland bejahte und die Vorzimmerdame bekam den Auftrag, Kaffee („für mich auch, bitte") für das Gespräch zu kochen. Dann leitete Peter Kutter seinen Gesprächspartner in sein Büro an den kleinen Besprechungstisch. „Wir alle", begann er, „sind tief betroffen von dem gewaltsamen Tod unseres Kollegen. Wir wollen Sie bei Ihrer Arbeit selbstverständlich so gut es geht unterstützen. Das habe ich allen Mitarbeiterinnen und Mitarbeitern vorhin ans Herz gelegt."

Der Kriminalhauptkommissar dankte und versprach, dass die Polizei mit Hochdruck an der Aufklärung arbeite (und bisher noch gar nichts Verwertbares an der Hand hat, dachte er bei sich).

„Nun, Herr Kutter, zunächst möchte ich mir ein Bild vom Arbeitsgebiet des Getöteten machen. Was waren seine Aufgaben im Außendienst?"

Peter Kutter lehnte sich zurück: „Na ja, so ziemlich alles, was in unserem Amt so anfällt – außer Knöllchen. Also, das geht von der Überprüfung von Schrottplätzen, über ruhestörenden Lärm, die Einhaltung des Nichtraucherschutzes in Gaststätten, die Marktaufsicht bis zur Kontrolle wegen unerlaubter Sondernutzung."

Wendtland war klar, dass das ein durchaus heikles Aufgabenfeld sein konnte. „Gab es schon einmal Beschwerden oder gar Drohungen gegen Herrn Werner?"

Der Amtsleiter lächelte: „Beschwerden gibt es am laufenden Band; als Eingriffsverwaltung sind wir nicht unbedingt beliebt. Aber Drohungen? Vielleicht schon mal so etwas wie ‚sieh dich vor, wenn wir uns im Dunkeln begegnen' oder ‚dich müsste man …' Mehr ist aber eigentlich nicht. Und das nehmen wir eigentlich auch nicht ernst."

„Bis jetzt", ergänzte Wendtland.

Seinem Gesprächspartner gefror das Lächeln: „Ja, bis jetzt", sagte er mit belegter Stimme. „Herr Werner hat nie viel gesprochen, mit mir wohl am wenigsten. Dass er bedroht worden wäre – davon ist nie etwas zu mir gedrungen. Möglicherweise kann Ihnen sein unmittelbarer Vorgesetzter, Herr Schild, dabei weiterhelfen."

Die Tür öffnete sich und die Vorzimmerdame brachte zwei Tassen Kaffee. Wendtland nahm Milch und Zucker (Süßstoff war hier wohl nicht üblich). Dann setzte er das Gespräch fort: „Der Außendienst eines Ordnungsamtes ist vermutlich nicht ganz frei von Korruptionsgefahr. Könnten

Sie sich in dem Zusammenhang etwas vorstellen, was uns bei der Ermittlung weiterhelfen könnte?"

Peter Kutter ließ sich etwas Zeit mit der Antwort. „Sie haben recht; solche Fälle kommen immer wieder vor. Ich höre das auch von den Kollegen bei den Tagungen der Ordnungsamtsleiter hier im Kreis. Auch wir haben schon solche Situationen gehabt und uns deswegen in der Vergangenheit auch von Mitarbeitern trennen müssen. Ich bin ganz offen: Ausschließen kann man das nie. Aber ich habe hohes Vertrauen gerade in die vier Kolleginnen und Kollegen, die derzeit den Dienst versehen. Natürlich betrachten wir genau, ob es Auffälligkeiten gibt – seit drei Jahren, so lange mache ich hier den Job, Fehlanzeige!"

„Können Sie mir etwas über den Menschen Erwin Werner sagen?"

Kutter schüttelte den Kopf: „Nein, leider gar nicht. Herr Werner war, wie man so sagt, recht unzugänglich. Außerdem glaube ich kaum, dass er einem Vorgesetzten sein Privatleben offenlegen würde." Wendtland hakte weiter nach: „Wie ist es mit Fehlzeiten, Unpünktlichkeit, anderen Unregelmäßigkeiten?"

Der Amtsleiter musste nicht lange nachdenken: „Herr Werner war ein mustergültiger Mitarbeiter. Gefehlt hat er so gut wie nie; er war jeden Morgen pünktlich um Viertel vor acht im Rathaus, um sich Aufträge abzuholen. Manche Kolleginnen und Kollegen sagen, man hätte die Uhr danach stellen können."

Penibel und ordnungsliebend, dachte sich Wendtland. Es wunderte ihn eigentlich nicht, dass so ein Mensch nicht viele Kontakte hatte oder auch suchte. „Ist Ihnen in den letzten Wochen etwas Ungewöhnliches an Herrn Werner aufgefallen?", versuchte Wendtland es noch einmal. Doch wieder konnte der Amtsleiter nichts Bemerkenswertes berichten.

„Es tut mir leid, dass ich nicht mehr beitragen kann, aber unser Amt hat viele Aufgaben, um die ich mich gleichzeitig kümmern muss – und dann ist da ja noch der Wahlkampf." Wendtland verstand – ohne nähere Anhaltspunkte würde er von Peter Kutter nichts Verwertbares erfahren können.

III

Da der Amtsleiter über Erwin Werner fast noch weniger wusste als seine Vorzimmerdame, erhob Wendtland sich, dankte für Gespräch und Kaffee (aber Lottermännchens war wesentlich besser!) und ließ sich den Weg zu Herrn Schild zeigen. Der erwies sich als das genaue Gegenteil seines Amtsleiters. War dieser recht förmlich gewesen, was sich auch in seiner Kleidung (grauer Anzug, dezente Krawatte, alles eine Spur zu elegant für eine Amtsstube) ausgedrückt hatte, so schien Ferdi Schild nicht so recht in diese Umgebung zu passen. Jeans, offener Kragen und – der Kriminalhauptkommissar musste an sich halten, um nicht loszulachen – diese grauenvollen bunten Plastikschuhe (hier in blau) an den Füßen.

„Nur hereinspaziert, Herr Kommissar", rief er jovial von seinem Platz aus. „Setzen Sie sich doch an den runden Tisch. Achten Sie gar nicht auf die ganzen Akten, die dort liegen. Ich war ein paar Tage weg und schon türmen die lieben Kollegen ganze Berge hier auf."

Wendtland versuchte, den Redefluss zu stoppen, indem er sich räusperte.

„Ist das nicht schrecklich mit dem Werner?", fuhr Herr Schild unbeeindruckt fort. „Da gehst du vor die Tür, um die Zeitung zu holen – bumms, zieht dir einer was über den

Schädel. Ich für mein Teil sondiere jetzt immer die Lage, bevor ich zum Briefkasten gehe. Armer Werner!"

Da auch ein Herr Schild einmal Luft holen musste, konnte der Kriminalhauptkommissar endlich mit seinen Fragen beginnen: „Sie koordinieren und organisieren die Arbeit des Außendienstes?" Ferdi Schild wollte schon zu einer längeren Erläuterung ansetzen, doch diesmal war Wendtland schneller: „Danke, Sie können mir sicher sagen, was Herr Werner in den letzten, sagen wir einmal, drei Monaten für Aufgaben erledigt hat."

Ferdi Schild runzelte ein wenig die Stirn, bevor er antwortete: „Im Einzelnen natürlich nicht, aber selbstverständlich dokumentieren wir die Einsatzpläne ebenso wie die Einsatzprotokolle. Ich lasse sie Ihnen gerne heraussuchen." Wendtland dankte, bat aber auch um die Pläne und Protokolle der anderen Kollegen, damit er sich ein Gesamtbild des Arbeitsfeldes verschaffen könne. Mittlerweile hatte das Gespräch auch eine etwas weniger hektische Form angenommen. Ferdi Schild schien zu spüren, dass seine übliche Art bei einem Polizisten nicht so gut ankam. „Gibt es besonders konfliktträchtige Einsätze?", wollte Wendtland wissen.

Sein Gesprächspartner nickte: „Ja klar, Schrotthandel, Wohnungsprostitution, Glücksspiel, Spielhallen – das kann alles ziemlich übel sein. Aber in solchen Fällen gehen wir meistens zu zweit raus, in der Regel die beiden Männer, also Herr Werner und Herr Kohlmeier."

Wendtland registrierte unbewusst, dass Peter Kutter die meisten dieser Einsatzgebiete nicht erwähnt hatte.

„Wie machen denn Ihre Mitarbeiter ihre Kontrollgänge, mit dem Dienstwagen oder mit ihrem Privat-Pkw?", wollte Wendtland wissen.

„Mal so, mal so", antwortete Ferdi Schild, „das hängt

vom Einsatz ab. Bei einer unangekündigten Kontrolle in einer Spielhalle rücken wir natürlich nicht mit Stadtwappen an. Aber sehr wirksam ist das auch nicht, denn unsere ‚Kunden' kennen natürlich längst auch die Privatkarossen. Und ich kann ja schlecht verlangen, dass die Leute jedes Jahr ein neues Auto kaufen sollen. Unauffällig bleiben wir daher nicht wirklich."

Wendtland war nicht überrascht, so war das eben in einer Kleinstadt. „Was war in letzter Zeit besonders im Blickfeld?", fragte der Kriminalhauptkommissar weiter.

Ferdi Schild dachte nach: „Also, Schrottplätze waren zuletzt kein Problem, Glücksspiel ist eigentlich immer ein Thema, Spielhallen kontrollieren wir auch regelmäßig. Im Moment ist viel Wohnungsprostitution zu beobachten – Sie verstehen, die nahe Autobahn, der starke Fernverkehr." Wendtland nickte. Das war ihm nur zu gut bekannt; entlang der viel befahrenen Autobahnen war das inzwischen üblich geworden. Es gab sogar förmliche „Shuttledienste" zu den Raststätten und Parkplätzen. Aber das war eher ein Feld für die Kollegen von der Organisierten Kriminalität. Ferdi Schild wiegelte aber gleich ab: „Die Wohnungsprostitution interessiert uns als solche eher nicht. Wir spüren ihr nur nach, weil wir dafür Vergnügungssteuer kassieren wollen."

Wendtland blickte interessiert – womit der Staat nicht auch noch Einnahmen erzielen konnte! Er dachte an seine Zigaretten. Früher war er starker Raucher gewesen – doch als der Preis vier Euro pro Packung überstieg, hatte er aufgehört. Auch hier hatte der Staat prächtig mitverdient! „Was ist mit dem Glücksspiel?", fragte er dann.

Schild zuckte mit den Schultern: „Das kannst du im Grunde nie beweisen. Wenn ein Städtischer den Raum betritt, sitzt plötzlich eine ganz normale Skatrunde (oder wie die Ausländer ihre Kartenspiele sonst bezeichnen) da. Als könnten sie kein Wässerchen trüben! Aber kaum bist du aus der Tür, kommen die Geldscheine wieder auf den Tisch. Wir können kaum mehr machen als uns zu zeigen und zu demonstrieren ‚he, wir wissen, was ihr da tut' – zumindest stören können wir sie ein wenig!"

„Bleiben noch die Spielhallen", hakte Wendtland nach.

Ferdi Schild war jetzt wirklich in seinem Element: „Also, da haben wir den Fall, dass zu viele Geräte aufgestellt wurden, der Jugendschutz ignoriert wird, Geräte falsch deklariert wurden, der Zähler manipuliert werden kann und so weiter, und so weiter. Aber die Betreiber wissen, dass wir da ziemlich scharf sind – deshalb gibt es auch nur wenige Verstöße. Schade für die Kasse, denn ein paar Bußgelder könnte unser leeres Stadtsäckel schon gut gebrauchen."

Immerhin, dachte Wendtland, ist der Mann trotz seiner aufdringlichen Art jedenfalls ehrlich. Letztlich wird das Gewissen, offenbar auch das einer Stadt, durch ein wenig Buße schnell beruhigt. „Eine Bitte noch", sagte Wendtland, „wo ist das Zimmer der Außendienstmitarbeiter?"

„Im Moment gibt es das nicht", gab Ferdi Schild zur Antwort, „wir haben ziemliche Platzprobleme hier im Rathaus. Deswegen lassen die Kollegen ihre Sachen beim Innendienst – viel ist das aber eigentlich nicht. Kommen Sie, wir gehen direkt rüber."

IV

Das Büro lag schräg gegenüber. Zwei Frauen mittleren Alters schauten auf, als ihr Chef mit einem Fremden hereinkam. Wendtland fiel auf, dass Ferdi Schild ohne anzuklopfen das Zimmer betreten hatte. Auch das war ein himmelweiter Unterschied zum Amtsleiter Kutter. „Das ist Kriminalhauptkommissar Wendtland“, verkündete er fast feierlich, „er ermittelt in dem Fall unseres bedauernswerten Kollegen, Herrn Werner. Er möchte sich kurz mit Ihnen unterhalten.“ Damit verließ er den Raum – Wendtland war dankbar, dass er das von sich aus getan hatte. Vorgesetzte waren in solchen Fällen immer schwierige Gesprächsbeteiligte, doch nicht jeder hatte Verständnis, wenn er darum bat, das Gespräch allein führen zu dürfen.

Die beiden Frauen, Ina Mockenhaupt und Doris Wall, zeigten ihm zunächst den Schrank, in dem die Außendienstler ihre persönlichen Sachen unterbringen konnten. Als die jüngere, Ina Mockenhaupt, den Schrank öffnete, brach es aus ihr heraus: „Das ist so furchtbar, wer hat dem Erwin so etwas angetan?“ Sie wischte sich mit dem Handrücken die Tränen ab. Wendtland ließ ein paar Sekunden verstreichen, um den Frauen Gelegenheit zu geben, sich wieder etwas zu sammeln.

„Ein Schrank für alle?“, staunte er.

„Mehr Platz ist leider nicht“, sagte die ältere der beiden, „auch wir zwei teilen uns einen persönlichen Schrank.“

Wendtland nahm sich den Inhalt, ein Fach für jeden und eine Garderobenstange für alle, vor. Viel war es wirklich nicht. In Werners Fach lagen eine Zeitung vom Freitag, ein paar Handschuhe und ein Taschenschirm. „Die Strickjacke gehörte auch Erwin“, verwies die andere der beiden auf ein reichlich verschlissenes Kleidungsstück, „und die Sandalen auch.“

„Ist der Schrank denn nicht verschlossen?“

Die beiden Frauen lächelten: „Warum denn? Sie sehen doch selbst, was sich darin befindet – das klaut bestimmt niemand. Außerdem wird uns immer wieder eingeschärft, Wertsachen nicht unverschlossen im Zimmer zu haben. Leider ist vor einigen Jahren den Kollegen im 2. Stock die Lottokasse gestohlen worden. Aber", setzte sie etwas spitz hinzu, „der Täter ist ja nie gefasst worden."

Wendtland wollte schon etwas wie ‚Gelegenheit macht eben Diebe' erwidern, verkniff es sich dann aber doch.

Er schloss die Schranktür und setzte sich auf die Schreibtischkante – ob die Familie des Opfers die wenigen Habseligkeiten wirklich noch haben wollte? „Zu Ihnen ist doch Herr Werner jeden Tag gekommen, um sich seine Aufträge abzuholen, nicht wahr?"

Sie nickten gleichzeitig.

„Dann dürften Sie diejenigen sein, die den Getöteten am besten gekannt haben."

Sie bestätigten wieder durch Nicken. Also musste er sein Ziel noch direkter ansteuern: „Wie war Herr Werner denn als Mensch und Kollege?"

Ina Mockenhaupt antwortete direkt: „Also, hier im Haus haben viele über Erwin schlecht geredet. Verschlossen, mürrisch, unzugänglich haben sie ihn genannt und sind ihm so gut es ging aus dem Weg gegangen. Aber das stimmt gar nicht!"

„Zu uns", fiel jetzt Doris Wall ein, „ist er immer freundlich gewesen. Natürlich ist, nein", sie schluckte, „war er schrullig. Aber, mein Gott, wer ist das nicht, wenn er mit fast 50 noch bei seiner Mutter wohnt? Er hat sich morgens immer danach erkundigt, wie es uns geht. Als Ina einmal krankgeschrieben war, hat er ihr Schokolade mitgebracht, als sie wieder zur Arbeit kam."

Wendtland wurde neugierig – dieser Mann hatte offenbar mehrere Gesichter. „Hat er denn auch über die Arbeit oder sein Privatleben gesprochen?"

„Eigentlich nicht viel; über die Arbeit hat er nur das Übliche gesagt – wie wir alle. Ein bisschen Stöhnen über zu viel Arbeit, Murren über überflüssigen Papierkram und so, oder Ina?“

„Das stimmt“, ergänzte die Kollegin, „von zu Hause hat er auch nicht viel erzählt. Nur als einmal seine Mutter recht krank geworden war und er deswegen einige Tage Urlaub nehmen musste, haben wir ihn gefragt, ob nicht andere aus der Familie mithelfen könnten. Das hat er sehr heftig verneint – da konnte man ahnen, dass da nicht alles stimmte.“

Wendtland hakte nach: „Hat er denn irgendein Hobby gehabt, war er Fußballfan, hat er gerne im Garten gearbeitet, war er vielleicht bei der Freiwilligen Feuerwehr?“

Wendtland hatte wahllos irgendetwas genannt, nur um die beiden Frauen weiter zum Reden zu bringen. Immerhin konnte er einen kleinen Erfolg verbuchen: „Er hat viel fotografiert“, meinte Ina Mocken-haupt, „ab und zu hat er uns ein hübsches Bild per E-Mail geschickt.“

„Was hat er denn fotografiert?“, wollte Wendtland wissen.

„Wir haben immer schöne Landschaftsbilder hier aus der Gegend von ihm bekommen – den Kalender an der Wand hat er selbst gemacht. Eigentlich hat er uns mit seinen Bildern gezeigt, wie wunderschön es hier sein kann.“

Wendtland wurde schmerzlich bewusst, dass er selbst seine Umgebung und ihre Besonderheiten kaum wahrnahm; die letzte Fahrradtour im Rheinhessischen lag schon ein paar Monate zurück.

Bei diesen Gedanken hätte er fast den nächsten Satz überhört: „Neulich haben wir Erwin eigentlich eher aus Jux gefragt, was er denn zu seinem fünfzigsten Geburtstag machen wolle. Da hat er uns wirklich überrascht“, Doris Wall machte eine kurze Kunstpause, „er wollte nach Hawaii!“

Wendtland merkte auf. Auch er hätte das – obwohl er erst

seit wenigen Stunden von Erwin Werner gehört hatte – nicht erwartet. Er hatte sich ein wohl zu einseitiges Bild von dem Getöteten gemacht. Sein alter Fehler: zu schnelle Schlussfolgerungen!

Er dankte den beiden Frauen. Er hatte viel erfahren und spürte, dass der Fall kompliziert werden könnte.

V

Inzwischen war es fast Mittag geworden. Wendtland stellte in dem Moment fest, dass er sein Mittagsbrot im Büro gelassen hatte, sein Magen aber sehr vernehmlich knurrte. Viel mehr konnte er im Rathaus jetzt sowieso nicht ausrichten. Die anderen Außendienstler waren unterwegs – mit ihnen würde er auch noch später sprechen können. Allerdings beschloss er, noch einen kurzen Abstecher zum Tatort zu machen, die Spurensicherung hatte ihre Arbeit bestimmt schon beendet. Er parkte am Beginn der Mühlenstraße, Werners wohnten im fünften Haus auf der rechten Seite. Die Umgebung war auch jetzt völlig ruhig, in der Ferne bellte ein Hund, von links zog so etwas wie Gulaschgeruch in seine Nase. Die Häuser hatten schon leichte Patina angesetzt. Einige hatten Solarmodule auf dem Dach, ansonsten dominierten Satellitenschüsseln. Es roch – wenn man so wollte – nach etwas muffiger, ältlicher Bürgerlichkeit.

Der Vorgarten der Werners bestand im Wesentlichen aus einer Rasenfläche. Zur Straße hin war eine Hecke gepflanzt. Wendtland stellte sich davor; nein, sehen konnte man so eigentlich nichts. In der Dunkelheit schon gar nicht – die nächste Straßenlaterne war vielleicht 20 Meter entfernt. Der Zeitungskasten war an der Innenseite des Gartentors angebracht, Erwin Werner hatte sich etwas bücken müssen, um an die Zeitung zu kommen. Das konnte der Moment gewesen sein, in dem … Wendtland stellte sich rechts neben die Hecke. Ja, ungefähr von hier musste der Schlag gekommen sein. Er hockte sich vor der Hecke hin – sie war hoch genug, um ihn völlig zu verbergen. Erwin Werner musste vollkommen ahnungslos gewesen sein.

Wendtland lief zu seinem Wagen zurück – keine 20 Sekunden. Der Täter oder die Täterin (das konnte man nicht ausschließen, auch wenn Schlagwaffen statistisch gesehen häufiger von männlichen Tätern benutzt wurden) hätte sein Auto auch noch weiter weg parken und sich immer noch schnell vom Tatort entfernen können. Allerdings könnte es am frühen Morgen schwer gewesen sein, einen Platz zu finden; denn es gab versetztes Parken und er wusste aus seiner eigenen Straße, dass die Plätze oft völlig belegt waren, sodass für Gäste am Abend keine direkte Parkmöglichkeit bestand. Aber wer sagte denn, dass ein Auto benutzt worden war? Der Kriminalhauptkommissar setzte sich in seinen Wagen, einen inzwischen auch schon acht Jahre alten Golf, der aber (er klopfte schnell auf das Armaturenbrett) bisher brav seinen Dienst getan hatte und machte sich auf den Weg zurück.

Es war schon fast zwei, als er in seinem Büro sein Mittagsbrot aus dem Seitenregal holte. Seine Frau Susanne machte ihm, bevor er morgens losfuhr, stets zwei Vollkornbrote mit Schinken oder Käse. Dazu legte sie ihm Tomaten, einen Apfel, ein paar Weintrauben oder anderes Obst, denn sie fand, dass ihr Mann auch am Tage etwas „Gesundes" essen solle. Würde sie sich nicht darum kümmern, würde sich ihr Lothar vor allem von Kaffee und ein paar Teilchen oder einer Bratwurst ernähren. Da er dazu neigte, schnell etwas anzusetzen, beugte sie lieber vor. Aber im Grunde war Lothar Wendtland ganz zufrieden. Denn für ein richtiges Mittagessen, z. B. in der Kantine des nahegelegenen Krankenhauses, was prinzipiell möglich wäre, hätte er sowieso keine Zeit gehabt oder besser: sich keine Zeit genommen.

Nach fünf Minuten schaute Frau Lottermann zur Tür herein. „Einen Kaffee, Herr Kriminalhauptkommissar?"

Wendtland lachte: „Bloß nicht so gestelzt, Frau Lottermann! Das hatte ich heute schon hinreichend." Und er erzählte von dem „Herrn Amtsleiter" und dessen Vorzimmer. Aber er wusste auch, dass Frau Lottermann durchaus stolz war, für einen Kriminalhauptkommissar zu arbeiten. Seine Frau hatte ihm manchmal erzählt, wie Frau Lottermann beim Bäcker ab und zu betonte, dass sie auf der Direktion sei und für wen sie arbeite. Er wischte die Gedanken beiseite und rief ins Nachbarzimmer: „Gerne, gibt es irgendwas Neues?"

Frau Lottermann stand wieder im Türrahmen: „Der Bericht der Spurensicherung liegt auf Ihrem Schreibtisch." Da hätte er gar nicht fragen müssen, denn das Schriftstück sprang ihm sozusagen sofort ins Gesicht. „Rufen Sie bitte nachher Keller und Frau Weinzierl!"

Die beiden Brote hatte er jetzt gegessen, die Ergänzung bestand heute aus kleinen Cocktailtomaten. Die mochte er eigentlich ganz gerne, doch diese Sorte hatte eine ziemlich harte Schale, trotzdem aß er sie tapfer auf. Er stand auf und ging zur Toilette, um sich die Hände zu waschen. Dort traf er auf Kriminaloberrat Kurt Feller, einen älteren Kollegen, der in Kürze pensioniert werden würde.

„Na, Lothar", sie waren seit vielen Jahren per Du, „was macht denn dein toter Beamter?"

Wendtland schaute recht missmutig: „Bisher haben wir nicht viel, besser gesagt: gar nichts. Aber vielleicht hat mein Schreibtisch jetzt eine kleine Überraschung für mich."

Kurt Feller wandte sich zum Gehen, drehte sich aber noch einmal um: „Ist dir auch aufgefallen, wie makaber dieser Fall ist?"

Wendtland blickte verständnislos. „Hast du nicht den Aufmacher der AZ, die dein Fall noch in der Hand hatte, heute Morgen gesehen?"

Wendtland schüttelte den Kopf.

„Schwerer Schlag für die 05er!", lachte er. „Als ob jemand extra diesen Tag für die Tat ausgesucht hätte, war aber nur das 0:2 bei Augsburg."

Wendtland stand etwas perplex da und hätte fast sein eigentliches Anliegen, seine Hände zu waschen, vergessen. Er interessierte sich nicht so sehr für Fußball, sah natürlich die Länderspiele – aber das war es. Er ging zurück an seinen Schreibtisch und blätterte durch die Unterlagen. Leider boten sie ihm keine Überraschung. Die Spurensicherung hatte zwar viel gefunden; aber sachdienlich konnte man das Ergebnis kaum bezeichnen: Natürlich Haare (von Menschen und Tieren), einen rostigen Nagel, eine Ventilkappe von einem Fahrrad, ein paar Papierstückchen, drei Zigarettenkippen, ein Zweicentstück – aber kein Hinweis auf eine Tatwaffe. Was im Vorgarten gefunden worden war, interessierte Wendtland im Grunde noch weniger. Denn er war felsenfest davon überzeugt, dass die Tat vom Bürgersteig aus begangen worden war. Er schob die Papiere beiseite, schloss die Augen und versuchte, sich die Tat vorzustellen. Jemand musste wissen, dass Erwin Werner jeden Morgen gegen halb sechs die Zeitung holte. Zu diesem Zeitpunkt war der Zeitungsausträger in aller Regel schon wieder weg – das konnte man noch einmal in Erfahrung bringen. Aber natürlich würde kein Täter zuschlagen, wenn noch jemand in der Nähe war. Immerhin musste dieser Jemand über einen längeren Zeitraum das morgendliche Verhalten von Erwin Werner und die gesamte Umgebung beobachtet haben.

In diesem Moment klopften die beiden jungen Kollegen an seine Tür. Chris Keller war seit zwei, Sandra Weinzierl seit einem Jahr auf der Dienststelle. Er ging zum Besprechungstisch, der mit Papieren überladen war. Ganz wie bei diesem geschwätzigen Menschen im Rathaus, dachte er. Wie hieß der noch gleich? Ach ja, Schild – wie Ritter, das war seine Eselsbrücke. Er schilderte den beiden Kollegen in groben Zügen den Fall. „Ihr geht bitte zunächst ins Rathaus und sprecht mit den Mitarbeitern im Ordnungsamt, bei denen ich nicht war – den Außendienst könnt ihr auslassen, das mache ich selbst. Dann redet ihr vielleicht auch noch mit dem Hausmeister und den Frauen an der Pforte. Und bringt in Erfahrung, ob er irgendeine Art Freund oder Vertrauten im Haus gehabt hat. Danach fahrt ihr in die Mühlenstraße und hört euch in der Nachbarschaft um. Seht euch auch den Tatort noch einmal an – vielleicht habe ich ein wichtiges Detail übersehen."

Als die zwei gegangen waren, informierte er Frau Lottermann, dass er jetzt zur Mutter des Getöteten fahren werde. Diesmal dauerte es länger, um in die benachbarte Kreisstadt zu gelangen, denn vor ihm schlich ein Holztransporter auf der Landstraße – und wegen der vielen Hügel konnte er nicht überholen. Rheinhessen ist schön, aber manchmal auch etwas unpraktisch. Endlich war er am Ziel; inzwischen war es halb vier geworden. Er parkte den Wagen wieder etwas weiter oberhalb und ging die letzten Meter zu Fuß. Hier musste auch der Täter gegangen sein. Sein Blick richtete sich automatisch auf den Boden, sodass er fast über den Hund, der ihm entgegenkam, gestolpert wäre. „Passen Sie doch auf – fast hätten Sie Leon getreten!" Der Hundehalter war sichtlich erbost, beruhigte sich aber, als er hörte, dass Wendtland in der „Sache Werner“, wie er sich ausdrückte, ermittele. „Schrecklich, was?“, sagte der Mann. Eigentlich eine völlig unsinnige rhetorische Frage, denn Wendtland hatte während seiner Zeit bei der Kripo schon schlimmere Dinge erlebt.

Doch er nickte und packte die Gelegenheit beim Schopf. „Haben Sie vielleicht heute Morgen zwischen fünf und sechs etwas beobachtet oder gehört?“ Der Mann dachte angestrengt nach. „Um die Zeit bin ich noch im Haus – der Hund will erst gegen sieben raus. Meistens koche ich mir in der Zeit einen Kaffee. Aber Sie haben recht. Ich habe so ein quietschendes Geräusch, wie von einer verrosteten Fahrradkette gehört, mir aber natürlich nichts dabei gedacht. Außer, dass derjenige mit Rücksicht auf seine Mitmenschen mal ein paar Tropfen Öl verschwenden sollte. Leider habe ich nicht auf die Uhr gesehen; aber es war noch einige Zeit, bevor ich mit dem Hund los bin.“ Wendtland fragte nach den Werners: „Ruhige Nachbarn, keine Probleme“, lautete die Antwort. Man habe sich gegrüßt, mehr aber auch nicht. „Wissen Sie, nach dem Tod des alten Herrn Werner ist seine Frau kaum noch zu sehen gewesen. Das meiste hat der Erwin erledigt. Aber der ist ja auch ein ziemlicher Eigenbrötler.“ Besonderes sei ihm auch nicht aufgefallen in den letzten Tagen, meinte der Mann. Wendtland dankte und schritt zum Haus der Werners.

VI

Er klingelte am Haus Nummer zehn. Eine Frau von etwa 40 Jahren öffnete, nicht unattraktiv, dachte er. Er stellte sich vor und zeigte der guten Ordnung halber auch seinen Ausweis. „Bitte treten Sie ein, ich bin Johanna Wansleben, Erwins Schwester.“

„Mein herzliches Beileid", murmelte Wendtland und überlegte, warum es zwischen ihr und ihrem Bruder Spannungen gegeben haben konnte, „ich bedaure, dass ich Sie und Ihre Mutter behelligen muss. Aber wir müssen uns ein Bild von Ihrem getöteten Bruder und seinem Lebensumfeld machen."

Johanna Wansleben winkte mit der Hand ab: „Das ist doch selbstverständlich: Ich bitte nur um Nachsicht – meine Mutter steht noch immer unter Schock!"

Wendtland fragte beiläufig: „Sie wohnen in der Nähe?" Sie schüttelte den Kopf. „Nein, ich bin in Hamburg zu Hause. Aber ich war in der Nähe von Karlsruhe, weil ich dort eigentlich einen Termin heute Vormittag hatte: Die Nachricht hat mich auf dem Weg zu meinem Gesprächspartner erreicht", antwortete sie. „Ich habe schnell alles abgesagt und bin mit dem Mietwagen hierhergekommen, ich wollte meine Mutter ja nicht allein lassen." Sie führte ihn in das Wohnzimmer, das – abgesehen von einigen Fotos von kleinen Kindern, vermutlich den Enkeln – noch so aussah wie wohl vor 30 bis 40 Jahren beim Einzug.

Auf dem Sofa saß die alte Frau Werner, das Gesicht vom Weinen verquollen. Ihr Alter war schwer zu schätzen; nach dem Alter ihres Sohnes zu urteilen musste sie um die 70 sein, vermutlich seit mehreren Jahren Witwe. Aber irgendwie wirkte sie alterslos. Ihre Hände lagen im Schoß, doch nicht ruhig – sie knetete sie unablässig, Zeichen äußerster innerer Anspannung. Sie trug ein schwarzes Kleid. Wendtland war sich nicht sicher, ob sie das seit dem Tod ihres Mannes überhaupt abgelegt hatte. Er reichte ihr die Hand, ihr Händedruck war schlaff: „Frau Werner, mein tief empfundenes Beileid zum Tod Ihres Sohnes."

Die Frau nickte nur unmerklich. Ob sie ihm, dem Polizisten, solche mitfühlenden Worte überhaupt abnahm? – Ihre Tochter bestimmt nicht.

Aber dann brach es doch aus ihr heraus: „Wie gut, dass mein Karl das nicht mehr erleben muss. Aber warum? Wer kann etwas so Böses tun? Der Erwin war doch ein ganz harmloser Mensch!"

Wendtland wartete einen Moment, damit die alte Frau sich etwas sammeln konnte: „Darf ich Sie ein paar Dinge fragen, um uns zu helfen, die schreckliche Tat", hier benutzte er der alten Frau wegen die abgedroschene Formel, „aufzuklären?"

Sie nickte resigniert. Doch eigentlich gab es wenig, was sie wusste. Von der Arbeit hatte ihr Sohn offenbar nie etwas erzählt.

Johanna Wansleben hatte in der Zwischenzeit Kaffee gemacht (qualitativ zwischen Lottermännchen und Rathaus) und setzte sich dazu. Ihre elegante Kleidung stand in auffälligem Kontrast zur ganzen Umgebung. Sie musste ein vollkommen anderes Leben führen. „Was hat Ihr Sohn", bei diesem Wort schluchzte Frau Werner laut auf und ihre Tochter legte beruhigend den Arm um sie, „denn nach Dienstschluss gemacht? Hatte er Freunde, hatte er Hobbys?"

Frau Werner dachte kurz nach, die Antwort fiel ihr schwer: „Also, richtige Freunde hatte der Erwin, glaube ich, nicht. Er hat im Kirchenchor gesungen, aber nähere Bekanntschaften gab es da wohl nicht. Sonst hat er vor dem Fernseher gesessen und oft Dinge am Computer gemacht. Fotos sortieren, hat er gesagt. Fotografiert hat er schon immer gerne (sie zeigte auf ein Bild eines vielleicht 14-jährigen Jungen, der stolz eine Kamera präsentierte). Ach ja – manchmal hat er auch für den Chor geübt."

Wendtland forschte weiter: „Urlaub? Ist er da fortgefahren?"

Frau Werner schüttelte den Kopf. „Nein, er ist zu Hause geblieben. Manchmal ist er dann mit mir nach Mainz gefahren, zum Einkaufen – oder, wenn ich zur Untersuchung in die Klinik musste." Hier schaltete sich die Tochter ein: „Mama hat hochgradig Zucker, deshalb wird sie alle drei Monate – stimmts Mama? – gründlich untersucht."

Wie wenig die Frau von dem Mann, ihrem Sohn, weiß, mit dem sie praktisch beständig unter einem Dach lebte, dachte Wendtland. Oder gab es wirklich nicht mehr? Der Tagesablauf des Getöteten war von erschreckender Regelmäßigkeit: Aufstehen gegen halb sechs, Zeitung hereinholen, Kaffee kochen, Zeitung lesen, gegen sieben die Mutter wecken, ihr frischen Kaffee und die Zeitung bringen, halb acht aus dem Haus zur Arbeit. Rückkehr gegen fünf Uhr nachmittags, manchmal etwas später, wenn Besorgungen zu machen waren, die die alte Frau nicht in dem Nachbarschaftsladen um die Ecke erledigen konnte. Halb sieben gemeinsames Abendbrot, abräumen, sieben Uhr heute journal, Fernsehen, Computer, gegen neun ins Bett.

Wendtland überlegte, ob es bei ihm eigentlich anders war – er kam zu dem bestürzenden Ergebnis, dass es zumindest am Morgen nicht anders ablief, nur dass Susanne den Kaffee (mindestens in Lottermann-Qualität) kochte und sie morgens auch ein wenig miteinander redeten. Die Abende allerdings waren alles andere als regelmäßig, nicht zuletzt weil sein Dienst keineswegs immer so pünktlich beendet war, dass er um fünf hätte zu Hause sein können. Aber wenn das der Fall gewesen wäre, hätte sein Leben anders ausgesehen? Er hoffte es ganz stark. Vielleicht sollte er einmal manche Routinen verlassen!

Er ließ sich Erwins Zimmer zeigen, es war reichlich unspektakulär. Ein Bett, ein Kleiderschrank, ein offenes Regal, ein Schreibtisch. Im Regal wenige Bücher, ein paar der gängigen Krimis, eine Bibel, alte Schulbücher und ein Stapel von Fotozeitschriften. Das wars. Der Schrank enthielt außer Kleidungsstücken nichts. An den Wänden hingen alte Plakate von Bands aus den 80ern, deren Namen heute niemand mehr kannte. Auf dem Schreibtisch stand ein Laptop, immerhin etwas halbwegs Modernes. Der Akku für das Handy steckte noch in der Steckdose. Daneben lag eine offensichtlich nicht ganz billige Kamera – Wendtland verstand allerdings nicht viel vom Fotografieren. Er knipste nur, meistens sowieso die Kinder. Er zog die Schreibtischschublade auf. Auf den ersten Blick enthielt sie außer einer externen Festplatte, einem CD-ROM-Laufwerk sowie zwei Wechselobjektiven für die Kamera nur einige Hefte, Papiere und Büromaterial.

Er bat darum, den Computer, das Handy und den Fotoapparat des Getöteten und die ganze Schreibtischschublade mitnehmen zu dürfen. Natürlich hätte er es auch so gekonnt, aber warum sollte er gegenüber dieser verzweifelten alten Frau amtlich und unhöflich sein. „Hatte Ihr Sohn eigentlich auch eine Aktentasche?“

Die Schwester gab statt der Mutter Antwort: „Sie steht unten an der Garderobe.“ Er trug die Sachen hinunter und untersuchte dann die Tasche; sie war bis auf einen Block, einige Büroklammern und Kugelschreiber leer. Trotzdem würde er auch sie mitnehmen.

„Gibt es sonst noch einen Raum, in dem Ihr Sohn sich häufig beschäftigt hat?“

Frau Werner schüttelte den Kopf. „Den Hobbykeller meines verstorbenen Karl hat er praktisch nie genutzt.“

Er brachte alles zu seinem Wagen und kehrte noch einmal zurück, um sich von der verzweifelten Mutter zu verabschieden. „Ich muss Sie bitten, alles im Zimmer Ihres Sohnes unberührt zu lassen. Wir müssen noch einmal wiederkommen, um den Raum gründlicher zu durchsuchen. Jeder noch so kleine Hinweis ist für uns wichtig."

Sie blickte ihn aus leeren Augen an. Schnell versprach er ihr alles zu tun, um den oder die Täter so rasch wie möglich dingfest (wieder so eine abgedroschene Phrase, extra für die alte Dame) zu machen.

Johanna Wansleben begleitete ihn zum Gartentor. „Darf ich Ihnen noch ein paar Fragen stellen?"

„Aber sicher", antwortete sie in einem Ton, der verriet, dass sie dem Bruder offenbar nicht sehr nachtrauerte.

„Gibt es noch weitere Geschwister?", fragte er.

Sie schüttelte den Kopf. „Nein, Erwin und ich sind die einzigen Kinder. Allerdings hatten meine Eltern noch ein Kind, das aber ganz früh gestorben ist, noch bevor ich geboren wurde."

Wendtland fuhr sich mit der Zunge über seine spröden Lippen (Susanne mahnte ihn seit Jahren vergeblich, die Lippen von Zeit zu Zeit einzucremen).

„War das vor oder nach Erwins Geburt?"

„Es war danach. Das Baby – Johannes sollte es heißen – ist nur wenige Tage alt geworden. Daher wurde ich Johanna genannt."

„Andere nähere Verwandte, Onkel, Tante?"

Wieder schüttelte sie den Kopf. „Meine Eltern haben sehr zurückgezogen gelebt wie mein Bruder. Sie sind mit ihren Eltern aus Schlesien geflüchtet und haben wohl nie versucht, zu ihren Verwandten Kontakt aufzunehmen." Wendtland fühlte sich an seinen Vater erinnert, der auch die verwandtschaftlichen Beziehungen nie gepflegt hatte. Er bedauerte das, blieb ihm doch so diese Wurzel seiner eigenen Herkunft verborgen.

„Jetzt muss ich Sie etwas sehr, sehr Heikles fragen. Wie war es mit Frauen, mit dem Sexualleben Ihres Bruders?“

Sie lächelte: „Ich würde mich nicht wundern, wenn er noch unberührt ist. Eine Freundin hat er meines Wissens nie gehabt. Von anderen Neigungen weiß ich aber auch nichts.“ Wendtland setzte nach: „Auch keine Männerbekanntschaften?“

Sie schüttelte den Kopf: „Ausschließen will ich das natürlich nicht. Aber glauben Sie mir, eine Frau würde so etwas spüren.“

Wendtland stellte jetzt die schwierigste Frage: „Kinder?“ Als Johanna Wansleben ihn verständnislos anblickte, wurde er deutlicher: „Bitte verstehen Sie mich nicht falsch; hatte Ihr Bruder vielleicht pädophile Neigungen?“ Johanna Wansleben wischte sich mit dem Handrücken über die Augen.

„Bitte, nicht das. Sehen Sie, ich bin ausgebildete Psychologin, ich weiß, dass sein Lebensstil als ein Indiz herangezogen werden würde. Ich bin mir aber ziemlich sicher, dass ich das ausschließen kann. Sie natürlich nicht.“

Wendtland nickte. „Ich hoffe, Sie haben recht. Aber, Sie und Ihr Bruder – in welchem Verhältnis standen Sie zueinander?“

Sie wurde nachdenklich: „Jetzt ist es natürlich bitter, das festzustellen; aber wir waren nicht sehr vertraut miteinander, eher mehr distanziert. Das ist eigentlich schon seit unserer Kindheit so, Erwin ist immer seinen eigenen Weg gegangen – und ich natürlich auch. Nur eine Karte zu Weihnachten, ein Gruß zum Geburtstag meiner Kinder, daran hat er immerhin gedacht.“

Wie diese Psychologin das Verhältnis wohl analytisch beschreiben würde, ging es Wendtland durch den Kopf. Aber er konnte den Gedanken nicht weiterspinnen, denn Johanna

Wansleben fuhr fort: „Aber besucht hat er uns nie in Hamburg. Das sei ihm zu weit, außerdem sagte er immer, er hasse Großstädte. Mama ist immer allein mit dem Zug gekommen. Die Kinder haben ihren Onkel vielleicht drei-, viermal gesehen, wenn wir auf dem Weg in den Urlaub hier vorbeigekommen sind."

„Sie haben Ihr Elternhaus sonst nie aufgesucht?", fragte Wendtland ganz ungläubig. Die Frage hatte zwar mit dem Fall bisher noch gar nichts zu tun, aber sie rundete das Bild von Erwin Werner vielleicht noch ein bisschen ab.

Sie schüttelte energisch den Kopf: „Nein, Sie hätten die dumpfe schwermütige Atmosphäre in diesem Haus erleben müssen! Meine Mutter hat den Tod meines Vaters bis heute nicht verwunden und verharrt in ihrer Trauer. Das wollte ich unseren Kindern nicht mehr als unbedingt nötig antun. Außerdem standen Frieder, mein Mann, und Erwin nicht sehr gut zueinander. Frieder ist halt erfolgreich und Erwin ist – obwohl er kein schlechter Schüler war – eben stehen geblieben; ihm fehlte einfach der notwendige Ehrgeiz. Nach der Realschule ist er direkt zur Verwaltung gegangen."

„Sie sind auch erfolgreich, nicht wahr?"

Wendtland stellte die Frage einfach so in den Raum – er wartete ab, was sich daraus entwickeln würde. Johanna Wansleben wurde tatsächlich ein wenig rot. Das machte sie durchaus attraktiv. „Na ja, etwas mehr Erfolg als Erwin habe ich schon. Außerdem habe ich Familie und zwei – im Moment nicht ganz einfache – Kinder und kann mein eigenes Geld verdienen."

Dass hier zwei völlig unterschiedliche Lebensentwürfe aufeinanderprallten, war nur zu offensichtlich. Johanna Wansleben setzte noch hinzu: „Sehen Sie, Erwin ist ganz wie sein Vater – so wie man sich einen Beamten vorstellt. Mein

Vater war bei der Post, wahrscheinlich hat das abgefärbt.“

Wendtland holte den Wagen, packte mit Johanna Wanslebens Hilfe die sichergestellten Stücke ein und händigte ihr der guten Ordnung halber auch noch eine Quittung aus. „Fast hätte ich es vergessen“, sagte er eher beiläufig, „ich würde gern noch einen Blick auf den Wagen Ihres Bruders werfen.“ Sie brachte ihn zur Garage und öffnete. Im hinteren Teil war ziemlich viel alter Hausrat untergebracht; der Opel Astra, vielleicht sieben oder acht Jahre alt, fand gerade noch Platz. Wendtland zwängte sich am Wagen vorbei; er blickte auf ein ziemliches Durcheinander. Aber, wenn Erwin Werner irgendetwas heimlich hätte verbergen wollen, dann wäre dies der geeignete Ort. Er streifte sich Handschuhe über und öffnete die Fahrertür. Auf den ersten Blick war nichts Ungewöhnliches zu sehen. Ein Wischtuch, eine Parkscheibe, ein paar Münzen, ein alter Regenschirm – auch das Handschuhfach war nicht ergiebig. Er kletterte wieder heraus und ging nach hinten, um den Kofferraum zu öffnen. Er war recht schwergängig; offenbar hatte Erwin Werner ihn kaum genutzt. Der Inhalt war wieder enttäuschend: eine Wolldecke, eine Öldose und ein paar Werkzeuge. Wendtland verließ die Garage und bat Frau Wansleben, die Garage abzuschließen und ihm den Schlüssel zu geben. Anschließend klebte er noch ein Siegel auf das Schloss. „Ich schicke morgen ein Team vorbei, das sich durch die Sachen hier durcharbeiten wird.“

Er gab Johanna Wansleben zum Abschied die Hand. „Ich hoffe, Ihre Mutter kommt über diesen Schlag trotz allem hinweg. Werden Sie sie zu sich nach Hamburg holen?“

Die Frau zuckte mit den Schultern. „So weit habe ich bisher noch nicht gedacht, meine Mutter sicher erst recht nicht.“

Er machte kehrt und stieg in seinen Wagen. Aber hatte er Johanna Wansleben vielleicht einen Moment zu lange in die Augen geblickt? Er verscheuchte den Gedanken und startete.

VII

Er schaltete das Autoradio ein und stellte mit Schrecken fest, dass es schon kurz vor sechs war. Im Radio liefen jetzt die Nachrichten, danach kam „Guten Abend Rheinland-Pfalz". Er drehte etwas lauter, um zu hören, ob denn schon etwas von seinem Fall gemeldet wurde. Die Information war indessen nur knapp. „Mysteriöser Tod eines Beamten", hieß es in dem kurzen Beitrag. Zum Glück erging sich niemand in Spekulationen, aber Wendtland wusste, dass das noch kommen könnte.

Er fuhr zurück ins Büro, um die Sachen abzustellen. Ihm fiel im Moment nichts Besseres ein, als sie in seinem Büroschrank einzuschließen. Morgen würde er weitersehen. Er schaltete das Licht aus und verließ das Haus. Auf der Fahrt ließ er noch einmal diesen Tag Revue passieren. Er nahm sich vor, einige Routinen daheim zu ändern; aber was ihn weit mehr beunruhigte, war die Tatsache, dass ihm Johanna Wansleben nicht aus dem Kopf ging. Er drängte ihr Bild in die hinterste Ecke seines Gehirns und fuhr los. Bald hatte er Eckelsheim erreicht und bog in die kleine Stichstraße ein, an deren Ende sein Haus lag.

Die beiden Kinder waren noch draußen im Garten und kamen an sein Auto gerannt. Er nahm sie beide in den Arm und fragte, was sie denn heute erlebt hatten. Jonas war sieben Jahre alt und ging schon in die zweite Klasse, er konnte davon berichten, dass ihre Lehrerin mit ihnen zu einem Bauernhof im Ort gegangen war, um ihnen dort die Pflanzen zu erklären. Am meisten hatten ihm die dicken Tomaten imponiert. Die fünfjährige Lena war noch im Kindergarten; sie hatten ein tolles Buch vorgelesen bekommen – wie es hieß, hatte sie aber vergessen. Sie war sprunghaft, ganz das Gegenteil ihres, später würde man vielleicht sagen bedächtigen, Bruders (Wendtland verscheuchte ganz schnell den Gedanken an Erwin Werner und seine Schwester). „Aber Pferde kamen darin vor!“ Wendtland sah mit Sorge die Begeisterung seiner Tochter für Pferde – er ahnte spätere Komplikationen. Er nahm beide an die Hand und ging mit ihnen ins Haus.

Er gab Susanne einen flüchtigen Kuss auf die Wange (wegen der Kinder nicht zu doll, sagte er sich – aber war es vielleicht auch die jahrelange Gewöhnung?) und zog sich um. Eigentlich wollte er wie jeden Abend die bequeme Strickjacke überziehen, besann sich aber auf seinen neuen Vorsatz und nahm stattdessen einen Pullover, den er nur ganz selten getragen hatte. Nach dem Abendbrot setzte er sich mit Jonas auf die Couch im Wohnzimmer, um ihm noch eine Geschichte vorzulesen. Das war eine Routine, die er bestimmt nicht ändern würde. Susanne und er lasen den Kindern jeden Abend etwas vor. Dabei wechselten sie sich jeden Tag ab, sodass er den einen Abend mit Jonas, den anderen mit Lena verbrachte. „Die Kinder sollen uns doch beide für sich haben“, hatte Susanne gesagt, als sie mit dem Vorlesen begonnen hatten.

Zuerst fand er das furchtbar unpraktisch, weil er so den roten Faden der Geschichte verlor. Dann aber war ihm die Idee gekommen, Jonas einfach den Inhalt vom Vorabend erzählen zu lassen. So musste er nicht das letzte Kapitel nachlesen – und Jonas lernte gleichzeitig das Nacherzählen. Heute begannen sie ein neues Buch mit dem Titel „Tobias. Geschichten vom Großwerden“, das Susanne vor ein paar Tagen aufgefallen war. Der Anfang war ganz vielversprechend: „Heute ist Tobias acht geworden“ – das passte gut, denn Jonas würde in zwei Monaten auch seinen achten Geburtstag feiern.

Nachdem beide Kinder zu Bett gebracht waren, ließ er sich in den Sessel im Wohnzimmer fallen. Susanne regte sich darüber immer tierisch auf, weil sie um die Federung fürchtete. Leider war sein Fallgewicht in den letzten drei Jahren nicht unwesentlich gestiegen. Susanne holte eine Flasche Silvaner aus dem Kühlschrank und brachte zwei Gläser. „War es heute anstrengend?“, fragte sie ihn. „Eigentlich nicht“, gab er zurück, „ich habe im Wesentlichen Zeugen befragt.“

„Geht es um diesen toten Mann mit der Zeitung in der Hand?“

Er nickte: „Ja, aber ich bin bisher keinen Zentimeter vorangekommen. Der Mann war völlig unscheinbar, lebte mit fast 50 Jahren noch bei seiner Mutter, hatte keine Freunde, kam mit seiner Schwester nicht gut zurecht, war nicht reich, sondern nur ein kleiner städtischer Beamter – warum um Himmels willen wird so einer erschlagen?“

Susanne zuckte mit den Schultern. „Vielleicht stimmt ja das Sprichwort ‚Stille Wasser sind tief‘.“

Das war ihm auch schon durch den Kopf gegangen; gab es irgendwelche heimlichen Beziehungen, egal ob zu Frauen oder zu Männern, von denen Johanna Wansleben (warum ging sie ihm nicht aus dem Kopf?) nichts wusste? Sie sah ihn ja auch kaum. Die alte Frau Werner dazu zu befragen, scheute er sich. Aber vermutlich würde sie ohnehin nichts wissen oder – für den Fall, dass doch – bestimmt nichts darüber erzählen. Das könnte Hinweise geben. Er nahm einen Schluck Wein, es war ein ganz einfacher, unverfälschter Silvaner aus Flonheim. „Lass uns lieber über etwas anderes reden“, sagte er zu Susanne. Denn er wollte nicht auch noch von dem Fall in der Nacht träumen.

„Gut", meinte Susanne, „vielleicht machen wir uns schon ein paar Gedanken über den nächsten Sommerurlaub. Denn wenn wir nicht im November/Dezember buchen, wird es eng. Und ich will ja auch noch ein bisschen Zeit zum Suchen haben."

Eigentlich hatte Wendtland auf solche Debatten wenig Lust. Denn er wusste, dass es alle Familienmitglieder in eine unterschiedliche Richtung zog. Die Kinder wollten unbedingt ans Meer, egal wo, Hauptsache Wasser und Sand. Susanne mochte das zwar auch, sorgte sich allerdings um Hitze und Sonnenbrand. Sie und Jonas hatten reichlich empfindliche Haut. Ihr war ein Urlaub in den Bergen daher lieber. Lothar Wendtland war das egal – Hauptsache, es ging in den Süden. Er liebte Italien und Frankreich – und die gute Mittelmeerküche! Camping kam für Susanne überhaupt nicht infrage, sie fand diese Plätze scheußlich (hatte aber noch nie einen richtig gesehen). Wendtland, der als Jugendlicher viel mit dem Zelt unterwegs gewesen war, fand das zwar schade, hatte es im Laufe der Jahre jedoch akzeptiert. So lief es meistens auf eine Ferienwohnung hinaus.

Zu Susannes Überraschung nickte er mit dem Kopf und widersprach nicht einmal heftig, als sie einen Urlaub in Skandinavien ins Spiel brachte. Er hatte sich ja vorgenommen, manche Routinen zu ändern – und dies war eine, an der er es ausprobieren konnte. Susanne offenbar auch.

„Wo sind denn deine Berge?", fragte er.

Susanne lachte: „Die Schäreninseln sind ganz toll!", schwärmte sie. „Neulich war eine Reisesendung im Dritten. Süße Ferienhäuschen, zu jedem Haus ein Boot – und ganz viel Sonne, aber nicht so heiß!"

Er tat als höre er interessiert zu, murmelte bisweilen ein „Ja“ oder „Hm“ und schien sich mit dem Gedanken anfreunden zu können. Trotzdem war Susanne etwas irritiert, dass er heute so gefügig war. Aber was soll's, dachte sie, man muss die Gunst der Stunde nutzen.

Erster Dienstag

I

Der nächste Tag war der Kleinarbeit gewidmet. Wendtland hatte die Kinder morgens weggebracht – Kindergarten und Schule lagen in Wöllstein auf seinem Weg zur Dienststelle. Noch war das kein Problem, aber wenn Jonas auf die weiterführende Schule kommen würde (und Wendtland war überzeugt, dass er das Gymnasium schaffen würde), bliebe nur der recht weite Weg in eine der beiden Kreisstädte. Mittags konnte jetzt noch Susanne die Kinder holen. Sie hatte einen Halbtagsjob im Vertrieb einer großen Landmetzgerei (wenn er Susanne ärgern wollte, brauchte er nur von der „Wurstfabrik“ zu sprechen) in der Nähe. Auf dem Rückweg kam sie praktisch an Schule und Kindergarten vorbei. Das würde sich dann alles ändern. Daran hatten sie damals beim Kauf des Hauses nicht gedacht – nun mussten sie das Beste daraus machen.

Es war ein wunderbarer Spätsommermorgen, zwar schon etwas kühl, aber sonnig. In einigen Wingerten hatte die Lese bereits begonnen. Zumeist wurde inzwischen nicht mehr maschinell, sondern von Hand gelesen; die jüngeren Winzer (und Winzerinnen!) hatten sich in den letzten 20 Jahren eben von Menge auf Qualität umgestellt.

Jetzt hätte er gerne einen Moment angehalten, vielleicht

eine der reifen Trauben probiert und ein paar Minuten die frische Luft eingeatmet. Dazu hätte er den Blick über die Landschaft schweifen lassen, eher die Weinbergshäuschen als die Windräder betrachtet. Doch er hatte das Gefühl, dass ihm in diesem Fall die Zeit davonlief. Daher versagte er sich das Vergnügen und bog wie üblich kurz nach acht auf den Hof der Dienststelle ein. Im Gehen sortierte er die vielfältigen Eindrücke des gestrigen Tages. Entwirren wollte sich da aber noch gar nichts, zumal von einem Motiv weit und breit nichts zu erkennen war.

Im Büro fand er die Ergebnisse der Befragung durch die beiden jungen Polizisten, Computer, Kamera und das Handy warteten – aber er konnte sich auch dem Schreibtischinhalt aus Erwin Werners Zimmer und dessen Aktentasche widmen. Er beschloss, mit der Schublade anzufangen. Das bescherte ihm am frühen Morgen ein erstes schönes Erfolgserlebnis. Zwischen alten Quittungen, einem abgelaufenen Reisepass (also musste er doch schon mal gereist sein oder zumindest daran gedacht haben), einem Taschenrechner, einem Handy der ersten Generation, einer Kiste mit Fotos, Stiften, Büroklammern fand sich ein Oktavheft. Darin hatte Erwin Werner mit gestochener Schrift Buch über die Kosten seines Wagens geführt.

Wendtland blätterte und kam zu dem Schluss, dass der Getötete in drei Jahren fast 30.000 Kilometer, davon das meiste in den letzten Monaten, zurückgelegt hatte. Auch wenn er täglich mit dem Auto zur Arbeit fuhr und sein Privatfahrzeug im Dienst nutzte oder zu den Chorproben bzw. mit seiner Mutter zur Untersuchung unterwegs war, schien eine solche Laufleistung schon ungewöhnlich. Erwin Werner hatte offenbar noch andere Wege zurückgelegt. Wendtland dachte an Susannes ‚stille Wasser'. Aber vielleicht waren es ja auch nur die Ausflüge zu Fotosafaris. Leider hatte Erwin Werner aber nicht vermerkt, wo er getankt hatte – das wäre vielleicht sehr aufschlussreich gewesen. In dem Moment steckte Chris Keller den Kopf zur Tür herein: „Haben Sie unsere Protokolle schon gelesen?“, wollte er wissen.

Wendtland schüttelte den Kopf: „Ich wundere mich gerade, wohin der Mann so viele Kilometer mit seinem Auto gefahren ist. Aber ich schau mir Ihre Protokolle gleich an. In der Zwischenzeit können Sie ja mal den PC untersuchen; Spiele und Internetadressen sind interessant. Außerdem hat der Mann ja ständig fotografiert – vielleicht hat er ja mehr als nur Landschaftsbilder geschossen.“

Wie versprochen wandte er sich jetzt den Vernehmungsprotokollen zu. Von den Nachbarn war gar nichts zu erfahren gewesen. Als „zurückgezogen“, „sonderbar“ oder „merkwürdig“ wurde Erwin Werner bezeichnet. Dass er bei der Stadt arbeitete, wussten nur die wenigsten; Frau Werner hatte wohl nie darüber gesprochen. „Die arme alte Frau“, sagten alle, jetzt werde sie ganz allein sein. Bis jetzt hätte sie ja nach dem Tod ihres Mannes immer noch den Sohn gehabt. Die Tochter sei sich ja zu fein gewesen, die alte Mutter regelmäßig zu besuchen. So hätte Frau Werner das zwar nicht direkt gesagt, aber es sei völlig klar gewesen, dass sie es so meine. Jetzt tue die Tochter natürlich ganz mitfühlend („vielleicht ist sie scharf aufs Haus"). Wendtland kannte solche Aussagen; trotzdem überlegte er, wie wohl in seiner Nachbarschaft geredet würde (vielleicht: „In der Ehe der Wendtlands scheint auch nicht alles zum Besten zu stehen“ oder: „Der Garten ist nicht gerade gepflegt“ (was leider stimmte) und: „Wie es dann wohl im Haus aussieht?“). Abgesehen von solchen kleinen Gehässigkeiten hatte aber niemand etwas Verwertbares wahrgenommen. Wie ihr Bruder hatte wohl auch Johanna Wansleben verschiedene Facetten. Auf ihn wirkte sie selbstbewusst, stark und beeindruckend; für die Nachbarschaft war sie das genaue Gegenteil: hochnäsig, kalt, abstoßend.

Das Rathaus war ebenfalls keine ergiebige Quelle. Die meisten Mitarbeiter hatten Erwin Werner kaum wahrgenommen. Lediglich mit dem Hausmeister, Herrn Rothermel, hatte er wohl ab und zu geschwatzt. „Ja, der Erwin hat manchmal von seinen Touren erzählt. ‚Den Schrottplatz verlässt du besser rückwärts, sonst hast du dein Bein gleich im Maul eines widerwärtigen Köters! Oder du musst dir das ewige Gejammer eines Wirts anhören, wie viel Geld er verliert, weil in seinem Laden nicht geraucht werden darf.‘ ‚Aber‘, hat er gesagt, ‚was kann denn ich dafür, was erlaubt ist und was nicht. Und wenn einer Gaunereien macht, dann kann ich doch nicht einfach wegsehen.‘ So war er, der Erwin. Die meisten hier haben ihn nicht gemocht; war ja auch ein Einzelgänger. Ich fand ihn aber echt und geradeheraus.“ Mehr wusste aber auch Bernhard Rothermel nicht, denn außerhalb des Rathauses hatten sie keinen Kontakt miteinander gehabt. Kein gemeinsamer Kneipenbesuch, niemals ein Glas Wein zusammen auf dem Weinfest („ich glaube, der Erwin hat Alkohol gar nicht angerührt“). Schade. Wendtland hatte gehofft, vom Hausmeister ein bisschen mehr über Erwin Werners Privatleben zu erfahren.

II

Nach der Mittagspause kam Chris Keller herein. „Also, Chef, ich habe die Kiste mal durchgecheckt. Geheimes scheint mir nicht drauf zu sein. Werner war sehr sorglos mit dem Gerät; er hatte praktisch keine Sicherheiten eingebaut, nur einen automatischen Virenschutz, der aber bei der Auslieferung schon dabei ist. Das Passwort hatte er sinnigerweise auf die Unterseite der Tastatur geklebt. Spiele – eigentlich das Übliche, die typischen Windows-Spiele wie Minesweeper oder Solitär. Daneben hatte er noch ein paar einfache Ballerspiele; nach einem Hardcore-Fan sieht mir das aber nicht aus."

„Fotos?", fragte Wendtland. „Das kann ich noch nicht genau sagen, er scheint mit Dropbox gearbeitet zu haben. Aber auf der externen Festplatte ist alles voll mit Fotos." Chris Keller sah etwas bekümmert aus, denn er ahnte wie mühsam es sein würde, alle Bilder durchzusehen. Wendtland wurde neugierig. „Wie hat er sie gespeichert?"

„Soweit ich bisher sehen konnte, hat er monatliche Dateien angelegt. Auf der externen Festplatte reichen sie etwa drei Jahre zurück."

Wendtland dachte an die 50.000 Kilometer auf dem Tacho von Werners PKW. „Was ist denn drauf?", wollte er wissen. Chris Keller hob entschuldigend die Hand. „Ich hab' nur hier und da mal ein Bild angeklickt – viel Grün, Windräder, alte Häuser, nichts Unanständiges!"

Wendtland musste lächeln. Was die Kollegen bei Fremden immer so vermuteten … „Trotzdem: Wir müssen sie alle durchgehen. Vielleicht findet sich ja darin ein Hinweis auf Täter oder Täterin."

Chris Keller seufzte hörbar. „Aber", er setzte eine bedeutende Miene auf, „das Internet ist interessant. Denn unser Mann ist fleißig gesurft. Vor allem auf Sadomaso-Seiten und entsprechende Adressen hat er auch angeklickt."

Sieh an, dachte Wendtland, also ‚stilles Wasser'! Er musste wohl den Werners noch einen weiteren Besuch abstatten. „Irgendwelche Auffälligkeiten dabei?", fragte Wendtland.

Chris Keller schüttelte den Kopf: „Er scheint allerdings Adressen aus der näheren Umgebung gesucht zu haben."

Klar, dachte Wendtland, wo denn sonst. „Wie viele Angebote gibt es denn in unserer Region?", wollte Wendtland wissen.

„Also auf zwei Dutzend im Umkreis von 20 Kilometern bin ich schon gestoßen!"

Wendtland pfiff durch die Zähne. Da lag das Rheinhessische Hügelland still und friedlich, Windräder drehten sich langsam, der Wein reifte in sattem Grün – und hinter den Hauswänden gab es Foltersex. Natürlich konnte man das von außen nicht einmal ahnen.

Er gab dem jungen Kollegen Werners Handy: „Gleichen Sie einmal Anrufe und Internetangebote miteinander ab. Wenn er uns diese Recherche genauso einfach macht wie im PC, kommen wir vielleicht ein gutes Stück weiter."

Chris Keller verschwand mit dem Handy und Wendtland machte sich seufzend an seine andere Arbeit. Auf dem Tisch lag noch die Akte eines Vermissten, 80 Jahre alt. Der hatte vor vier Tagen, am Samstag seine Wohnung in Armsheim, in der er allein lebte, verlassen, war zuletzt in der Bäckerei gesehen worden und war bisher nicht wieder aufgetaucht. Der Pflegedienst hatte am Morgen, vielleicht eine Stunde, nachdem die Nachricht vom Tod Erwin Werners eingegangen war, Alarm geschlagen. Er rief Rosemarie Lottermann: „Den Fall müssen jetzt andere Kollegen weiterbearbeiten – am besten sagen Sie auch gleich auf der Poststelle Bescheid."

Kaum hatte Frau Lottermann sein Büro verlassen, klingelte das Telefon. Die Pressestelle aus dem Präsidium war am Apparat: „Ich wollte nur mal fragen, ob ihr schon was habt in dem Fall mit dem Beamten."

Wendtland hasste solche Anrufe. Sagte man viel, so war

nicht sicher, ob nicht zu viel an die Öffentlichkeit dringen würde. Sagte man nichts, kam gleich der Vorwurf, es würde wohl nicht intensiv genug ermittelt. „Viel ist es nicht", antwortete er vorsichtig. „Wir kümmern uns gerade um die sexuellen Vorlieben des Getöteten."

Der Mann von der Pressestelle war nicht gerade zufrieden. „Was soll ich denn der Zeitung sagen – die steht mir schon seit gestern auf der Matte."

Wendtland dachte einen Moment nach, dann sagte er, eigentlich spaßeshalber: „Es könnte sein, dass der Mörder oder die Mörderin mit einem Fahrrad gekommen ist, dessen Kette quietscht."

Sein Gesprächspartner verabschiedete sich sehr knapp, wahrscheinlich fühlte er sich auf den Arm genommen.

Kurz vor Feierabend kam Chris Keller wieder. „Vielleicht habe ich was. Es gibt zwei Nummern, die übereinstimmen. Hier habe ich die zugehörigen einschlägigen Internetseiten. Allerdings gibt es nur je einmal einen Anruf."

Wendtland wunderte sich nicht, es war nicht das erste Mal, dass er solchen Hinweisen nachgegangen war: „Das ist nur die Locknummer. Wenn es ernst wird, kriegst du eine andere." Es war erstaunlich, wie leicht sie an diese Informationen gekommen waren – aber war das auch eine richtige Spur? Er mahnte sich selbst, andere Möglichkeiten nicht auszuschließen. „Sonst noch interessante Nummern?"

„Dann sind die zwei Nummern, die häufig vorkommen, wohl einschlägig. Der Rest sind Telefonate mit seiner Mutter; eine Nummer, die auch noch häufiger vorkommt, ist die von seinem Kollegen Kohlmeier."

Na ja, Wendtland würde morgen ein bisschen ins Rotlichtmilieu abtauchen müssen. Keller solle bis morgen früh die

Adressen der Damen ausfindig machen – „oder sollen wir das die Kollegin Sandra machen lassen?“

Keller grinste, meinte dann aber doch: „Die Sandra ist ganz schön tough, die können Sie nicht so leicht erschüttern.“

Vielleicht wäre es kein Fehler, überlegte Wendtland, sie zu den Damen mitzunehmen. Es gab ja so etwas wie den weiblichen Blick. Beim Blick auf die Uhr stellte er bestürzt fest, dass der Tag rasend schnell vergangen war – was hatte er nicht alles noch erledigen wollen!

III

In der Mittagspause hatte sich Christa Schirrmann mit ihrer Freundin Petra Richter-Christ aus dem Kulturamt im Café Esselborn getroffen. Die beiden Frauen waren etwa gleichaltrig, beide hatten kleine Kinder – so war man im Rathaus ins Gespräch gekommen, auch wenn Petra in einem völlig anderen Bereich tätig war. Doch heute wollte Christa weder über launische Kinder, unsensible Ehemänner, häusliche Sorgen oder Ähnliches sprechen. Sie musste den Tod des Kollegen mit jemandem verarbeiten. Mit Volker ging das nicht – der war dafür nicht so recht einfühlsam. Und ihre Kollegin Roswitha hatte ihre eigenen Sorgen.

Eigentlich war Christa sehr ernährungsbewusst, doch heute bestellte sie sich eine heiße Schokolade und ein Schokocroissant, während Petra einen kleinen Salat und einen Möhrensaft wählte. „Mir geht der Werner nicht aus dem Kopf“, begann Christa. „Ich stelle mir immer vor, wie er an seinem Gartentor niedergeschlagen wird. Bestimmt träume ich auch bald davon.“

Petra legte ihrer Freundin beruhigend die Hand auf den

Arm. „Du kannst es doch nicht ändern – es ist traurig, aber es ist geschehen.“

Christa ließ sich nicht so leicht beruhigen. „Ich hätte freundlicher zu ihm sein können, mal etwas Nettes zu ihm gesagt haben. Es ist schrecklich; aber wenn der Tod kommt, ist alles zu spät.“ Petra versuchte, ihre Freundin auf andere Gedanken zu bringen: „Es ist doch merkwürdig, dass ein einfacher Mitarbeiter im Rathaus zum Opfer wird, bestimmt ist das eine private Sache.“

„Ich hoffe es“, entgegnete Christa, „stell dir nur vor, das hätte mit dem Rathaus oder unserem Job zu tun.“

„Was sollte das denn sein? Ihr im Ordnungsamt seid zwar nicht die Stadtlieblinge – aber deswegen holt doch niemand einen Knüppel aus dem Sack, schon gar nicht in einer so kleinen Stadt!“

„Na ja“, Christa war sich da nicht ganz sicher, „wir haben es schon mit ‚Kunden‘ zu tun, deren Geschäfte wir stören können – auch in einer Kleinstadt!“

Inzwischen war die Mittagspause vorbei und Christa nutzte den Rückweg, um sich im Blumengeschäft über den Kranz zu informieren; auch das brachte sie auf andere Gedanken. Natürlich hatte Petra sie nicht beruhigt – ihre Ängste und Bilder blieben. Doch es war gut gewesen, der Freundin ein wenig zeigen zu können, wie es in ihr drinnen aussah. Das würde ihr helfen, sich abends daheim nicht allzu viel anmerken zu lassen.

Der jungen Polizistin (zum ersten Mal hatte sie bewusst mit einer jungen Frau von der Polizei gesprochen), die ins Rathaus gekommen war, hatte sie gar nichts erzählen können. Was war Erwin Werner für ein Mensch? Hatte er mit ihr – und, wenn ja, worüber – gesprochen? Hatte er sich in letzter Zeit auffällig benommen? Christa Schirrmann konnte immer nur mit den Schultern zucken; die Situation empfand sie als beklemmend. Eine Hilfe bei der Suche nach dem Täter (warum hatte die Polizistin bloß immer ‚oder die Täterin' gesagt?) war sie so bestimmt nicht. Petra hatte versucht, auf dem Weg ihrem Gedächtnis auf die Sprünge zu helfen: „Hatte er vielleicht etwas Besonderes an? War er zu ungewöhnlichen Zeiten im Rathaus gewesen? Hattest du gesehen, ob er in andere Zimmer als üblich gegangen war?"

Christa dachte angestrengt nach. Irgendetwas war anders gewesen, das fiel ihr jetzt ein. Richtig: Sie hatte gesehen, wie Erwin Werner am Mittwoch (oder war es Dienstag?) aus dem Vorzimmer des Amtsleiters gekommen war – aber war das etwas Besonderes, nur weil Außendienstmitarbeiter dort üblicherweise nicht auftauchten? Gegenüber der Polizistin hatte sie davon nichts erwähnt.

IV

Zu Hause erwartete ihn Susanne mit mehreren Katalogen. „Sommerhäuser in Skandinavien!", verkündete sie triumphierend. Wendtland musste sich zusammennehmen, um nicht in seinen alten Trott zurückzufallen. Viele Klebestreifen machten deutlich, dass Susanne ihren freien Nachmittag intensiv genutzt hatte. Lena lief strahlend auf ihn zu: „Papa, das Haus ist einfach toll!" Und Jonas setzte hinzu: „Wir werden ein Boot mit Außenborder haben!"

Es war offenbar schon alles klar, dachte Wendtland. Mit etwas gezwungenem Lächeln sagte er: „Schön, aber was kostet das denn?" Als Susanne antwortete, dass es nicht ganz billig sei, ahnte er, dass der Urlaub ein ordentliches Loch in die Familienkasse reißen würde. Aber er wollte den Seinen die gute Stimmung nicht verderben. Beim Abendbrot wurden ihm Haus und Umgebung in den leuchtendsten Farben geschildert. Er vertiefte sich in sein Käsebrot und nahm, um beschäftigt zu wirken, mehr Gurkenstücke als üblich.

Irgendwie gelang es ihm, den Abend über die Runden zu bringen, bis die Kinder im Bett lagen. Heute war er mit Lena dran und hatte ihr eine Geschichte über Tierkinder vorgelesen. Aber er war unkonzentriert gewesen und hatte sich ein paarmal versprochen. Lena schimpfte mit ihm, sodass er sich am Ende zusammenriss. Es war schon fast neun, als Susanne und er im Wohnzimmer zusammensaßen. „Du warst ja nicht gerade begeistert, als wir dir vom Sommerhäuschen vorgeschwärmt haben." Wendtland brummte: „Ihr habt mich ja damit auch ganz schön überfallen!" Außerdem habe er diesen blöden Mordfall im Kopf: „Und jetzt dürfen wir auch noch im Rotlichtmilieu ermitteln."

Als Susanne hörte, welcher Art denn dieses Milieu sei, dachte sie einen Moment nach: „Vielleicht sollte ich ja auch einen Folterkeller einrichten", sagte sie dann. Als sie sein Stirnrunzeln bemerkte, ergänzte sie: „Nein, den Urlaub will ich damit nicht finanzieren, obwohl …", sie vollendete den Satz nicht. „Aber vielleicht hast du ja morgen Abend ganz neue Gelüste!"

Jetzt musste Wendtland laut auflachen. Er stand auf, um eine neue Flasche Wein zu holen, und küsste im Vorübergehen seine Frau auf die Wange. „Du und eine Peitsche – das möchte ich sehen!"

Erster Mittwoch

I

Er war am nächsten Morgen gerade in sein Büro gekommen, da lugte auch schon Frau Lottermann herein. „Haben

Sie schon gelesen?“ Sie hatte die Allgemeine Zeitung in der Hand. Wendtland verneinte. Dazu kam er morgens nur selten, die Kinder verlangten recht viel Zeit. War alles im Ranzen, hatten sie ihre Pausenbrote dabei? Außerdem wechselte Lena mindestens dreimal den Pulli, den sie anziehen wollte. Er nahm die aktuelle Ausgabe – Frau Lottermann hatte schon die Lokalseite aufgeschlagen. „Kam der Mörder mit dem Fahrrad?“, hieß es in der Überschrift. Wendtland rieb sich die Augen: Hatte die Pressestelle seine eher scherzhafte Bemerkung etwa an die Presse gegeben? „Tja, Frau Lottermann, vielleicht haben wir jetzt ein Problem.“

Sie schüttelte den Kopf: „Jetzt wird der Mörder bestimmt nervös, weil er ahnt, dass wir ihm auf den Fersen sind.“ Rosemarie Lottermann ermittelte stets mit Feuereifer mit, auch wenn sie im Wesentlichen Büroarbeiten erledigte. Sie fühlte sich generell als Mitglied des Ermittlungsteams. Andererseits, ihr unverstellter Blick hatte ihn schon manchmal auf einen interessanten Gedanken gebracht. Auch für ihn war das Fahrrad ja ein Hinweis gewesen, mehr aber auch nicht. Würden sie sich mit einer solchen Meldung nicht nur lächerlich machen?

Er täuschte sich nicht. Der Zeitungsbericht bereitete noch Ärger. Das Präsidium rief um neun an und fragte, was denn diese Meldung bedeuten solle. Damit mache man sich überall zum Gespött. Der Kommentar im überregionalen Teil sei vernichtend: „Ist die Polizei bei ihren Ermittlungen so langsam wie ein Radfahrer?“ Wendtland versicherte glaubhaft, dass die Information nicht von ihm an die Presse gelangt sei. „Das war vermutlich Ihre Pressestelle selbst!“ Damit war das Gespräch vorerst beendet. Aber Wendtland wusste, dass ihn das Präsidium nun „auf dem Bildschirm“ hatte.

Eine Viertelstunde später kam Chris Keller herein: „Ich habe Ihre ‚Schäferstündchen‘ ausgemacht, Chef. Die Damen glauben wirklich, Sie, d. h. eigentlich ich, weil ich ja gefragt habe, hätten ernsthaft Interesse. Sie hatten übrigens recht – ich wurde auf eine andere Nummer verwiesen. Heute um elf und um eins dürfen Sie zu Besuch kommen und – Sandra kommt mit!"

Nun wurde auch Frau Lottermann neugierig. Was denn da abginge, wollte sie wissen. Als ihr Wendtland erzählte, wohin er heute zu fahren gedenke, schüttelte sie sich. Aber es war eine Mischung aus Abscheu und Neugier. „So richtig mit Leder, Fesseln und Peitsche?", fragte sie. „Sie müssen unbedingt erzählen, wie so eine Domina ist", setzte sie hinzu.

„Na, Sie wissen ja ganz gut Bescheid", antwortete Wendtland anerkennend. „Ich gucke eben jeden Sonntag ‚Tatort'", bemerkte Frau Lottermann stolz zur Begründung.

In diesem Augenblick kam Sandra Weinzierl herein. „Wollen Sie wirklich mitfahren, Frau Weinzierl?", fragte Wendtland besorgt. „Sie müssen sich das nicht antun."

Sandra Weinzierl lachte: „Mich können Sie mit so etwas nicht erschrecken, schließlich bin ich freiwillig Polizistin geworden. That's life!"

Wendtland war beeindruckt: „Na dann los, junge Kollegin – auf ins Folterkabinett!"

Die erste Adresse lag in einem Dorf ganz in der Nähe von Eckelsheim. Das hätte er nun nicht gedacht – praktisch um die Ecke! Es war ein unscheinbares Haus, nichts deutete auf das hin, was drinnen wohl geschah. Sie hatten, wie jemand am Telefon Chris Keller eingeschärft hatte („wegen der Nachbarschaft"), etwas weiter entfernt geparkt, die Umgebung erinnerte ganz an das Viertel, in dem er selbst wohnte. Wieder versetzte ihm das einen Stich. Er ließ die junge Kollegin etwas weiter unten an der Straße warten, dann klingelte er an der Tür. Es dauerte einige Sekunden, bis sich hinter der Tür etwas tat. Dann öffnete jemand: „Komm herein, mein Süßer, deine Herrin wartet schon auf dich!“

Der Satz wirkte einstudiert und der Akzent war eindeutig nicht rheinhessisch. Wendtland sah im reichlich dunklen Flur eine Frau unbestimmbaren Alters, offenbar ganz in Leder gekleidet. Sie wollte die Tür direkt hinter ihm schließen. Doch er sagte sehr bestimmt: „Polizei. Die Kollegin kommt noch!“ Die Frau erschrak sichtlich und wich vor ihm zurück. „Alles o.k., nix illegal“, rief sie immer wieder, bekam aber keine Antwort.

Wendtland spähte vorsichtig in die anderen Räume, bis Sandra Weinzierl eingetreten war. Er ließ die Kollegin bei der Prostituierten bleiben, damit er auch im Obergeschoss nachsehen konnte, ob sich dort noch jemand verbarg. Das Haus war leer, doch er war sich nicht sicher, ob es nicht Abhörmöglichkeiten gab. „Ziehen Sie sich schnell etwas über und holen Sie Ihren Pass – wir fahren in unser Büro.“

Die Frau wollte schon zum Handy greifen, doch Wendtland war schneller. Er legte die Hand auf den Apparat. „Keine Telefonate!“ Er blickte sich selbst noch ein wenig in der Wohnung um, sie war mit billigsten Möbeln eingerichtet. Die ‚Dienstleistung‘ wurde wohl im Keller erledigt; das wollte er gar nicht sehen. Dafür entwickelte die junge Kollegin ein lebhaftes Interesse an der Einrichtung. („Frau Lottermann möchte doch einen Bericht!“, lachte sie.) Er ließ sie gehen und telefonierte in der Zwischenzeit mit der Dienststelle, dass die Frau abgeholt würde. Dann konnten sie ihren zweiten Besuch abstatten.

Es dauerte doch eine halbe Stunde, bis Chris Keller mit einem Kollegen aus einer anderen Abteilung eintraf. Er entschuldigte sich, weil so schnell niemand frei gewesen war, um ihn zu begleiten. Während der Wartezeit beteuerte Alina, wie sie im Internet angepriesen worden war, immer wieder, dass alles legal sei, alles freiwillig, alle Papiere seien in Ordnung, „Gesundheit o.k.“, wie sie sich ausdrückte. Außerdem komme um vier ein neuer Kunde. Wendtland nahm das alles kommentarlos entgegen – sollte Alina ruhig glauben, dass er wegen Prostitution gekommen war.

Chris Keller verfrachtete Alina schließlich in den Wagen, um sie zur Dienststelle zu bringen. „Lass sie ein bisschen schmoren, bis ich komme und sage ihr nicht, warum wir sie geholt haben.“ Damit schwang sich Wendtland in seinen Wagen, um mit Sandra Weinzierl den zweiten Vogel aus dem Nest zu holen. Diesmal mussten sie in die entgegengesetzte Richtung fahren, um an ihr Ziel zu gelangen. Es war wie beim ersten Mal, auch das Interieur war auffallend ähnlich (hatte sie den gleichen „Beschützer“?), nur, dass diese Dame sich Layla nannte (war das nicht ein Supersong von Eric Clapton?) und deutlich jünger wirkte. Allerdings versuchte sie noch einen plumpen Bestechungsversuch: „Ich mach es dir kostenlos, wenn du mich laufen lässt“, sagte sie, als Sandra gerade außer Hörweite war. „Ich bin bestens versorgt“, antwortete Wendtland. Mit Schrecken stellte er fest, dass Sandra Weinzierl in diesem Moment wieder neben ihm stand. Er lief ziemlich rot an. „Fahren wir!“, bestimmte er abrupt.

II

Er ließ die beiden Damen noch ein wenig warten – allerdings in getrennten Räumen. Man wusste ja nicht, inwieweit es da Verbindungen gab. Er wollte erst die Meinung seiner jungen Kollegin hören. „Also, ich habe nicht das Gefühl, dass die beiden wissen, worum es geht“, gab sie ihren ersten Eindruck wieder. „Immer wieder riefen sie ‚das ist legal, was wir tun; warum sperrt ihr uns ein?'. Ganz ehrlich, Herr Wendtland", sie vermied das etwas kumpelhafte ‚Chef' von Chris, „die zwei wirken auf mich, als seien sie ziemlich durcheinander. Sie fürchten, abgeschoben zu werden."

Wendtland griff zum Telefonhörer und wählte die Nummer seines Kollegen von der Sitte. Er hatte Glück, Thomas Schwertfeger war gerade im Büro: „Ich habe hier zwei Sadomaso-Damen", begann er, „sie nennen sich Alina und Layla. Habt ihr irgendwelche Informationen zur Szene?"

Thomas Schwertfeger ließ sich die beiden Adressen nennen, dachte einen Augenblick nach und meinte dann: „Beide Adressen sind bekannt, Letten-Connection. Aber auffällig ist bisher nichts; die Reviere hier sind recht gut abgesteckt. Deshalb kommt es auch so gut wie nie zu Auseinandersetzungen. Wir gucken uns die Szene zwar dezent an – aber warum hast du die zwei eigentlich bei dir?" Wendtland schilderte in wenigen Worten den Fall Werner. „Ach den", sagte Thomas Schwertfeger, „war der städtische Beamte etwa Kunde?"

„Du hast es erfasst", lachte Wendtland in den Hörer, „auch Beamte" (‚oder gerade die', warf sein Kollege ein) „brauchen mal Abwechslung!"

Er dankte, setzte sich an den kleinen Tisch, um mit der Vernehmung zu beginnen und ließ die erste der beiden zu sich kommen. „Sie sind hier nicht als Verdächtige, sondern als Zeugin, verstehen Sie das?"

Alina nickte, allerdings wenig überzeugt.

„Sie müssen uns helfen, einen Fall aufzuklären", versuchte er noch einmal. Dann zeigte er ihr ein Bild von Erwin Werner. „Kennen Sie diesen Mann?"

Die Frau, die bestimmt die 40 überschritten hatte – ganz das Alter für Erwin Werner, dachte er – nickte wieder, viel mehr war aus ihr aber nicht herauszubekommen. „Er bei mir gewesen, aber nix Ärger." Er hatte offensichtlich immer bezahlt bei seinen Besuchen, ungefähr zweimal im Monat.

Wendtland nickte Chris Keller zu: „Prüf das zur Sicherheit noch einmal mit den Telefonlisten ab." Er blickte der Frau fest ins Gesicht: „Dieser Mann ist tot, ermordet!"

Sie schlug die Hände vors Gesicht und murmelte etwas in einer fremden Sprache. „Nix wissen, Mann war guter Kunde, brachte manchmal sogar Schokolade mit", brachte sie schließlich heraus.

„Wann war er zuletzt bei Ihnen, können Sie sich noch daran erinnern?", setzte Wendtland nach.

Alina dachte angestrengt nach: „Letzte Woche, aber nix wissen, welche Tag."

„War er vielleicht anders als sonst?", warf Sandra Weinzierl ein.

Alina zuckte mit den Schultern. „Wir nicht sprechen, nur machen."

Wendtland versuchte, sich das genauer vorzustellen. Vielleicht sollte er mal einen Kursus bei seinem Kollegen von der Sitte machen.

„Wie nannte sich der Mann denn?", wollte Chris Keller wissen.

„Frieder oder Friedrich", lautete Alinas Antwort. Seltsame Mimikry, dachte sich Wendtland, der Name des ungeliebten Schwagers, aber was wusste er, was im Kopf eines Kunden von Alina vor sich ging? „Wie kam er denn zu Ihnen, mit dem Auto?"

Alina lächelte zum ersten Mal: „Kunden nie Auto, immer zu Fuß. Nix Ärger mit Nachbarn." Wendtland hatte das Gefühl, dass Alina nicht mehr hergeben würde. Trotzdem sagte er ihr, sie solle sich bis auf Weiteres zur Verfügung halten.

„Ich jetzt gehen? Kunde kommt bald, Bus vielleicht gleich

weg“, fragte Alina recht ungeduldig. Wendtland beruhigte sie. „Wir bringen Sie zurück, wenn ich mit Layla gesprochen habe.“ Alina sah erstaunt auf, darauf war sie nicht vorbereitet, sagte aber nichts.

Das zweite Gespräch verlief nicht viel ergiebiger. Auch die zweite Domina, deutlich jünger als ihre Kollegin und des Deutschen mächtiger, konnte über Erwin Werner nicht viel aussagen. Er war ungefähr alle zwei Wochen gekommen (immerhin jede Woche einmal bei den Damen, eine stramme Leistung für einen fast 50-Jährigen, dachte sich Wendtland; er versuchte nachzurechnen, welchen Rhythmus er im Bett brachte). Der Kunde sei immer freundlich und pünktlich gewesen (das hatte Wendtland schon mal gehört); gezahlt habe er auch sofort. Bei ihr hatte er sich als Johannes oder Hans (aha, hier also die Schwester) ausgegeben. „Er wollte immer das volle Programm“, meinte Layla. Wedtlandt wollte gar nicht so genau wissen, was das sei.

Sandra Weinzierl indes ließ sich genau beschreiben, wie das Programm denn aussehe. Wendtland musste die Kollegin schließlich bremsen. Als auch die zweite Frau draußen war, konnte er es sich nicht verkneifen: „Falls Sie einen Freund haben – der wird ganz schön zu leiden haben!“

Sandra Weinzierl lächelte: „Reines Berufsinteresse!“

Wendtland rief einen Wagen, um die zwei Frauen wieder nach Hause zu bringen. Mehr als die Tatsache, dass Erwin Werner mehrfach bei ihnen gewesen, aber ein solider Kunde gewesen war, hatte er nicht erfahren. Ein Motiv für einen Mord war beim besten Willen nicht zu entdecken – und ein Grund, sie festzuhalten, erst recht nicht! Trotzdem würde er beim Ausländeramt nachfragen lassen. Die Kollegen dort wären sonst sehr pikiert gewesen, wenn sie von dem Einsatz nichts erfahren hätten.

Als alles vorbei war, schaute Frau Lottermann ins Zimmer. „Na, gab es Streckbänke oder Ketten?", wollte sie wissen und fügte gleich hinzu: „Die erste war schon ganz schön verlebt, aber wahrscheinlich ist es da ganz schummerig, sodass man die Falten gar nicht sieht."

Wendtland lachte und wunderte sich zugleich über das große Interesse, das dieses Thema bei Frauen offenbar auslöste. Hatten sie vielleicht geheime Überlegenheitsfantasien? Nicht er, aber Sandra Weinzierl konnte Frau Lottermanns Neugier bestens befriedigen. Er spürte förmlich den kitzligen Schauder, der jetzt wohl über Lottermännches Rücken kroch. Womit Frauen sich beschäftigen konnten! Für ihn war das ganze Thema nur ekelhaft. Aber als Polizist musste er von solchen Gefühlsregungen Abstand nehmen. Alles andere – dazu musste er sich allerdings zwingen – wäre unprofessionell. Außerdem: Konnte es ihn bei der Lösung des Falles überhaupt voranbringen? War das nicht eine tote Spur? Er schloss die Verbindungstür, um nicht noch mehr Einzelheiten zu hören.

Kurz danach steckte Sandra Weinzierl den Kopf durch die Tür: „Sollen wir die Objekte überwachen, um an die Zuhälter heranzukommen?", fragte sie und weckte ihn damit aus seinen Gedanken.

Welches Interesse sollten die Zuhälter haben, einen offenbar zahlungswilligen Kunden um die Ecke zu bringen? Wenn die Polizei sie einvernehmen würde, würden sie möglicherweise glauben, die Frauen hätten sie verpfiffen. Er wollte sich nicht ausmalen, wie es den beiden dann gehen würde. Er schüttelte daher den Kopf: „Ich glaube nicht, dass wir da weiterkommen. Los, für heute machen wir Schluss. Ich schaue mir nur noch schnell den Obduktionsbericht an."

Der Bericht bestätigte, was er vermutet hatte: Ein starker

Schlag von rechts hatte den Schädel zertrümmert. Vielleicht hatte Erwin Werner noch ein paar Minuten gelebt, in jedem Fall war der Tod sehr schnell eingetreten. Nach der Art der Verletzung tippte der Kollege auf einen Baseballschläger. Das wars.

III

Der Feierabend war schneller herangerückt, als er erwartet hatte – und wieder musste so vieles noch warten. Es war sieben Uhr, als er seine Sachen zusammenpackte und nach Hause fuhr. An ein gemeinsames Abendessen war heute nicht zu denken. Susanne war bestimmt angefressen, weil er so spät kam. Zu seiner Überraschung war sie aber gut gelaunt (war das immer noch wegen des Urlaubs, dem er ja noch immer nicht zugestimmt hatte?). Als er die Tür öffnete, stand sie im Flur und hielt irgendetwas hinter dem Rücken. Nachdem er den Mantel abgelegt hatte, spürte er einen Schlag auf die Schulter. Susanne stand da und hielt eine Kinderpeitsche in der Hand – „vielleicht brauchst du das jetzt." Wendtland lachte – Susanne war doch für manche Überraschung gut. Im Stillen verwünschte er sich, dass er manchmal an ihr zweifelte. Heute Abend würde er sich mit Inbrunst seiner „guten Versorgung" widmen (was sich wohl die junge Kollegin bei seinen Worten gedacht hatte?).

Doch erst musste er sich den Rechenaufgaben seines Sohnes zuwenden. Er sollte addieren und subtrahieren, mit und ohne Klammern. Dabei schien er schier zu verzweifeln, was denn – (1) bedeuten solle, denn die 1 in der Klammer habe doch ein + davor, also müsse er sie doch dazuzählen. Nach zwanzig Minuten gab Wendtland entnervt auf. „Es ist eben so", sagte er, „das hat ein kluger Mensch vor vielen hundert

Jahren so festgelegt, dass kein extra + dazukommt." Aber Jonas schien nicht sonderlich überzeugt.

Heute brachte er beide Kinder zu Bett, denn Susanne war zum Elternabend gefahren. Also musste er beiden vorlesen. Bei Jonas kürzte er ein wenig, damit es nicht so spät würde. Das gefiel seinem Sohn nun gar nicht, wahrscheinlich würde der diesen Tag jetzt zu den „doofen" zählen. Wendtland setzte sich in den Sessel, um ein wenig Zeitung zu lesen, doch bald fielen ihm die Augen zu.

Er erwachte erst, als ihn jemand an der Schulter rüttelte. Susanne war vom Elternabend zurück. Er brauchte ein paar Sekunden, um sich zurechtzufinden, hatte er doch im Traum eine heiße Spur gefunden, die etwas mit Eisenbahn, Pizza und deutschen Zollbeamten zu tun gehabt hatte. Aber die Bilder waren, kaum dass sie noch vor ihm standen, wieder verschwunden. „Was gabs denn?", fragte er etwas lustlos.

„Die Kinder sollen einen Ausflug machen", berichtete Susanne, „und es ging darum, sich etwas Interessantes anzusehen. Und da habe ich vorgeschlagen, sie könnten ja mal die Polizei besuchen – ich habe der Lehrerin versprochen, dich um Hilfe zu bitten."

Das hatte gerade noch gefehlt! Er jagte gerade den AZ-Killer, wie er intern inzwischen genannt wurde, und Madame kam auf die Idee, ihm jetzt einen Schulausflug aufzubürden. Trotzdem antwortete er, wenn auch ohne sichtliche Begeisterung: „Okay, ich schau mal, was sich machen lässt." Allerdings hatte sich seine Laune schlagartig verschlechtert und sein Bedarf an ‚Versorgung' war rapide abgekühlt.

Erster Donnerstag

I

Der Tag war zwar trüb, es nieselte seit einer Stunde, aber er begann mit einer guten Nachricht, auch wenn er den Fall abgegeben hatte. Der vermisste alte Mann war gefunden worden; in Gießen auf dem Bahnhof. Die Bahnhofsmission hatte sich seiner angenommen. Der Mann, so stand in dem Bericht, sei völlig entkräftet und dehydriert gewesen und habe stets davon geredet, er müsse doch zu „seiner Carmen". Das war der Name der Tochter, aber nicht der in Kassel, sondern jener in Rosenheim. „Weiß der Himmel, wie der Mann nach Gießen gekommen ist", murmelte Wendtland. Es musste doch Hunderte Menschen gegeben haben, die ihn gesehen hatten, aber niemand hatte den alten Mann beachtet oder gar angesprochen. Er würde für ein paar Tage in ein Pflegeheim kommen. Es war immer wieder das gleiche Lied: Die Kinder weit weg, mit Beruf und Familie voll ausgelastet, und die Alten blieben zurück. Wie würde es ihnen gehen, wenn Jonas und Lena aus dem Haus und in die Ferne, vielleicht sogar ins Ausland, gingen? Er wischte diesen Gedanken schnell beiseite.

Es war der vierte Tag nach dem Mord und noch immer gab es keinen weiterführenden Hinweis. Die Rotlichtspur jedenfalls war offenbar eine Sackgasse.

Im Büro wartete Frau Lottermann dafür gleich mit einer Neuigkeit auf. Ein Bürgermeister Schnieder wolle ihn sprechen und erwarte umgehend seinen Rückruf – siedend heiß fiel Wendtland in dem Moment ein, dass er den Besuch beim Bürgermeister des Getöteten ganz vergessen hatte. Aber hieß der nicht anders? „Was will der denn?", fragte er.

„Keine Ahnung, er war nur furchtbar aufgeregt. Was die Polizei in seiner Gemeinde gemacht habe – und er wisse nichts davon."

Wendtland lächelte. Manche Bürgermeister maßten sich eine ganze Menge an. Kleine Könige im Dorf. Zum Glück hatten sie in Eckelsheim eine fähige Bürgermeisterin gehabt, die ihr Amt nicht bei jeder sich bietenden Gelegenheit heraushängen ließ. Sie hatte stattdessen oft selber mit angepackt. Ob der Neue, der vor kurzem gewählt worden war, ebenso sein würde, musste sich erst noch zeigen. Aber für Ortspolitik interessierte er sich nicht gerade übermäßig viel. Er wandte sich wieder Frau Lottermann zu: „Lassen Sie den Herrn Bürgermeister“, das Wort betonte er besonders, „noch etwas zappeln.“

Auf seinem Schreibtisch lag jetzt die Liste der Einsätze der Außendienstmitarbeiter des Ordnungsamtes in den letzten sechs Wochen. Zusätzlich hatte das Amt ihm Kopien der Berichte von Erwin Werner beigefügt. Er stöhnte, als er den Packen Papier vor sich sah. Er musste sich eine To-do-Liste anlegen, damit ihm nicht so etwas wie das Gespräch mit dem Bürgermeister durchrutschte. War das schon das beginnende Alter? – Dabei war er noch nicht einmal 40. Er schrieb:

- Listen durchgehen
- Gespräch Bürgermeister Menzel
- Vernehmung von Werners unmittelbaren Kollegen
- Gespräch mit dem Chorleiter (das könnten die jungen Kollegen machen)
- Zweiter Besuch bei Frau Werner, Untersuchung der Garage und des Kfz des Getöteten
- Trauerfeier (das hätte er fast vergessen!)
- Fahrrad?
- Evtl. Werners Einsatzorte abklappern
- Fotos durchsuchen (das würde Chris Keller machen müssen)

Und dann? Und was war dringlich? Wo würde sich eine Spur finden lassen?

Zunächst wollte er sich aber um die Garage und das Auto kümmern. Er rief Chris Keller an: „Organisieren Sie einen Trupp, um die Garage zu durchsuchen. Ich habe das Gefühl, dass wir dort noch etwas finden!“ Dann beauftragte er Sandra Weinzierl mit dem Besuch beim Chorleiter, eventuell auch bei einigen Chormitgliedern. Er selbst wollte sich den drei Außendienstmitarbeitern im Rathaus widmen. Aber zuerst musste er diesen Bürgermeister abfertigen. Schon rief Wendtland nach Frau Lottermann: „Ich brauche jetzt diesen Ortsbürgermeister Schneider!“

„Schnieder“, korrigierte sie.

Kurze Zeit später hatte er den Mann am Apparat.

„Schnieder!“, schnarrte es durch die Leitung. „Mit wem spreche ich?“

Wendtland stöhnte, Lottermännchen hatte ihm das bestimmt schon gesagt. „Kriminalhauptkommissar Wendtland“, antwortete er so ruhig wie möglich.

„Na endlich! So, dann sagen Sie mir bitte, was gestern Abend ein Polizeiwagen in der Neugasse gemacht hat und welche Person dort ausgeladen wurde. Ich wurde von aufmerksamen Bürgern informiert.“

Blockwarte, dachte Wendtland, und überlegte, ob das auch in Eckelsheim der Fall sein würde. Auszuschließen war das nicht. Er antwortete so ruhig wie möglich: „Sie sprechen nicht mit der Fahrbereitschaft, sondern der Kriminalinspektion.“

Der Mann ließ indes nicht locker: „Man hat mir in der Zentrale gesagt, dass der Wagen auf Ihre Veranlassung unterwegs war. Also bin ich bei Ihnen wohl richtig!“

Wendtland verzweifelte fast. Da hatte Keller ein normales

Dienstfahrzeug benutzt und die junge Frau in der Zentrale hatte auch noch ihn ins Spiel gebracht – bloß, weil sich jemand als Bürgermeister meldete. „Was sind Sie von Beruf?", fragte er Schnieder.

Der stutzte einen Moment, dann bellte er: „Was geht Sie das an?"

„Nun, so viel, wie es Sie angeht, über polizeiliche Ermittlungen Erkundigungen einziehen zu wollen", antwortete er und grinste über das ganze Gesicht.

„Das ist ja unerhört", der Bürgermeister redete sich in Rage. „Da geschehen Verbrechen in meinem Ort und ich erfahre nichts! Aber warten Sie, ich habe einen guten Draht zum Landrat. Der wird Ihnen Ihre Arroganz austreiben!"

Der Mann schien gar keine Ahnung von Verwaltungsstrukturen zu haben. Wendtland hielt den Hörer weit vom Ohr weg – trotzdem war die Stimme bestens zu hören. Aber eines musste er dem Mann noch mitgeben: „Tun Sie das, wenn Sie unsere Arbeit behindern wollen. Wir dürfen dann Ihretwegen sinnlose Berichte schreiben und unsere sonstige Arbeit liegen lassen. Auf Wiedersehen, Herr Schnieder."

Damit legte er den Hörer auf und schnaufte vernehmlich. Frau Lottermann stand in der Verbindungstür: „Dem haben Sie aber ganz schön eingeheizt", meinte sie anerkennend. „Dass Ihnen mal der Kragen platzt – so kenne ich Sie ja gar nicht!"

Wendtland lächelte. „Das musste sein. So ein Schnösel, der meint, er könne mich kommandieren. Und der Landrat kann mich mal; der hat uns überhaupt nichts zu sagen."

„Oijoijoi", war die einzige Antwort von Frau Lottermann.

Er ging zu seinem Wagen und machte sich auf den Weg. Während der Fahrt liefen die Regionalnachrichten. Es war zum Verzweifeln: „Beamtenmord, Polizei tappt im Dunkeln“, war die Kurznachricht betitelt. Wer in aller Welt hatte das jetzt ausposaunt? Das konnte ja noch lustig werden. Wie gut, dass er jetzt auf dem Heimweg war. Er beachtete daher das Handy nicht, als es klingelte; schließlich stellte er es ganz aus.

II

Die Außendienstmitarbeiter hatten extra für das Gespräch ihre Tour früher abgebrochen. Sie saßen in Zimmer 110 und warteten auf den Kriminalhauptkommissar. Als er eintrat, erhoben sie sich – wie früher in der Schule – von den Stühlen. Wendtland winkte ab. „Bitte, bleiben Sie sitzen. Es soll ein zwangloses Gespräch sein. Zunächst möchte ich Sie bitten, dass Sie Herrn Werner als Menschen und Kollegen schildern. Seien Sie unbesorgt, ich schreibe nicht mit und habe auch kein Tonband in der Tasche.“

Der Kollege Lutz Kohlmeier ergriff als Erster das Wort: „Also, der Erwin, der war schon etwas eigenartig. Er hat nie viel gesagt, eigentlich nur das Nötigste. Manchmal hat er sich nach meinen Kindern erkundigt, aber mehr so aus Höflichkeit, denn interessiert haben sie ihn bestimmt kaum.“

Die Kolleginnen, Hildegard Schneider-Franke und Ellen Wagner-Reisinger, nickten. „Er war nicht unfreundlich“, ergänzte die erste, „aber man hatte den Eindruck, dass er in allererster Linie seine Ruhe haben wollte.“

„Zur Betriebsfeier ist er auch nicht gekommen“, warf Ellen Wagner-Reisinger ein. „Er mochte keine größeren Menschenansammlungen, hat er mir mal gesagt.“ Aus dem Privatleben wussten die drei wenig. Nur mit Lutz Kohlmeier hatte er ab und an über das Fotografieren und Kameras gesprochen. Dass er im Chor gesungen hatte, schien den

Kolleginnen und dem Kollegen völlig neu zu sein. Irgendetwas Auffälliges konnten alle drei nicht beitragen, erklärten aber übereinstimmend: „Der Erwin hat seine Arbeit sehr genau, manchmal zu genau genommen. Es sollte immer alles 150-prozentig sein."

„Wie hat er denn seine Arbeit so perfekt gemacht?"

Frau Schneider-Franke überlegte: „Er hat sich eigentlich nie mit dem zufriedengegeben, was ihm die Leute erzählt haben; meistens hat er selbst nachgesehen oder sich die Dinge zeigen lassen."

„Ja, das stimmt", ließ sich Lutz Kohlmeier vernehmen, „er hat sich in Spielhallen Genehmigungen zeigen lassen und Spielgerätenummern verglichen. Manchmal hat er sich gewundert, dass immer alles in Ordnung war. ‚Das kann gar nicht sein', hat er einmal gesagt, ‚alle Kollegen im Kreis werden fündig, nur wir nicht!'. Mehr im Scherz hat er dann vermutet, dass irgendjemand vielleicht unsere Pläne verpfiffen hat. Aber das konnte gar nicht sein, denn manchmal wurden wir ja auch ohne vorherigen Auftrag losgeschickt. Und auch dann war alles paletti in den Lokalitäten." Er schnaufte vernehmlich, wahrscheinlich redete er sonst nicht viel mehr als sein toter Kollege.

Wendtland schaute zu den beiden Frauen, aber die schüttelten den Kopf: „Solche kniffligen Einsätze hat er fast immer mit Lutz gemacht", sagte die jüngere. „Wenn wir mal dabei waren, dann hat er fast nie etwas gesagt – vielleicht hat er auch eine gewisse Scheu vor Frauen." Ziemlich gut getroffen, dachte sich Wendtland. Das Bild, das er sich von Erwin Werner allmählich machte, legte eine solche Schlussfolgerung durchaus nahe. Auch der Besuch bei den Prostituierten könnte passen. Nur das Verhältnis zu den beiden Frauen im Innendienst wollte sich nicht recht einfügen. Aber eigentlich interessierte ihn das nicht sehr – der Hinweis auf das Verpfeifen wollte ihm nicht aus dem Kopf. Könnte das der winzige Zipfel einer Spur sein?

Er verabschiedete sich von den dreien und diktierte im Gehen einen kurzen Bericht. Als er im Wagen saß, schaltete er das Handy wieder ein. Die Nachrichtenbox war ziemlich voll. Fünfmal Lottermann und dreimal Keller. Er hörte zuerst die Nachricht des jungen Kollegen ab. Dessen Stimme war furchtbar aufgeregt: „Chef, wo waren Sie nur? Jemand ist vor uns in der Garage gewesen!"

Wendtland rief sofort zurück und erklärte, dass er in wenigen Minuten dort sei. Zur Vorsicht hörte er sich auch noch die Anrufe von Lottermännchen an, die verkündete, dass nicht nur dieser Bürgermeister am Apparat gewesen sei. Auch einen aufgebrachten Landrat hätte sie an der Strippe gehabt. Er rief ebenfalls kurz zurück: „Ich muss zum Haus des Opfers, die versiegelte Garage ist aufgebrochen worden!", sagte er zu Frau Lottermann. „Sie dürfen den Anrufern ruhig erklären, dass ich wichtige Ermittlungen anzustellen habe." Er konnte sich das diebische Vergnügen, mit dem Lottermännchen diese Auskunft den nervtötenden Anrufern geben würde, geradezu ausmalen. Er lächelte noch, als er vor dem Haus der Werners parkte.

III

Chris Keller unterhielt sich gerade mit Johanna Wansleben, Wendtland trat dazu. Chris Keller schilderte in knappen Worten, was geschehen war: „Es war schon von Weitem zu sehen – das Garagentor war nur angelehnt. Der Einbrecher hat sich nicht lange aufgehalten. Das Schloss hat er einfach geknackt, ist rein und hat alles durchwühlt."

Wendtland war konsterniert. Der Mörder (und kein anderer) hatte wohl Veranlassung, eine Garage mit einem älteren Wagen und voller Gerümpel zu öffnen und dabei das Polizeisiegel zu zerstören. Er war ihnen zuvorgekommen, aber hatte er (wieso sprach er jetzt nur von einem männlichen Täter?) das gefunden, was er suchte? Er ärgerte sich, dass er für den Sadomaso-Ausflug so viel Zeit vergeudet hatte.

„Sie haben nichts gehört, Frau Wansleben?“, fragte er wenig hoffnungsvoll.

„Nein, ich meine zwar, gestern Abend draußen ein Geräusch gehört zu haben. Aber ich habe dem keine Bedeutung beigemessen.“ Sie zuckte bedauernd mit den Achseln: „Als ich heute Vormittag das geöffnete Tor gesehen habe, dachte ich mir, dass Ihre Leute schon mit der Durchsuchung fertig seien. Ich wollte noch einen Blick hineinwerfen, aber da rief mich meine Mutter – mein jüngerer Sohn sei am Apparat. Danach habe ich die Garage völlig vergessen.“

Wendtland verzweifelte. Hätte Johanna Wansleben nur kurz aus dem Haus geschaut, als sie das Geräusch hörte, wären sie jetzt vielleicht ein gutes Stück weiter. Aber er konnte sie deswegen nicht tadeln, außerdem waren die beiden Frauen genug mit sich selbst beschäftigt. Trotzdem war er vor allem über sich selbst so verärgert, dass ihn heute die Frau nicht zu interessieren vermochte.

„Habt ihr trotzdem die Garage untersucht?“, fragte er den Kollegen Keller. Der schüttelte den Kopf: „Ich wollte alles so liegen lassen, bis Sie kommen.“

„Das war richtig. Holen Sie die Spurensicherung. Danach können Sie sich den Rest vornehmen.“

Er wandte sich zu Johanna Wansleben. Jetzt, da sein erster Ärger verraucht war, sah er sie wieder mit anderen Augen an. Er musste sich zusammenreißen, aber auch sie ließ sein

Gesicht, seine Augen nicht los. „Ich muss Sie noch einmal mit einer sehr heiklen Frage belästigen, Frau Wansleben."

Sie nickte zum Einverständnis: „Nennen Sie mich ruhig Johanna." Nicht auch noch das, dachte Wendtland. „Wenn Sie schon so anfangen, dann gibt es Neuigkeiten aus dem Sexualleben meines Bruders?"

Er bejahte und zog die Augenbrauen hoch: „Wieso kommen Sie darauf?"

„Berufserfahrung und -erwartung", antwortete sie. „Was sollte sonst heikel sein?" Das klang plausibel. „Ihr Bruder hatte Beziehungen in das Sadomaso-Milieu."

Sie schien nicht so schockiert, wie er erwartet hatte. „Das ist interessant, auch wenn ich es nicht gewusst habe. Aber dass mein Bruder nicht völlig asexuell gewesen war, das hätte ich wissen müssen; immerhin haben wir mehrere Jahre unter einem Dach gelebt. Dass er sich selbst befriedigte, das habe ich schon als kleines Mädchen erfahren. Ich habe ihn manchmal heimlich beobachtet, wenn er sein Glied gerieben hat. Sexuelle Fantasien, ja; aber Sadomaso in natura? Darauf wäre ich nicht gekommen. Insofern kann ich Ihnen wohl kaum weiterhelfen."

Wendtland nickte. Selbst eine ausgebildete Psychologin würde nicht alle verborgenen Neigungen erkennen können – am wenigsten vielleicht bei einem nahen Verwandten. Er verabschiedete sich: „Ich danke Ihnen – Johanna", sagte er mit etwas belegter Stimme und hielt ihre Hand vielleicht zwei Sekunden zu lange.

Sie versuchten ihr Glück in der Nachbarschaft. Aber niemand hatte etwas gehört oder gesehen. Es war fast immer so, wenn man Zeugen brauchte, dann gab es keine. Wenn man sie aber nicht benötigte, dann waren sie alle da. Er dachte an die aufmerksamen Mitbürger dieses Bürgermeisters Schnieder …

IV

Im Büro bat er zunächst um einen starken Kaffee. Dann setzte er sich an seinen Schreibtisch und dachte nach. Der Täter war zum zweiten Mal erschienen – er hatte etwas gesucht und gehofft, dieses Etwas in der Garage zu finden. Irgendetwas musste es sein … Doch weiter kam er nicht, denn Frau Lottermann schaute herein: „Der Landrat", flüsterte sie, denn der Hörer lag offenbar auf ihrem Schreibtisch.

„Stellen Sie rein", antwortete Wendtland eine Spur zu laut. Der Landrat sollte merken, dass er keine Angst vor dem Gespräch hatte. „Wendtland", meldete er sich am Hörer, „was kann ich für Sie tun?" Der Mann am anderen Ende der Leitung schnaubte verächtlich: „Sparen Sie sich Ihre Arroganz! Sie wissen genau, weswegen ich Sie anrufe!" Wendtland verneinte aus ehrlicher Überzeugung. „Dann hören Sie es jetzt. Ich will Ihre polizeiliche Arbeit nicht infrage stellen, aber müssen Sie auch noch laut herausposaunen, dass hier ein Rotlichtmilieu, wie die Zeitung morgen schreiben wird, existieren soll?"

Wendtland ahnte, was kommen würde. Die ganze Region würde in ein schiefes Licht gerückt. Es müsse ja der Eindruck entstehen, dass im Landkreis an jeder Ecke eine Hure stehe usw. Er hatte sich nicht getäuscht, die ganze Litanei wurde ihm jetzt ins Ohr geblafft. Nur den Bezug zum Weinabsatz hatte er nicht erwartet.

„Wer kauft jetzt noch rheinhessischen Wein, wenn wir mit solchen Schlagzeilen in der Zeitung stehen!" Wendtland lächelte; ihm war gerade ein Werbespruch eingefallen: „Roter Rauscher vom Rotlicht!" Er musste an sich halten, um nicht laut loszulachen.

„Sehr geehrter Herr Landrat", nutzte er eine Atempause seines Gesprächspartners, „von uns kommt die Information nicht."

„Ach ja?“, erhielt er zur Antwort. „Und wer lädt die Damen aus einem Polizeifahrzeug vor ihrer Haustür aus?“

Jetzt war Wendtland klar: Dieser Ortsbürgermeister hatte nicht nur den Landrat informiert – er hatte wohl auch fleißig gegenüber der Presse geplaudert! „Herr Landrat, niemand von der Presse hat die Aktion gesehen, ich habe die Kollegen nach der Information durch Herrn Schneider“ – „Schnieder“, korrigierte der Landrat jetzt eine Spur freundlicher – „selbstverständlich befragt – irgendjemand muss die Story der Zeitung gesteckt haben. Aber ich habe beim besten Willen keine Zeit, das zu ermitteln. Dass wir einen Fehler gemacht haben, als wir offiziell erschienen sind, das weiß ich. Das tut mir leid. Dass die Sache aber so hohe Wellen schlägt – das war weder taktische Absicht noch überhaupt zu erwarten.“

Der Landrat war zwar nicht besänftigt, schien sich aber fürs Erste mit dieser Auskunft zufriedenzugeben. Den Bürgermeister musste Wendtland gar nicht selbst anrufen, denn der war nur wenige Minuten nach seinem Gespräch mit dem Landrat wieder am Apparat. „Na endlich“, brüllte er. „Sie haben es wohl nicht nötig, sich zu melden.“

Wendtland versuchte, ruhig zu bleiben: „Wir waren bei einigen schwierigen Ermittlungen; da konnte ich nun wirklich nicht auch noch telefonieren. Außerdem hat mich eben der Landrat angerufen und sich über die Presseberichterstattung beschwert. Irgendjemand muss der Presse Details über unsere Arbeit erzählt haben.“

Was jetzt kam, überraschte Wendtland, obwohl er sein Gegenüber ja als ‚Flötisten‘ im Verdacht hatte. „Wir sind eben tätig geworden“, berichtete der Bürgermeister stolz. „Wir haben das Nest ausgeräuchert!“ Wendtland wollte eigentlich nichts hören, doch er hatte offenbar den richtigen

Punkt bei diesem Mann getroffen. „Wir haben zwei und zwei zusammengezählt. Die Nachbarn wussten, dass die ‚Dame' häufiger Besucher hatte, konnten aber nichts beweisen. Sie selbst verließ das Haus ganz selten, sie ging direkt in die Garage und fuhr dann los, wahrscheinlich, um Kondome zu kaufen." Der Bürgermeister redete sich in Rage. „Als die Polizei sie brachte, ahnten wir, wohin die Chose läuft. Einige aufgebrachte Bürgerinnen und Bürger haben dann vor dem Haus demonstriert. ‚Schützt unsere Kinder – Nutten raus aus unserem Dorf!', stand auf den Plakaten. Davon hat die Presse Wind bekommen, warten Sie es nur ab! Wir haben unser Ziel erreicht: Der Vogel ist ausgeflogen! Die Vermieter, irgendeine Erbengemeinschaft aus Niedersachsen, wird jetzt ganz schön fluchen – aber wir passen auf!"

Eigentlich gab es jetzt gar nichts mehr zu sagen, doch der Bürgermeister redete in dem Stil noch einige Minuten weiter, bis ihm die Luft ausging – und so verabschiedete sich Wendtland hastig.

Frau Lottermann schaute durch die Tür: „Sie haben ja fast nichts gesagt. Neulich haben Sie den Kerl doch so schön angeschnauzt!"

Bis jetzt hatte er die Mitarbeiterin gar nicht richtig wahrgenommen. Doch nun bemerkte er eine Veränderung: „Sie haben die Haare anders getönt, oder?"

Frau Lottermann strahlte: „Ja und kürzer sind sie auch!"

Wendtland klopfte sich innerlich selbst auf die Schulter. Männer übersahen solche kleinen Dinge häufig; aber Frauen freuten sich ungemein, wenn eine neue Frisur, eine neue Brille oder eine hübsche Bluse registriert wurden.

„Ach, Frau Lottermann, der Bürgermeister hat den ganzen Ort rebellisch gemacht, eine Demo organisiert", spontan wäre das so schnell nicht gelaufen, „und damit die Frau aus dem Ort vertrieben. Blockwart, Bürgerwehr – solche Dinge fallen mir bei so etwas ein."

Frau Lottermann aber sah das ganz anders: „Hätten Sie denn gerne ein solches Etablissement", Etablissemang, wie sie sagte, „neben Ihrem Haus?"

Er schüttelte den Kopf. „Na bitte!", rief sie triumphierend. Aber rechtfertigte das gleich eine Hexenjagd? Außerdem wunderte er sich über die Neugier, die Frau Lottermann neulich an den Tag gelegt hatte, angesichts ihres Verständnisses für die „ehrbaren" Bürger.

Auch zu Hause war das Verständnis für die Empörung groß. „Man muss es vielleicht nicht so dramatisch machen", meinte Susanne, als er ihr von dem Vorfall erzählte. „Aber möchtest du, dass Lena und Jonas neben einem Puff aufwachsen? Ich jedenfalls nicht!" Sollte das heißen, dass er vielleicht eine solche Nachbarschaft akzeptieren würde? Aber er hatte keine Lust auf Streit; der Fall kostete ihn schon viel zu viel Nerven.

Völlig unerwartet kam Lena ins Zimmer gestürzt: „Papa, was ist ein Puff?" Wendtland war konsterniert; Lena musste gelauscht haben. Warum musste Susanne auch solche Worte in den Mund nehmen?

„Woher hast du denn dieses Wort?", fragte er die Kleine.

„Mama hat das vorhin gesagt!"

Er schüttelte den Kopf. „Da hast du dich bestimmt verhört – aber frag sie doch selbst."

Sollte Susanne doch ihren eigenen Brei auslöffeln! Entweder hatte Susanne ihr irgendetwas geantwortet oder Lena hatte die Frage wieder vergessen; jedenfalls kam sie damit nicht wieder. Auch wenn er neugierig war, wollte er Susanne jetzt nicht nach ihrer Antwort fragen.

Erster Freitag

I

Natürlich war das Thema Rotlicht der Aufmacher im Regionalteil der AZ. Es gab ein paar Bilder von der Demonstration, ein Interview mit diesem Bürgermeister Schnieder und einige Fragen an den Landrat. Der Bürgermeister war stolz auf seine Bürgerschaft und ihren – wie er sagte – positiven Bürgersinn. Der Landrat spielte das Thema herunter. Der Kommentar war leider ungünstig für die Polizei. „Hätte die hiesige Polizeiinspektion nicht so offensichtlich ungeschickt agiert, wäre es zu dieser Eskalation gar nicht gekommen", hatte der Redakteur geschrieben. Allerdings bekamen auch die Politiker ihr Fett weg: „Heile Welt gibt es auch im Dorf nicht, Politik neigt zum Verdrängen", lautete nämlich die Schlagzeile.

Wendtland hoffte inständig, dass im Hause Werner niemand die aktuelle Ausgabe der AZ gelesen hatte, denn heute sollte die Beerdigung von Erwin Werner stattfinden. Wendtland fragte Frau Lottermann, wann die Trauerfeier beginnen werde. „Heute um elf Uhr auf dem Hauptfriedhof", kam die Antwort. „Ob wohl die beiden Dämchen trotzdem noch dabei sind?"

Das Thema ließ sie offenbar nicht los. Er stellte sich gerade vor, wie Lottermännchen wohl in Leder und mit Peitsche aussehen würde. Er verkniff sich ein Lächeln, schob es sozusagen in seinen Bauch hinunter. Was könnte er in der Zwischenzeit noch erledigen? Das Gespräch mit dem Dienstherrn Erwin Werners würde er anschließend führen; er bat Frau Lottermann, ihn im Bürgermeisterbüro anzukündigen. Er rief Frau Weinzierl. „Kommen Sie nachher zum Friedhof – vermutlich ist der Chorleiter da. Sie können ihn über Werner und seine Tätigkeit im Chor befragen."

Sandra Weinzierl blickte nicht gerade begeistert, der Dienstag war wesentlich spannender verlaufen.

Er selbst schaute sich die Ergebnisse der Spurensicherung aus der Garage an. Auch hier war natürlich viel einzusammeln gewesen. Aber brauchbar erschien nichts. Natürlich würden sie alles mit den Spuren vom Tatort abgleichen lassen. Viel Hoffnung hatte er da nicht. Der Täter war offenbar in großer Eile gewesen, er hatte mehr durchwühlt als gesichtet. Das meiste, was das Team sichergestellt hatte, war typisches Autozubehör: Wagenheber, Öl, Lappen, eine alte Büchse Caramba, Schnüre, Frostschutzmittel. Dazu kam viel Gerümpel, Bretter, Regale, ausgemusterte Küchengeräte, Gläser, Geschirr. Gab es vielleicht ein Versteck? Er wollte sich das noch einmal selbst ansehen. Im Wagen war auch nur das Übliche; die Kollegen hatten auch nach versteckten Fächern, z. B. in der Seitenverkleidung, geschaut. Den Wagen brauchte er dann wohl nicht noch einmal zu untersuchen.

Was er dringend brauchte, war ein Motiv. Wo aber konnte der Schlüssel liegen? Er überlegte: Der Einbrecher – vermutlich eben auch der Mörder oder doch in enger Beziehung zu ihm (oder ihr?) – suchte etwas, das ihm schaden könnte. Dokumente? Wendtland war sich ziemlich sicher, dass der Schlüssel in irgendeiner Form in der Arbeit von Erwin Werner zu finden war. Denn nach dem Ausschlussprinzip schied eine Beziehungstat aus; auch für einen persönlichen Streit z. B. mit den Nachbarn gab es überhaupt keinen Anhaltspunkt. Auch in der Familie sah er keinen Anlass. Neid oder Gier der Verwandtschaft gegen den Erfolglosen war so ziemlich das Letzte, was er sich vorstellen konnte. Die Sadomaso-Spur war zwar reizvoll gewesen (noch immer war er erstaunt, wie sehr dieses Thema die Frauen gepackt hatte), aber da war rein gar nichts zu finden. Und eines war zumindest wahrscheinlich: Der Mörder oder die Mörderin war noch in der Nähe.

II

Inzwischen war es halb elf geworden; er musste sich beeilen, wenn er noch rechtzeitig zur Trauerfeier kommen wollte. Als er den Wagen vor dem Friedhof einparkte, hörte er bereits die Glocke läuten. Inzwischen hatte die Herbstsonne den Morgennebel besiegt. Es war ein viel zu schöner Tag, um in ein Grab gesenkt zu werden. Die Trauerhalle war nicht weit entfernt. Er kam gerade noch rechtzeitig, um zu hören, wie ein Chor – vermutlich der von Erwin Werner – „Denn alles Fleisch, es ist wie Gras" aus dem Deutschen Requiem von Brahms anstimmte. Wendtland liebte dieses Stück – wer hatte sich das ausgesucht? Wahrscheinlich der Chorleiter selbst. Natürlich war das hier nicht der Domchor aus Mainz – doch in dieser Atmosphäre ging ihm das Stück unter die Haut. Er hätte selbst gerne gesungen, konnte aber Proben, Familie und Arbeit nicht unter einen Hut bringen. Früher hatte er den Kindern am Wickeltisch etwas vorgesungen, sogar kleine Opernarien. Susanne hatte ihn deshalb auch scherzhaft „Wickel-Caruso" genannt.

Er straffte sich. Er war nicht hier, um seinen Gedanken nachzuhängen. Er ließ den Blick schweifen. Vorne saß die alte Frau Werner, daneben Johanna Wansleben. Der Mann und die zwei halbwüchsigen Kinder an ihrer Seite waren offenbar der Rest der Familie Wansleben. Auf der anderen Seite saßen Peter Kutter und Ferdi Schild, die restlichen Personen waren offenbar Kolleginnen und Kollegen. In der letzten Reihe befanden sich die üblichen Dauergäste, ältere Frauen, deren Leben sich zu einem großen Teil auf dem

Friedhof abspielte. Zu seiner größten Überraschung waren auch Alina und Layla gekommen – sie saßen zusammen in einer der hinteren Bankreihen. Es folgte die übliche Ansprache des Pfarrers – sie war so allgemein gehalten, dass anzunehmen war, dass er den Toten so gut wie gar nicht kannte; ein paarmal verdrehte er auch den Namen und sprach von Werner Erwin. Sein Beitrag dauerte daher auch nicht sehr lange. Hätte er von dem heimlichen Privatleben Erwin Werners gewusst, hätte er vielleicht etwas intensiver für die Vergebung der Sünden gebetet.

Nun stand ein großer Mann mittleren Alters im dunkelgrauen Anzug auf und schritt nach vorne: „Werte Trauergäste! Tief bewegt und erschüttert nehmen wir heute Abschied von unserem langjährigen Kollegen Erwin Werner." Das war also der Bürgermeister. „Unser ganzes Mitgefühl ist bei seinen Angehörigen, die wie wir diesen plötzlichen Tod nicht fassen können. Viel zu früh ist dieser Mann aus dem Leben gerissen worden, durch eine feige und hinterhältige Tat, die so absolut sinnlos erscheint." Wendtland bewunderte die Redegewandtheit des Bürgermeisters; wahrscheinlich brauchte man das, um in ein solches Amt zu kommen. Dann aber fiel ihm der andere Bürgermeister ein, der kürzlich von Redegewandtheit nicht viel hatte erkennen lassen. „Erwin Werner", fuhr der Bürgermeister fort, „kam zu uns ins Rathaus vor 15 Jahren und hat in dieser Zeit seinen Dienst gewissenhaft erfüllt." Nun folgten einige Stationen seines Berufsweges, alles sehr unspektakulär. „Er war ein von allen geschätzter Kollege, zu jedermann freundlich", das war nun offensichtlich ziemlich geheuchelt, „hatte aber seine sehr eigene Art", das war schon ehrlicher. „Wir werden ihm ein ehrendes Andenken bewahren." Damit schloss er und ging zur Familie, drückte jedem die Hand und setzte sich wieder. Wendtland verließ leise die Trauerhalle und wartete draußen auf den Leichenzug.

Bald kamen auch die Sargträger heraus. Offenbar eine Erdbestattung, dachte Wendtland. Konservatives katholisches Milieu fiel ihm dazu ein. Die Trauergäste folgten; als Alina und Layla herauskamen, hielt er sie auf. „War gutes Mann", antwortete Alina und Layla bekräftigte, dass Erwin Werner zu ihnen eigentlich immer sehr nett gewesen sei. „Einmal hat er mich auch zum Kaffee eingeladen", erinnerte sich Layla. „Dazu sind wir aber etwas weiter weggefahren." Wendtland fragte Alina, ob sie denn wieder in das Haus zurückgekehrt sei. „Nein", antwortete sie, „schreckliches Tag mit viele laute Leute. Jetzt Agent neue Wohnung für mich gefunden." Die beiden Frauen wandten sich zum Gehen. Layla drehte sich noch einmal um und sagte halblaut: „Ich biete auch ein Schnupperstündchen an!" Wendtland winkte lächelnd ab; das war nun wirklich nichts für ihn. Susannes Peitsche war genug.

Er schritt schnell zum Grab. Gerade senkten die Träger den Sarg hinab. Der Pfarrer besprengte ihn und sprach ein paar Segenswünsche. Einige Frauen, offenbar Kolleginnen, warfen Blumensträuße in die offene Grube. Drei Kränze lagen an der Seite, um später auf das geschlossene Grab gelegt zu werden. Soweit Wendtland das erkennen konnte, einer von der Familie, einer von der Stadt und einer von der Kollegenschaft.

Wendtland fröstelte. So ein Ende würde auch ihm einmal bevorstehen; bei solchen Gelegenheiten war es schwer, derart düstere Gedanken wegzublasen. Allerdings würde er sich verbrennen lassen; in feuchter Erde zu vermodern, das konnte er sich überhaupt nicht vorstellen.

Der Chor hob noch einmal an. Wendtland bekam Gänsehaut, als er die ersten Töne hörte. Es war Mendelssohns „Denn er hat seinen Engeln befohlen über dir“. Ausgerechnet zwei seiner Lieblingschöre beim Tod eines als langweilig und verschlossen geschilderten Mannes! Es gab nicht mehr viel zu sehen. Daher schloss er die Augen und sog die Melodie förmlich in sich hinein. Zu schade, dass der Choral recht kurz war. Mit dem letzten Ton wollte er sich zurückziehen, um mit dem Bürgermeister das vereinbarte Gespräch zu führen. Da fiel ihm eine junge Frau auf, die hemmungslos weinte. Er trat auf sie zu: „Bitte bleiben Sie noch einen Moment. Ich bin Kriminalhauptkommissar Wendtland und ermittele in diesem Fall. Ich will mich nur von der Familie verabschieden.“

Die Frau blickte ihn aus verquollenen Augen an: „Warum denn?“

Er lächelte: „Ich will Ihnen nur ein paar Fragen stellen.“ Christa Schirrmann erinnerte sich an die Mahnung des Amtsleiters, der Polizei zu helfen. Brav nickte sie.

Wendtland trat auf die Familienangehörigen zu und sprach ihnen sein Beileid aus. „Leider muss ich Sie noch einmal behelligen“, sagte er. „Könnte ich wohl morgen Nachmittag vorbeikommen?“

Frieder Wansleben wollte schon empört „Nein“ sagen; aber seine Frau kam ihm zuvor. „Sicher, wir sind zu Hause. Wenn wir Ihnen helfen können. Wir – vor allem meine Mutter – finden erst etwas Ruhe, wenn wir den Mörder hinter Schloss und Riegel wissen.“

Na, das wird noch einen kleinen Krach in der Familie Wansleben geben, dachte Wendtland und blieb mit seinen Gedanken noch einen Moment bei Johanna hängen. Aber ein Ehekrach sollte ihm egal sein.

„Sind Sie dem Täter schon auf der Spur?“, fragte plötzlich

der eine der beiden Jungen, vielleicht 13 oder 14 Jahre alt.

„Sei nicht so vorlaut!“, mahnte sein Vater.

Aber Wendtland winkte ab: „Na ja, ein bisschen wissen wir schon, aber du weißt ja, man braucht hieb- und stichfeste Beweise oder ein Geständnis. Und so weit sind wir noch nicht.“ Er hatte ganz schön geflunkert, um den Jungen nicht zu enttäuschen. Der würde am Montag in der Schule seinen Kumpels alles brühwarm erzählen („ein richtiger Kommissar, nicht aus dem Fernsehen!“). Zum Glück war Hamburg weit weg.

Obwohl die Zeit schon vorangeschritten war, wandte er sich der jungen Frau zu. Er zückte sein Handy, um im Bürgermeisterbüro mitzuteilen, dass er sich etwas verspäten werde. Er müsse vorher noch einem wichtigen Hinweis nachgehen.

„Aber Herr Menzel hat noch einen Anschlusstermin“, protestierte seine Sekretärin.

„Das wird schon gehen“, gab Wendtland zur Antwort. Er hörte noch ein geknurrtes „Na gut“; dann wurde die Verbindung unterbrochen. Er suchte eine Parkbank und bat die junge Frau, neben ihm Platz zu nehmen. „Sie sind eine Kollegin des Toten?“, vermutete er.

Sie nickte: „Ja, mein Name ist Christa Schirrmann; ich arbeite auch im Ordnungsamt, aber in einem anderen Bereich.“ So recht wusste Wendtland nicht, was er von dem Gespräch erwarten sollte. Es war einfach eine plötzliche Eingebung gewesen.

„Sie haben so sehr geweint, dass man den Eindruck haben kann, Sie hätten Herrn Werner sehr nahe gestanden. Jedenfalls war Ihre Anteilnahme wesentlich ausdrucksvoller als die der Schwester oder gar ihres Mannes. Kannten Sie den Toten denn näher?“

Sie schüttelte den Kopf. „Nein, ich habe ihn nur ab und zu gesehen; gesprochen haben wir wenig. Allerdings hat er in den letzten Tagen für seine Verhältnisse viel gesagt. Dass ich so heule – dafür kann ich nichts. Ich habe ziemlich nah am Wasser gebaut. Und dieser Tod hier, der ist doch so schrecklich und traurig. Einfach erschlagen. Ich kann es noch gar nicht fassen."

Das wäre keine Kollegin für die Polizei, dachte sich Wendtland. „Was hat er denn in den letzten Tagen außer ‚Guten Tag' gesagt?", fragte er weiter.

Christa Schirrmann dachte angestrengt nach: „Nun ja, ich weiß nicht, ob das wichtig ist."

Wendtland lächelte: „Für uns ist nichts unwichtig." Ganz stimmte das ja nicht; denn er hatte die Sadomaso-Spur für sich abgehakt. Er war der festen Überzeugung, dass der Schlüssel zum Ganzen im Rathaus lag.

„Vorige Woche", sie kämpfte mit den Tränen, „vorige Woche hat er mir auf dem Flur gesagt ‚Schlimm, was wir so alles sehen – oder auch nicht sehen'. Das war schon alles. Am letzten Freitag, als ich ihn zum letzten Mal", hier konnte sie ihre Tränen nicht mehr zurückhalten, „gesehen habe, hat er mich sogar angelächelt, als er aus dem Büro unseres Amtsleiters kam."

Wendtland horchte auf – davon hatte ihm Peter Kutter nichts erzählt. Mehr wusste Christa Schirrmann allerdings auch nicht. Er bot ihr an, sie ins Rathaus mitzunehmen. Sie lehnte dankend ab, sie sei ja selbst mit dem Wagen da.

„In Ihrem Gemütszustand sollten Sie sich besser nicht hinter das Lenkrad setzen", mahnte er fast väterlich. Sie versprach, noch ein paar Minuten zu warten, bis es wieder besser gehe. Nicht ganz überzeugt machte sich Wendtland auf den Weg.

III

Im Rathaus erwartete ihn eine ziemlich verärgerte Vorzimmerdame. Demonstrativ blickte sie auf ihre Uhr. Es war schon nach halb eins; vermutlich fürchtete sie, das sie um ein Uhr noch nicht gehen könne. Feste Feierabende – das kannte er schon seit vielen Jahren nicht; auch Lottermännchen schaute nicht immer auf die Uhr. Diese Vorzimmerdame im Büro des Bürgermeisters – er schätzte sie auf Ende 50 – mit strenger Frisur und unauffälliger Kleidung deutete auf die offene Tür: „Herr Menzel erwartet Sie. Kaffee?" Wendtland verneinte, ein Wasser würde genügen. Hätte er sie jetzt noch zum Kaffee kochen genötigt, hätte er wohl eine Todfeindin fürs Leben gewonnen.

Er ging in das geräumige Büro, das zurückhaltend modern möbliert war. Ein paar Bilder hingen an der Wand, nichts Aufregendes, wahrscheinlich aus dem städtischen Fundus. Alles wirkte recht aufgeräumt, wenige Akten, nur einige Unterschriftsmappen. Der Bürgermeister war gerade dabei, Unterschriften zu leisten. „Zwei noch, dann bin ich bei Ihnen", ließ er sich recht jovial vernehmen. Schwungvoll beendete er sein Werk. „Sie können die Mappen jetzt mitnehmen", rief er nach nebenan. „So, das Wichtigste ist geschafft – ich möchte wissen, wie viele Unterschriften ich in den Jahren meiner Amtszeit geleistet habe."

Die Vorzimmerdame kam herein, stellte das Wasser und Gläser auf den Besprechungstisch und nahm die Unterschriftsmappen mit. „Sonst noch etwas, Herr Bürgermeister?"

Er verneinte: „Lassen Sie die Mappen vom Botendienst abholen und dann machen Sie Feierabend." Die Dame wirkte sichtlich erleichtert.

Vorhin, in der Trauerhalle, hatte Wendtland sich kein

rechtes Bild von seinem Gegenüber machen können. Jetzt konnte er ihn besser taxieren. Er schätzte ihn auf Mitte 50, obwohl er jünger aussah. Sportliche Figur, nur das Kopfhaar war recht schütter – Wendtland beobachtete bei sich selbst, wie die Pracht sich nach und nach verflüchtigte. Susanne platzierte demonstrativ ab und zu die aufgeschlagene Fernsehzeitung auf dem Wohnzimmertisch, natürlich die Seite mit den Anzeigen für Haarteile. Wenn er sich dann ärgerte, freute sie sich diebisch. Was war an dem Mann noch bemerkenswert? Er trug zwei auffällig große Ringe; keiner wirkte nach Ehering. Die Kleidung war gediegen, bürgermeisterlich eben. Er musste im Büro auch Kleidung zum Wechseln haben, denn das dunkelgraue Jackett von der Beerdigung war durch ein helles, sportlicheres Sakko ersetzt. Und an die Stelle der schwarzen war eine rot-weiß gestreifte Krawatte getreten.

„Üble Geschichte", begann der Bürgermeister. Wendtland schenkte sich ein Glas Wasser ein. „Ich muss zugeben, dass ich Erwin Werner kaum gekannt habe; er war ja auch meistens draußen. Trotzdem geht das nahe. Dass ein Mitarbeiter im Dienst verstirbt, das passiert schon mal. Aber ein Mord – das ist grauenvoll. Das hat unsere Stadt noch nie erlebt. Sehen Sie zu, dass Sie den Kerl so schnell wie möglich dingfest machen. Aber wahrscheinlich ist der schon längst über alle Berge! Scheint sich ja um irgendeine Rotlicht-Mafia zu handeln." Er verwies auf die Schlagzeile der AZ.

Der Kriminalhauptkommissar nahm einen Schluck aus seinem Glas. „Das glaube ich nicht, Herr Bürgermeister. Aber ich muss Sie jetzt sehr direkt fragen." Bürgermeister Menzel schien etwas unangenehm berührt. Wendtland setzte ungerührt fort: „Herr Werner war in einem Berufsfeld tätig, wo man Leuten auf die Füße treten kann, oder", er machte eine kleine Pause, „mit kleinen Annehmlichkeiten ruhiggestellt wird. Wie kontrollieren Sie, dass Letzteres nicht geschieht?"

Menzel blickte etwas ärgerlich: „Nun, zu den Kontrollen müssen Sie Herrn Kutter befragen. Aber mal im Ernst: Glauben Sie, dass Herr Werner korrupt war?"

Wendtland lächelte: „Ich glaube gar nichts; ich habe nur langjährige Erfahrung. Dabei habe ich gelernt, im Menschen nicht nur das Gute zu sehen. Es gibt", er verfiel jetzt fast in den Dozententon, den er oft an der Polizeischule verspottet hatte, „es gibt gar nicht so viele Gründe für Mord, auch wenn das manchmal so scheint. Ein politischer Mord ist in diesem Fall ausgeschlossen. Dass Herr Werner an dem Morgen Zeuge einer Straftat wurde, ist völlig unwahrscheinlich, denn die Tat wäre wohl gemeldet worden. Außerdem hätte er sich dann auch nicht wehrlos erschlagen lassen. Eine Beziehungstat? Nun, dafür haben wir bisher überhaupt keinen Anhaltspunkt. Eine heimliche Affäre mit einem gehörnten Ehemann, der den Nebenbuhler aus dem Weg räumt – eine schöne Story, aber bisher kein Zeichen dafür. Bleiben Geld und Geschäfte – und schon sind wir bei Herrn Werners Arbeit." Wendtland merkte, wie es im Kopf des Bürgermeisters arbeitete. „Deshalb frage ich nach den Kontrollen – und ich frage Sie, weil Sie am weitesten von Herrn Werners Arbeitsfeld entfernt sind. Natürlich habe ich auch Herrn Kutter befragt. Aber Sie sind ja verantwortlich für das Ganze!"

Franz-Josef Menzel wurde sehr unruhig, offenbar hatte Wendtland ihn an einem schwachen Punkt getroffen. „Ich habe die Details nicht alle im Kopf, darf ich meinen Hauptamtsleiter hinzuziehen?" Wendtland hatte nichts dagegen einzuwenden. Menzel telefonierte kurz. Die entstehende Pause nutzte Wendtland, um sein Gegenüber kurz auf die bevorstehende Bürgermeisterwahl anzusprechen. „Ich hoffe, die Angelegenheit beeinträchtigt nicht Ihre Konzentration auf den Wahlkampf", meinte er.

Der Bürgermeister runzelte die Stirn. „Natürlich tut es das, denn auch ich mache mir ja Gedanken, was dahinterstecken kann. Aber das trifft auf meinen schärfsten Rivalen, Herrn Kutter, ja auch zu."

„Wie beurteilen Sie denn Herrn Kutter?", hakte Wendtland nach.

Der Bürgermeister lächelte: „Als Kandidaten natürlich schlecht; als Amtsleiter macht er allerdings seine Arbeit ordentlich; dass er den Freien Wählern angehört, merkt man seiner Arbeit hier im Hause nicht an."

Vier Minuten später stand ein Mann, etwa im Alter des Bürgermeisters, aber deutlich weniger sportlich und mit noch weniger Haaren, im Zimmer. „Herr Busch, der Herr Kommissar", Wendtland ärgerte sich ein wenig, dass er den „Haupt" unterschlagen hatte. Auch wenn er es nicht zugeben mochte: Die Beförderung zum Hauptkommissar hatte seiner Eitelkeit geschmeichelt, „möchte etwas über die Korruptionsvorbeugung in unserem Außendienst wissen."

„Gerne", der Hauptamtsleiter holte etwas weiter aus, „compliance ist ja heute in aller Munde, auch bei uns. Wir verlangen von jedem Mitarbeiter und jeder Mitarbeiterin eine Ethikerklärung."

Wendtland staunte; mehr als sein Diensteid fiel ihm zu dem Thema nicht ein. Herr Busch schob ein Blatt Papier über den Tisch: „Das ist für Sie. Damit geben wir uns aber nicht zufrieden. Unser Rechnungsprüfungsamt kontrolliert sehr genau die Ein- und Auszahlungen aller Ämter. Mehrfach geschieht dies sogar unangekündigt während des Jahres."

Wendtland war trotzdem nicht zufrieden: „Das verstehe ich – das ist auch sicher sehr effektiv. Aber wie ist es mit den kleinen persönlichen Aufmerksamkeiten? Herr Kutter konnte mir darauf keine schlüssige Antwort geben."

Herr Busch kratzte sich am Kinn. „Darauf stoßen wir bestenfalls durch einen Zufall, eine anonyme Anzeige oder so. Ob jemand dem Mitarbeiter einen Zehner in die Jacke steckt, während sie an der Garderobe hängt … wer soll das wissen? Aber, das kann ich Ihnen versichern, die Mitarbeiter haben auch schon dafür gesorgt, dass Bußgelder verhängt wurden oder Betriebe schließen mussten."

Das sollte wohl bedeuten, dass sie die Augen vor Missständen nicht verschlossen. Er überlegte fieberhaft, wie er das überprüfen könnte. Dass die städtischen Konten nicht interessant waren, das war ihm klar. Er würde wohl der Bank einen Besuch abstatten müssen. Immerhin musste Werner ja sein nicht ganz billiges Hobby finanzieren. Aber sobald es nur um Bargeld ging, würde er gar nichts nachweisen können. Er erhob sich: „Danke, meine Herren, Sie haben mir durchaus geholfen."

Er verließ das Rathaus und hätte fast Christa Schirrmann über den Haufen gerannt. „Entschuldigung", murmelte er, „ach, sagen Sie, was hat er noch mal zu Ihnen gesagt?"

Sie wiederholte den Satz.

„Und dann hat er Sie angelächelt?"

Christa Schirrmann schüttelte den Kopf. „Ich glaube nicht, dass er mich angelächelt hat. Es war mehr so ein Lächeln in sich hinein, als freue er sich über irgendetwas, was ihm gelungen war." Plötzlich schlug sie sich die Hand vor den Kopf. „Dass ich das vergessen konnte! Jetzt sehe ich die Szene genau vor mir. Er stand vor mir und hielt ein kleines Heft, so eins, was wir für Vokabeln verwendet haben, in der

Hand. Damit hat er sozusagen gewunken. Aber dann ist er gegangen – es war das letzte Mal, dass ich ihn gesehen habe."

Erwin Werner war irgendeiner Sache auf der Spur – und seine Ermittlungen hatten tödlich für ihn geendet. Das Heft musste Brisantes enthalten – vielleicht war es das, was der Einbrecher in der Garage gesucht hatte.

IV

Wendtland fuhr zurück ins Büro. Sandra Weinzierl erwartete ihn schon. „Na, haben Sie bei den Sangeskünstlern etwas herausbekommen?"

Sie blickte ihn etwas missmutig an. „Wenig, aber der Gesang war doch sehr hübsch – ich fand es jedenfalls sehr ergreifend, was der Chor am Grab gesungen hat."

Wendtland lächelte: „Ich muss wohl ein Vorurteil beiseiteschieben. Ich dachte immer, die jungen Leute stehen nicht auf klassische Musik."

„Eigentlich stimmt das", gab die junge Frau zu, „aber in dem Moment war es einfach nur schön. Wussten Sie, dass die Musikstücke von Herrn Werner ausgesucht worden sind?"

Jetzt war die Reihe an Wendtland, ziemlich überrascht zu sein. „Hat er etwa seinen eigenen Tod vorausgeahnt?"

Sandra Weinzierl zuckte mit den Schultern: „Das weiß ich natürlich nicht. Aber der Chorleiter hat erzählt, dass Herr Werner vor ein paar Wochen zu ihm gekommen ist und sinngemäß gesagt habe, dass er – wenn er einmal sterbe – genau diese beiden Lieder mit ins Grab nehmen wolle."

Wendtland runzelte nachdenklich die Stirn. Werner war hinter etwas oder hinter jemandem her. Geld oder Geschäfte eben. Das erklärte auch die hohe Kilometerleistung seines Wagens.

„Im Übrigen war Herr Werner wohl ein guter Sänger, durfte manchmal auch kleine Solopartien übernehmen. Der Chorleiter hat ihn als gewissenhaftes Mitglied geschildert, das kaum eine Probe versäumt hat. Mit seinen Mitsängerinnen und Mitsängern hat er wohl ein freundliches, aber kein näheres Verhältnis gehabt. Das haben einige Chormitglieder auch bestätigt. Trotzdem sind sie natürlich tief betroffen", beendete die Polizistin ihren Bericht.

„Heute schaffen wir ohnehin nichts mehr", sagte Wendtland. „Vielen Dank für Ihre Hilfe. Wir sehen uns am Montag wieder." Eigentlich wollte er es dabei belassen. Doch dann fragte er noch: „Was machen Sie denn Schönes am Wochenende. Kaufen Sie eine Peitsche?"

Sandra Weinzierl lachte laut auf. „Nein, mein Freund und ich fahren nachher zu meinen Eltern übers Wochenende nach Hamburg. Am Samstag sind wir alle zusammen im ‚König der Löwen', aber vorher gehe ich mit meinem Freund in das Dungeon, das Folterkabinett in der Speicherstadt!" Sie wandte sich immer noch lachend ab und rief ihrem Chef über die Schulter zu: „Ihnen auch ein schönes Wochenende!"

Wendtland war sprachlos – die junge Frau hatte schon eine bemerkenswerte Affinität zu Foltermethoden!

Frau Lottermann hatte das Büro bereits verlassen; auch er wollte seine Tasche gerade packen, da fiel ihm der Zettel auf dem Schreibtisch auf: DRINGEND PRESSESTELLE ZURÜCKRUFEN! Wendtland fluchte innerlich. Nach der Schlagzeile heute Morgen war eigentlich nichts anderes zu erwarten gewesen. Aber trotzdem freute er sich über den Pressebericht, auch wenn er die Eskalation im Dorf bedauerte. Der Täter oder die Täterin verließ sich jetzt darauf, dass die Polizei diese Spur verfolgte. In Sicherheit gewiegte Täter waren immer gut für seine Arbeit. Er nahm den Hörer auf und wählte die Nummer der Pressestelle in Mainz. Der Leiter persönlich war am Apparat: „Herr Wendtland, was denkt sich Ihre Dienststelle eigentlich bei ihrer Arbeit? Sie lösen ja regelrechte Volksaufstände aus."

Wendtland wartete einen Moment, ob noch weitere Vorwürfe folgen würden, dann antwortete er: „Ich weiß, dass meine Mitarbeiter einen Bock geschossen haben. Dafür habe ich sie auch gerügt. Aber dass sich gleich der Ku-Klux-Klan erheben würde, konnte niemand ahnen."

Der Pressechef schnaubte: „Es ist nicht lustig, jeden Tag irgendeine Panne bei der Polizei zu kommentieren!" Wendtland gab ihm ja recht, aber was nützte das jetzt – das Kind war in den Brunnen gefallen. Aber er wusste, alle weiteren Schritte mussten mit äußerster Diskretion erfolgen. „Seien Sie bitte künftig zurückhaltend und diskret", mahnte der Pressechef, denn er wusste, dass Wendtland ein guter Polizist war. Wendtland selbst war froh, so milde davongekommen zu sein.

Er wollte schon das Büro abschließen, als Chris Keller um die Ecke gerannt kam. „Chef", begann er atemlos, „ich habe ein wenig in der Dropbox gestöbert und vielleicht etwas gefunden!"

Wendtland stellte seine Tasche wieder ins Büro. „Was denn?", fragte er.

„Nun, meistens hat er wirklich Landschaftsbilder gemacht, aber unter den jüngsten Fotos sind auch ein paar Schnappschüsse von Personen. Wollen Sie mal reinschauen?"

Wendtland folgte Chris Keller in dessen Arbeitszimmer und staunte nicht schlecht. Das gerade geöffnete Bild zeigte Peter Kutter und einen fremden Mann in freundschaftlichem Gespräch. Warum machte Erwin Werner Bilder von seinem Amtsleiter? Und wer war der Mann neben ihm?

„Das“, Wendtland zeigte auf Peter Kutter, „ist der Leiter des Ordnungsamtes.“

Chris Keller pfiff durch die Zähne: „Und das daneben ist sicher ein Gangsterboss!“

Wendtland lächelte, sagte aber nur, dass er einen Farbausdruck des Bildes brauche. „Klar Chef, aber erst am Montag, denn der Buntdrucker hat schon Feierabend!“

Zu Hause erwartete ihn die regelmäßige Freitagsbeschäftigung: Großeinkauf im Globus. Er hasste das zwar, weil es um diese Zeit viel zu voll war und die Schlangen an den Kassen enorme Längen erreichten. Aber Susanne bestand darauf, dass er mitkam. Für sie war es sozusagen der gemeinsame Wochenbeginn. Meistens hatten sie es so organisiert, dass die Kinder in der Zeit bei Freunden waren. Mit den beiden durch den Globus zu laufen, wäre entschieden mühsamer gewesen. Er versuchte, nicht allzu mürrisch auszusehen, als er daheim ankam. Er konnte gerade seine Jacke wechseln, dann ging es auch schon los. Jedes Mal aufs Neue staunte er über den gewaltigen Betrag, der an der Ladenkasse angezeigt wurde. Dabei hatten sie praktisch nichts Ungewöhnliches eingepackt. Er fragte sich, wie sie überhaupt einen teuren Skandinavien-Urlaub finanzieren sollten. Immerhin war ja auch das Haus noch lange nicht abbezahlt. Zwar hatten Eltern und Schwiegereltern einiges beigesteuert, aber es blieb noch genug an Belastung übrig. Er schob den Gedanken fort, denn er wollte Susanne die gute Laune nicht verderben.

Der Abend verlief wie immer. Er war heute bei Jonas dran; in dem Buch hatte der Junge Tobias gerade eine Freundin gefunden mit Namen – er fragte Jonas, der wie aus der Pistole geschossen „Denise“ rief. „Hast du denn auch eine Freundin?“, fragte er Jonas. Der bekam ein ziemlich rotes

Gesicht und schüttelte heftig, viel zu heftig den Kopf. Er würde Susanne nachher fragen müssen. Als beide Kinder endlich eingeschlafen waren, erklärte Susanne, dass sie sich jetzt eine DVD „reinziehe". „Du kannst ja mitgucken", lockte sie, „ich will ‚Easter Parade' mit Fred Astaire sehen."

Wendtland schüttelte sich. Er konnte diesen Stepptänzer mit den Segelohren nicht ausstehen. „Ich lese lieber mein Buch ‚Der Hundertjährige, der aus dem Fenster stieg und verschwand', ein völlig überraschender Bestseller aus Schweden, zu Ende", verkündete er. Aber nach wenigen Seiten, Allan Karlsson, der ‚Held' des Buches, schlug sich gerade in Nordkorea durch, war er auf dem Sofa eingeschlafen.

Erster Samstag

I

Susanne war keineswegs begeistert, als er seinen Termin bei Familie Werner ankündigte. „Du wolltest Jonas zu seinem Fußballspiel begleiten – außerdem sind wir heute Abend im Konzert!"

Wendtland nickte: „Ich werde während des Spiels kurz rüberfahren."

Susanne schaute skeptisch: „Das wird Jonas bestimmt nicht gefallen! Er möchte doch so gerne, dass du siehst, wie er spielt."

Wendtland dachte einen Moment nach, dann versprach er, beim Spiel zu bleiben, wenn Susanne den Jungen abholen könnte. Begeistert war sie nicht, aber um das Wochenende nicht zu verderben, willigte sie ein. Er rief danach kurz bei Werners an und hatte Frieder Wansleben am Apparat: „Wenn es denn sein muss, kommen Sie meinetwegen um halb fünf. Aber machen Sie es kurz!“ Wendtland versicherte, dass er höchstens eine Viertelstunde benötigte, und legte auf. In Frieder Wansleben hatte er nun bestimmt keinen Freund gefunden. Warum war der Mann so abweisend?

Um 14 Uhr war er mit Jonas am Fußballplatz. Borussia Eckelsheim spielte heute gegen Wöllstein. Jonas musste also gegen einige seiner Freunde aus der Schule antreten. Aber auf dem Platz gab es für ihn keine Freunde – er wollte mit seiner Mannschaft gewinnen. So früh ging das schon los, dachte Wendtland, der selbst nie Mannschaftssport getrieben hatte. Er war dafür ein ganz guter Turner gewesen. Immerhin konnte er noch heute einen Handstand oder einen Flickflack, glaubte er jedenfalls – der letzte Versuch lag schon ziemlich lange zurück. Der Trainer von Jonas‘ Mannschaft nahm kurz vor dem Spiel die Eltern beiseite und bat sie, nicht zu übereifrig zu sein. Wendtland war ganz dankbar dafür, denn die Eltern am Spielfeldrand waren manchmal unerträglich. Manche beleidigten den Schiedsrichter, oft ältere Jugendliche („bist du blind, Schiri, das war doch ein Foul!“), oder sie gebärdeten sich als persönliche Trainer ihrer Sprösslinge („Mensch, guck doch links, da steht doch einer ganz frei!“, „beweg dich, das ist kein Stehball!“). Am schlimmsten war es, wenn sie über die Auswechslung ihres Sohnes maulten („warum holst du dafür diese Lusche, Trainer?“); dabei hatten sich die Eltern zu Beginn des Spiels mit dem Trainer darauf verständigt, dass alle Kinder spielen sollten.

Jonas war nicht besonders gut, aber auch nicht besonders schlecht. Aus ihm würde bestimmt kein Fußballstar werden. Susanne war viel daran gelegen, dass Jonas, der ein eher ruhiger Junge war, durch die Mannschaft etwas aufgeschlossener würde. Bis jetzt schien der Fußball Jonas auch Spaß zu machen. Allerdings gab es mit der Ganztagsschule einige Schwierigkeiten. Susanne holte den Jungen um vier von der Schule ab – donnerstags musste sie dann die Sportsachen dabeihaben und mit ihm zum Training, das um fünf begann, fahren. An diesem Tag war der Junge vor halb sieben nicht zu Hause; wenn dann noch Hausaufgaben zu erledigen waren (wozu waren denn die Kinder in der Ganztagsschule?, fragte sich Wendtland), konnte es schon mal recht eng werden. Andererseits hatte die Ganztagsschule den Vorteil, dass Susanne halbtags arbeiten konnte, denn auch Lena konnte über Mittag im Kindergarten bleiben.

Mit dem Umzug nach Eckelsheim und der Geburt der beiden Kinder hatten Susanne und er zwei Entscheidungen getroffen, über deren Folgen sie sich damals nicht so ganz klar gewesen waren. Sie brauchten zwei Autos – und ganz viel Organisationstalent! Das, so räsonierte er mit etwas Wehmut, dominierte den Alltag nahezu vollkommen. So in Gedanken vertieft hatte er gar nicht mitbekommen, dass das Spiel längst begonnen hatte. Erst als Jonas an die Seitenlinie kam und aufgeregt rief: „Hast du gesehen, wie ich an dem vorbei bin?" richtete er seine Konzentration auf das Spielfeld. Es bedurfte schon sehr liebender Eltern, um großzügig über die vielen Unzulänglichkeiten und Fehler hinwegzusehen. Andererseits war es schön zu sehen, mit welcher Begeisterung die Kinder sich in das Spiel stürzten. Zur Halbzeit stand es 2:0 für den Gegner; die Jungs waren körperlich überlegen, da ein Teil der Mannschaft schon ein Jahr älter war. Doch direkt nach der Pause gelang ausgerechnet Jonas der Anschlusstreffer. In Wendtland machte sich großer Vaterstolz breit. Doch dann übernahm der Gegner wieder das Spiel. Am Ende stand es 4:1; immerhin hatten sich die Eckelsheimer Jungs gut geschlagen!

Kurz vor vier war Susanne da; sie hatte Lena mitgebracht, die sie auch für kurze Zeit nicht allein zu Hause lassen wollte. Jonas kam auf sie zugestürmt: „Mama, ich habe unser Tor geschossen!“ Das Ergebnis war ihm nicht so wichtig, sein Tor war entscheidend. Es gab Wendtland einen kleinen Stich, wenn der Junge so demonstrativ zu seiner Mutter lief – aber er hatte sich das ja auch selbst zuzuschreiben. Er nahm sich (konnte es vielleicht auch nicht) innerlich zu wenig Zeit für den Jungen. Denn oft – so wie heute während des Spiels – war er mit den Gedanken woanders. „Danke“, sagte er zu Susanne, „ich bleibe nicht lange weg.“

II

In einer guten Viertelstunde war er bei Werners; inzwischen hatte sich die Sonne hinter dichter werdenden Wolken verzogen. Johanna öffnete: „Kommen Sie herein, Herr Kommissar. Möchten Sie einen Kaffee?“

Wendtland bejahte und betrat das Wohnzimmer. Frau Werner, immer noch verweint und unablässig ihre Hände bewegend, saß auf dem Sofa, neben ihr im Sessel Herr Wansleben. Die beiden halbwüchsigen Kinder waren offenbar anderweitig beschäftigt, was ihm das Gespräch erleichterte. Frieder Wansleben war eindeutig auf Aggressivität eingestellt. „Weit sind Sie ja nicht gekommen oder wollen Sie uns heute verkünden, dass der Fall geklärt ist? Warum nehmen Sie nicht endlich diese abartigen Schweine mit ihren perversen Sexspielen hoch? Da haben Sie doch Ihre Täter!“

Wendtland wusste nicht recht, ob er darauf überhaupt antworten sollte. Dann verfiel er wieder in den Polizeischuljargon: „Wir brauchen entweder eindeutige Beweise – oder ein Geständnis. Da es ein Geständnis bisher nicht gibt, müssen wir uns auf Beweise konzentrieren. Deswegen bin ich ja auch noch einmal gekommen."

„Hauptsache, das Ding ist bald zu Ende. Ich habe keine Lust lange durch die Zeitungen mit einem Schwager gezogen zu werden, der pervers war. Meinen Geschäftsfreunden habe ich in letzter Zeit einiges erklären müssen!"

Daher also wehte der Wind. Der missratene Bruder der Ehefrau! Frieder Wansleben schien sich gar nicht darum zu scheren, dass die Mutter des Opfers neben ihm saß. Hätte Wansleben mit seinem weit entfernten Wohnort Hamburg nicht ein ziemlich dichtes Alibi (und im Übrigen auch kein Motiv), hätte Wendtland nicht übel Lust gehabt, dem Mann etwas mehr auf den Zahn zu fühlen.

In dem Moment kam Johanna Wansleben mit dem Kaffee. Sie stellte eine Tasse vor ihn: „Milch und Zucker?"

„Etwas Milch und, wenn es geht, Süßstoff", entgegnete Wendtland und blickte ihr für den Bruchteil einer Sekunde in die Augen. Johanna verschwand und brachte das Gewünschte, während ihr Mann an seinem Schwager kein gutes Haar ließ. Johanna versuchte, ihn zu mäßigen: „Sei doch still, du tust Mama damit nur noch mehr weh!"

Aber er mochte nicht aufhören: „Soll sie doch wissen, was ich von diesem perversen Weichei, der nichts geschafft hat, halte!"

Die Luft wurde merklich dicker im Hause Werner, obwohl Wendtland eigentlich noch gar nichts gesagt hatte. Schließlich aber fand er eine Pause in der Auseinandersetzung: „Ich wollte Sie bitten, mir die Kontoauszüge von Herrn Werner zu überlassen, sofern er mehrere Konten hatte, dann von allen."

Das stachelte wieder Johannas Mann an: „Glauben Sie, er hat seinen Dominas Geld überwiesen? Den Hurenlohn gibts doch bar auf die Kralle – alles auch noch schön vorbei an der Steuer, während mir das Finanzamt jeden Cent aus der Tasche saugt!"

Jetzt platzte Wendtland doch der Kragen: „Herr Wansleben, ich weiß nicht, in welcher Branche Sie tätig sind; dort sind Sie aber bestimmt exzellent. Nur, glauben Sie mir, von Polizeiarbeit verstehe ich etwas mehr als Sie. Bitte geben Sie mir die entsprechenden Unterlagen und Sie sind mich ganz schnell los!"

Das saß, Frieder Wansleben ließ die Kinnlade fallen. So einen Ton war er offenbar nicht gewohnt.

In der Zwischenzeit hatte sich Johanna mit ihrer Mutter nach oben begeben und die Kontoauszüge herausgesucht.

„Meine Mutter und Erwin hatten ein gemeinsames Konto; ein weiteres Konto gibt es ihres Wissens nicht."

„Auch das noch", zischte Frieder Wansleben, „ein Muttersöhnchen!"

Immerhin sprach er es so laut, dass seine Frau es hören musste. Da war ein ziemliches Zerwürfnis im Anzug. Wendtland verabschiedete sich, sammelte die Unterlagen ein und ging aus dem Haus. Johanna Wansleben begleitete ihn wieder bis zum Gartentor.

„Hier war es", sagte sie tonlos, nun wohl doch vom Schicksal ihres Bruders berührt. Wendtland nickte und fasste beruhigend ihren Arm. Johanna streifte ihn nicht ab, sondern legte ihre Hand auf seine: „Bitte vergessen Sie, was Frieder heute gesagt hat. Er hat Erwin nie leiden können. Aber jetzt, wo auch die Neigungen meines Bruders zutage kommen, lässt er seiner Verachtung vollen Lauf."

„Ich fürchte, Johanna", mit einem gewissen Prickeln nutzte Wendtland die ihm angebotene Anrede, „das gilt nicht Ihrem Bruder, sondern Ihnen."

Johanna blickte auf: „Da haben Sie wohl recht“, sie machte eine Pause. „Das alte Spiel: Schlag den Sack und du meinst den Esel!“

III

Wendtland wollte jetzt nicht im Haus der Werners sein und schon gar nichts über den Abend des Ehepaars Wansleben wissen. Aber offensichtlicher als Frieder Wansleben konnte man ja seine eigene Frau nicht demütigen. Die Tiraden galten Erwin Werner, aber getroffen werden sollte die Schwester. Er durfte jedoch seinen Gedanken nicht nachhängen, denn er und Susanne wollten am Abend ja noch fort. Als er um halb sechs zu Hause anlangte, war Julia, die Babysitterin, schon da. Der Begriff war ja inzwischen für Jonas und Lena völlig unpassend, aber Julia wurde immer noch so bezeichnet. Julia wohnte ein paar Straßen weiter, seit fünf Jahren war sie bei den Wendtland-Kindern. Lena hatte sie sozusagen von Anbeginn begleitet. Sie war inzwischen 19, machte demnächst ihr Abitur („Polizistin könnte mich als Beruf schon reizen, Herr Wendtland“) und wurde von den Kindern abgöttisch geliebt. Auf Großeltern konnten die Wendtlands nicht setzen – beide Großelternpaare wohnten einfach zu weit weg. Aber wenn Julia bei den Kindern war, konnten sie beide unbesorgt sein. Das Mädchen war nicht nur lieb zu den Kindern, sondern auch sehr gewissenhaft. Wenn sie zurückkamen, hatte Julia schon alle Unordnung des Abends beseitigt!

Sie mussten sich beeilen, denn das Konzert in der Mainzer Rheingoldhalle begann schon um halb acht. Hastig schob sich Wendtland ein Käsebrot rein; dann zog er sich um. Um sechs waren Susanne und er dann fertig. Solche Abende waren zwar oft sehr hektisch; aber ab und zu mussten sie auch einmal raus.

Sie kamen gut durch und parkten am Rheinufer in der neuen Tiefgarage – das war besser als an der Halle selbst, dort gab es bei der Ausfahrt oft einen längeren Stau! Es war ein angenehmer Abend und der kurze Fußweg zur Halle tat ihnen beiden gut, auch wenn ein frischer Wind blies. Susanne hakte sich bei ihm ein; ein Zeichen, dass sie sich auf die gemeinsamen Stunden freute.

Dabei hatte er das Konzert ausgesucht. Denn das Hauptwerk war Bruckners 4. Sinfonie – er liebte Bruckner, die Vierte war allerdings eine kleine Konzession an Susanne, denn diese Sinfonie war recht zugänglich. Den ersten Teil des Abends bildeten die Sinfonischen Tänze von Leos Janacek. Sie kamen zum ersten Läuten; der Saal war gut gefüllt, aber nicht ausverkauft. Sie selbst hatten Plätze im hinteren, leicht ansteigenden Teil – ziemlich in der Mitte. Susanne hatte das Opernglas ihrer Oma dabei, um das Geschehen besser verfolgen zu können. Ein Konzert war für sie nicht nur etwas für die Ohren, sondern auch für das Auge.

Das Orchester der Staatsphilharmonie kam auf die Bühne, zunächst in kleinerer Besetzung. Das würde sich bei Bruckner ändern. Dann betrat Ari Rasilainen das Pult, an dem er viele Jahre gestanden hatte und auf das er jetzt als Gastdirigent zurückkehrte. Er begrüßte die Musiker so herzlich, dass man den Eindruck hatte, sie seien immer noch sein Orchester, und die Musik setzte ein. Dies waren Momente, in denen Wendtland komplett abschalten konnte. Er gab sich der Musik vollkommen hin. Überraschenderweise galt das auch für das erste Stück des Abends, das ihn auf CD nicht sonderlich angesprochen hatte.

Es war ein wunderschöner Abend gewesen, als sie gegen elf Uhr abends wieder zu Hause ankamen. Die Kinder schliefen und Julia saß im Sessel und lernte etwas für die Bio-Klausur, die am Mittwoch geschrieben werden sollte. Susanne lud sie ein, noch ein wenig zu bleiben, doch Julia wollte nach Hause. Susanne gab ihr daher im Briefumschlag (sie mochte es nie direkt überreichen) ihren Lohn, Wendtland fuhr sie nach Hause. Auch wenn der Weg bestenfalls fünf Minuten betrug, so hatten Susanne und er ein beruhigendes Gefühl, wenn er sie vor ihrem Elternhaus absetzte. Als sie losfuhren, fragte Julia: „Haben Sie schon eine Idee, wer der Mörder sein könnte?"

Wendtland lächelte, kam da schon die junge Polizistin zum Vorschein? „Nein, wir tappen noch ziemlich im Dunkeln", antwortete er wahrheitsgemäß.

„Ich glaube", begann Julia zögernd, „es geht um illegale Geschäfte, vielleicht auch Erpressung."

Wendtland wurde neugierig: „Wie kommst du denn darauf?"

„Nun", fuhr Julia fort, „Sie haben selbst heute Abend gesagt, dass die Sache mit den Nutten", wie das aus ihrem Mund klingt, dachte sich Wendtland, und so hatte er es bestimmt nicht formuliert, „nichts hergibt. Also kann das doch irgendetwas mit seinem Job zu tun haben. Was macht er? Er kontrolliert. Was kontrolliert er? Lauter Dinge, die verboten, aber ziemlich lukrativ sind. Er hat etwas gefunden und will das zu Geld machen. Entweder macht er bei illegalen Sachen die Augen zu und kassiert dafür – oder er hat jemanden im Verdacht, das zu tun, und lässt sich für sein Schweigen bezahlen." Ganz außer Atem hielt sie inne.

„Viel Bio hast du heute nicht gemacht, oder?", meinte Wendtland und hatte damit den Nagel offenbar mitten auf den Kopf getroffen: „Alle Achtung, Frau Kollegin, nicht schlecht, Ihre Schlussfolgerungen!" Julia und Wendtland grinsten sich an.

Susanne war in aufgeräumter Stimmung. Der Abend zu zweit hatte ihr gefallen. Wendtland ahnte, dass sie gleich sagen würde, dass man das doch häufiger machen solle. Aber es war eben auch sehr aufwendig: Julia musste engagiert werden und was sollten sie bloß machen, wenn das Mädchen die Schule beendet hatte. Irgendwann hatte sie die Bemerkung fallen lassen, dass sie gerne ein Jahr ins Ausland gehen würde. Die Fahrt nach Mainz dauerte mehr als eine halbe Stunde, er konnte keinen Pausensekt genießen … Aber er wusste, dass solche Abende notwendig waren. In diesem Fall konnte er sich auch nicht beschweren, da er ja in das Konzert hatte gehen wollen.

Auch ins Kino ging er ganz gerne – wenn denn ein guter Film lief. Manchmal gab es auch in der Kreisstadt ganz gute Sachen und dorthin war der Weg nicht so weit. Zum Glück fuhr Susanne ab und zu auch mit einer Freundin aus dem Nachbarort, wenn – wie er sich ausdrückte – typische Frauenfilme liefen. Meistens aber blieb es doch beim Fernseher oder einer DVD.

Es war schon reichlich spät, als sie ins Bett gingen. Ob Susanne noch Ambitionen hatte, war ihm im Moment egal. Ihm fielen die Augen schon auf dem Weg ins Bett zu – kaum lag er, da war er auch schon wie ein Stein eingeschlafen. Im Traum jagten ihn Frauen in Leder mit Peitschen und Ketten; zum Glück fand er ein verrostetes Fahrrad, das furchtbar quietschte, um seinen Peinigerinnen zu entkommen. Doch als er um eine Ecke bog, stand dort Johanna Wansleben mit Stricken, um ihn zu fesseln. Schweißgebadet wachte er mitten in der Nacht auf …

Erster Sonntag

I

Er konnte schlecht wieder einschlafen und leider war die weitere Nachtruhe nicht sehr lang, denn ziemlich früh (gefühlt fünf Uhr morgens, der Wecker indessen zeigte halb sieben) stand Jonas in der Tür. Er hatte die Sonntagszeitung, die sie vor Jahren abonniert, danach aber stets abzubestellen vergessen hatten, in der Hand und wollte unbedingt wissen, was denn ein Tsunami ist. Wendtland rieb sich verschlafen die Augen, bedeutete Jonas, dass er ins Wohnzimmer gehen solle, um Susanne nicht aufzuwecken. Dann stieg er aus dem Bett, griff sich seinen Bademantel, der an der Tür hing, und folgte seinem Sohn. Susanne ist für die Emotion, ich bin für den Kopf zuständig, dachte er sich. Irgendwie hatte sich diese Arbeitsteilung so ergeben. Bei Lena war das (noch) etwas anders. „Ein Tsunami", begann er, „entsteht, wenn am Meeresboden ein Erdbeben ist. Der Druck, der auf der Erde bedeuten würde, dass Häuser einstürzen, führt im Meer dazu, dass das Wasser aufgewühlt wird. Der Druck steigt nach oben und daraus entstehen Wellen, die mehrere Meter hoch sein können. Wenn dann Land in der Nähe ist, auf das diese Wellen treffen, können sie am Ufer alles zerstören." Er hoffte, es so einigermaßen hinbekommen zu haben, denn mehr als Zeitungs- und Fernsehwissen besaß er auch nicht. „Aber warum willst du das wissen?", fragte er seinen Sprössling. Jonas deutete auf eine Schlagzeile „Gefahr von Tsunami gebannt!"

„An Schlaf war jetzt natürlich nicht mehr zu denken. Also konnte er sich auch den Kontoauszügen der Familie Werner widmen. Er blätterte durch. Viel hatten Werners ja nicht gehabt. Ihre Rente von 900 Euro und sein Nettoverdienst von ca. 1.500 Euro waren nicht viel. Allerdings hatten sie ja das eigene Haus. Wendtland ging die Ein- und Auszahlungen systematisch durch. Neben regelmäßigen Ausgaben für Hausnebenkosten, Versicherungen, dem Chorbeitrag und einigen Abos (eine Zeitung, zwei Zeitschriften, Kabelfernsehen), gab es an größeren Einmalbeträgen vor allem die jährliche Heizöllieferung. Immerhin blieben im Monat 150 Euro, die auf ein Sparkonto – oder wie immer das jetzt hieß – überwiesen werden konnten. Es war zu ärgerlich, dass heute am Sonntag keine Chance bestand, die Kontodaten weiter zu überprüfen. Besondere Einzahlungen waren im Übrigen nicht zu vermerken – die regelmäßige Überweisung von Bestechungsgeldern wäre ja wohl auch stümperhaft gewesen. Er merkte, dass Julias Bazillus zu wirken begann. Auch wenn das mit dem Fall nichts zu tun hatte, so ging ihm doch der Gedanke durch den Kopf, wie denn die alte Frau Werner mit ihren 900 Euro zurechtkommen würde. Wäre Familie Wansleben bereit, die Mutter/Schwiegermutter zu unterstützen? Ginge es nach dem Urteil der Nachbarn, hätte es wohl eindeutig „Nein“ geheißen; aber das konnte er sich von Johanna (oder sah er sie zu sehr durch eine rosarote Brille?) eigentlich nicht vorstellen. Ökonomisch schien das ohnehin kein Problem zu sein, denn Wanslebens machten nicht den Eindruck großer Armut. Er wischte diesen Gedanken fort – er war unerheblich. Stattdessen nahm er einen Zettel und einen Kuli. Er notierte:

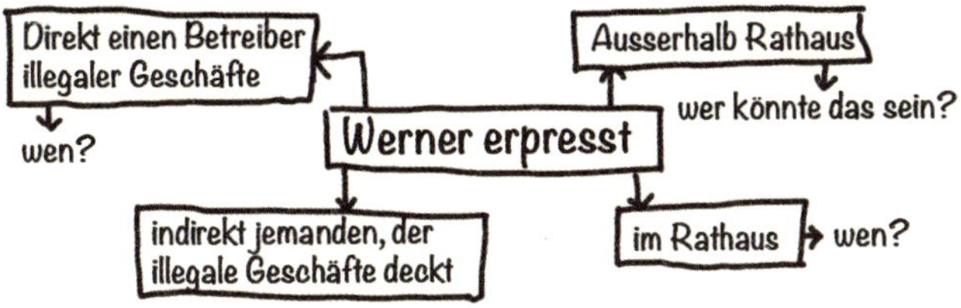

Hatte er eine andere Möglichkeit übersehen? Nein, Julia schien recht zu haben. Allerdings gab es noch eine weitere, aber mehr als unwahrscheinliche Option. Erwin Werner hätte aus reinem Pflichtgefühl – ohne erpresserische Absicht – illegalen Geschäften auf der Spur sein können? Aus Sicht der Betroffenen wäre das allerdings egal gewesen. Sie hätten erwartet, dass Werner irgendwann schon die Hand aufgehalten hätte. Er dachte weiter: Sich mit den Betreibern illegaler Geschäfte direkt anzulegen, dazu schien Werner nicht der Typ zu sein. Außerdem hätte die Tat dann wohl einen etwas anderen Verlauf genommen – insbesondere der Einbruch in die Garage hatte nicht gerade einen professionellen Eindruck gemacht.

Also blieb nur die zweite Variante. Immer mehr verstärkte sich sein Verdacht, dass die Wurzel im Rathaus selbst zu finden sein müsste. Denn wer außerhalb des Mikrokosmos Rathaus konnte in der Lage sein, vor Kontrollen zu warnen, damit Illegales nicht auffliegen konnte? Aber er musste achtgeben, dass er sich nicht zu sehr auf diesen Gedanken konzentrierte und deswegen andere denkbare Alternativen nicht mehr zur Kenntnis nahm.

II

Seine Überlegungen wurden allerdings abrupt unterbrochen, als Lena ins Wohnzimmer stürmte und laut verkündete, dass sie jetzt wach sei. Das bedeutete übersetzt, dass sie jetzt Aufmerksamkeit beanspruchte. Susanne kam im Nachthemd –, in dem sie sehr verführerisch aussah, bemerkte Wendtland – legte ihm die Arme um den Hals, küsste ihn im Nacken und begrüßte ihn mit einem strahlenden „Guten-Morgen-Lächeln“.

Der Tag hatte für die Familie nun begonnen. Susanne erinnerte ihn daran, dass heute ein Ausflug zum Barfußpfad nach Bad Sobernheim verabredet war: „Wir haben uns mit Elli und Peter und mit Sabine und Florian verabredet.“ Das waren Eltern von Freunden von Jonas, die sie aus der Schule kannten. Über die Kinder traf man sich – keine feste Freundschaft, aber nette Bekanntschaften. Elli und Peter wohnten in Eckelsheim, Sabine und Florian in Siefersheim. Man wollte sich aber erst am Barfußpfad selbst treffen. Abends war dann noch Grillen in Siefersheim angesagt. Nichts Aufregendes, dachte sich Wendtland, aber die Kinder hätten bestimmt ihren Spaß.

Punkt halb drei waren sie am Eingang in Bad Sobernheim; es dauerte nicht lange, da waren ihre Bekannten auch da. Die Kinder waren natürlich völlig aufgeregt – ein Ausflug schlug noch immer eine Playstation um Längen! Es wurde ein ganz gelungener Nachmittag, auch wenn Lena sich in der Schlammgrube der Länge nach hinlegte. Beim Waten durch die Nahe ging dann allerdings ein gutes Stück Dreck ab! Nach drei – sehr intensiven – Stunden, in denen man kaum zum Reden miteinander gekommen war, weil ständig mindestens ein Kind aus der Reihe tanzte, saßen sie schließlich im Garten von Sabine und Florian. Florian stand am Grill; bald waren die drei Männer dort einträchtig vereint. Florian Goldschmidt arbeitete als Steuerberater in Worms, Peter Bauermann war selbstständiger Fuhrunternehmer und hatte seinen Firmensitz in Wörrstadt. Wendtland schmunzelte, waren doch solche Paarbegegnungen – nicht nur in seiner Umgebung – fast immer davon geprägt, dass Männer und Frauen getrennte Gesprächsgrüppchen bildeten.

Natürlich war der Fall Werner in der Gegend in aller Munde und Wendtland musste – soweit er das durfte – über den

Stand der Dinge berichten. Die Geschichte mit den Prostituierten war ja gründlich danebengegangen. Mit aller Vorsicht ließ er durchblicken, dass es sich auch um Erpressung handeln könne. Mit Aufmerksamkeit hörten die Freunde zu. „Ich kenn das“, meinte Peter, „entweder du zahlst oder dein Lkw hat platte Reifen oder sonst einen Defekt. Mein Laden ist zu klein, wir fahren hier nur in der Gegend – aber manche Kollegen haben da echt Probleme!“

Das aber war es ja nun gerade nicht, was Wendtland bewegte. Erwin Werner war kein Mafioso. Eher war es Florian, der ihn auf eine Spur brachte: „Die Dinge laufen nie direkt, oft sind Anwälte oder", er zuckte etwas bedauernd die Schultern, „auch Kollegen meines Berufsstandes als Mittelsmänner dabei. Die eigentlichen Geschäftemacher sind nie zu sehen.“

Wendtland nickte, eigentlich hätte er auch selbst daran denken können – aber erst der Einbruch in der Garage hatte ihn ja zu dem Thema Erpressung kommen lassen. Nur fürchtete er, dass er auf dieser Spur ohne die Mitwirkung der Kollegen von der OK, der Abteilung, die sich mit der organisierten Kriminalität befasste, nicht herumkommen würde. Das widerstrebte ihm, weniger weil er in Abteilungsschubladen dachte; vielmehr schien ihm dieser Mord jedenfalls nicht direkt auf eine unmittelbare Verbindung zur organisierten Kriminalität hinzudeuten. Trotzdem wäre es sicher nützlich, mögliche Verbindungen zu erkennen.

Als sie gegen neun Uhr zu Hause waren und die Kinder mit einiger Mühe nach einem solchen Tag endlich im Bett lagen, saßen Susanne und er noch ein wenig im Wohnzimmer. Zum Fernsehen hatten sie keine Lust; Susanne hatte sich ihr Buch genommen (was las sie eigentlich?). Wendtland versuchte, auf den Buchdeckel zu schielen, konnte aber auf die

Entfernung nichts erkennen, während er selbst sich das Sudoku aus der Wochenendausgabe der Zeitung anstelle seines Buches als Ablenkung schnappte. Sein erwachtes Jagdfieber musste er allerdings noch bis zum nächsten Morgen zügeln.

Zweiter Montag

I

Wendtland war früher als sonst aufgewacht, immer wieder gingen ihm die Fragen rund um den Fall durch den Kopf. Leise ging er aus dem Zimmer, um sich einen Kaffee zu kochen. ‚Abkehr von Routinen' war ja seine Devise – also würde er heute Susanne mit einem Kaffee überraschen. Er setzte sich an den Küchentisch und las ein wenig im „Hundertjährigen".

Er war froh, als er im Auto saß, die Kinder fortgebracht hatte, und endlich auf den Hof der Dienststelle einbog.

Auf dem Flur begegnete ihm schon Chris Keller: „Na, was machen wir heute, Chef?"

Wendtland wiegte den Kopf: „Mal sehen, kommen Sie mit Ihrer Kollegin um zehn in mein Büro."

Dann betrat er sein Arbeitszimmer, schaute kurz zu Frau Lottermann rein, begrüßte sie mit einem betont freundlichen „Hallo" und setzte sich an seinen Schreibtisch. Er verstaute sein Mittagsbrot und überflog die Eingangspost. Natürlich hatte es am Wochenende wieder ein paar Gewaltdelikte gegeben, zwei Schlägereien vor der einschlägig bekannten Diskothek und eine Messerstecherei in der Innenstadt. Nichts Bewegendes, die Personalien der Beteiligten waren bekannt – reine Routine. Darum müssten sich wieder die anderen

Kollegen kümmern – er ärgerte sich, dass die Poststelle das offenbar noch nicht begriffen hatte.

Er schaute auf die Uhr: Halb neun, das könnte gehen, dachte er, und wählte die Nummer der Volksbank. Die Zentrale war bereits besetzt und er ließ sich zu Klaus Badura, einem früheren Schulfreund, durchstellen, der ihm schon mehrfach hatte behilflich sein können. „Morgen, Klaus", fiel er direkt mit seinem Anliegen mit der Tür ins Haus, „du weißt vielleicht, dass ich mit dem Fall des getöteten Beamten in der Nachbarstadt befasst bin, ich brauche da eine kleine Info. Kannst du nachprüfen, ob Erwin Werner noch weitere Konten bei euch oder bei einer anderen Bank hat?"

„Mehr nicht?", tönte es etwas spöttisch aus der Leitung. „Aber o.k., weil du es bist – aber das kann ein wenig dauern. Scheint ja etwas kompliziert zu sein der Fall, oder?"

Wendtland bestätigte dies. „Wenn ich weiter vorangekommen bin, kann ich dir vielleicht mehr erzählen. Für heute erst einmal vielen Dank!"

Dann bat er Frau Lottermann, den Amtsleiter Kutter zu informieren, dass er ihn nach der Mittagspause noch einmal aufsuchen müsse; er möge sich doch bitte bereithalten (belustigt dachte er, dass er ganz in den Tonfall der Sekretärin des „Herrn Amtsleiters" verfallen war). Frau Lottermann hatte ihm einen frischen Kaffee gebrüht; seufzend machte er sich an den Rest der Eingangspost. Ein paar Fachzeitschriften im Umlauf (sie zu lesen schaffte er fast nie), Werbeprospekte für Seminare (die viel zu teuer waren), einige dienstliche Mitteilungen, der abgezeichnete Urlaubszettel von Sandra Weinzierl. Aber es gab auch ein paar Briefe, die an die „Polizei", an die „Ermittlungsbehörde" oder das „Kriminalamt" adressiert waren. Es war klar, dass nach den Presseberichten nun verstärkt Hinweise aus der Bevölkerung eingehen würden. Außerdem hatte die Kripo ja routinemäßig bereits am Dienstag, einen Tag nach dem Mord, die Bevölkerung um Mithilfe gebeten.

Wendtland sichtete die eingegangenen Briefe, viele – wie so oft – anonym. Das meiste betraf das Thema Prostitution. Es war unglaublich, was er mit der „Falschen Fährte" an Emotionen losgetreten hatte. Wenn alles stimmte, was da geschrieben stand, dann war praktisch jedes Dorf in der Umgebung ein Sündenbabel. „Nebenan geben sich die Männer die Klinke in die Hand", „In der X-Straße brennt in Nr. Y immer ein rotes Licht", „Sehen Sie sich mal die Bewohnerin der Z-Gasse Nr. A an, die läuft rum wie eine Nutte, ist bestimmt auch eine." Wendtland war angeekelt. „Gib dem Menschen die Chance, über einen anderen herzuziehen – er wird sie in neun von zehn Fällen nutzen." So oder so ähnlich hatte der Polizeipsychologe auf der Schule erklärt.

Er schob die Briefe beiseite, sollten sich doch die Kollegen der zuständigen Abteilung darum kümmern. Aber die würden ihn gewiss innerlich verfluchen, weil er ihnen ziemlich viel zusätzliche und unnütze Arbeit damit bescherte. Schließlich blieben noch zwei Briefe, die Interessantes enthielten. Der erste bezog sich auf das quietschende Fahrrad: Ein Mann, der sogar seinen Namen angegeben hatte, schrieb, ein solches Gefährt habe er schon häufiger in seinem Dorf gesehen, vor allem aber gehört. Leider war das Dorf aber zehn Kilometer vom Tatort entfernt. So weit, dessen war sich Wendtland gewiss, würde niemand radeln, um jemanden zu erschlagen.

Der zweite betraf den Getöteten selbst. „Wussten Sie", hieß es in einem weiteren anonymen Brief, „dass Werner oft abends noch einmal mit dem Auto rausgefahren und erst ziemlich spät zurückgekommen ist?" Leider fehlte ein Absender – außerdem passte es zu dem Chor und zu Alina bzw. Layla. Verwertbar war auch dieser Hinweis nicht.

II

Es war kurz vor zehn, als der Apparat erneut klingelte. Frau Lottermann war dran und fragte, ob sie einen Herrn Goldschmidt aus Worms zu ihm durchstellen könne. Was in aller Welt, dachte er, konnte Florian wollen? Hatten sie am Sonntag etwas bei Goldschmidts vergessen?

„Hör mal, Lothar, ich hab mich mal ein bisschen umgehört, wer denn in der Szene so tätig ist. Es war gar nicht so schwer – über andere Kollegen wird gern in unseren Kreisen hergezogen. In deinem Fall könnte mein Kollege Martin Buchholz von Interesse sein, der – das macht das Ganze noch etwas pikanter – bei Franz-Josef Menzel im Stadtrat sitzt. Vielleicht hilft dir das ja weiter."

Wendtland war verblüfft, da hatten die Hobby-Detektive Julia und Florian ihm ganz schön auf die Sprünge geholfen. „Danke Florian, dass du das für mich gemacht hast", sagte Wendtland mit ehrlicher Überzeugung. „Das bringt mich ein gutes Stück weiter!"

„Wenn mal Polizeiorden verteilt werden, dann denk an mich", lachte Florian Goldschmidt und legte vergnügt auf.

„Herr Kriminalhauptkommissar", meldete sich jetzt von nebenan die Stimme von Lottermännchen. „Ich habe am Wochenende nachgedacht und ich glaube auch zu wissen, wer der Täter ist." Wendtland ging zu ihr ins Zimmer: „Da bin ich aber neugierig!"

„Also, ich habe ja alle Berichte und Vermerke geschrieben, die Sie diktiert haben", ja, die lästige Büroarbeit, dachte Wendtland – aber Dokumentation dessen, was man gemacht und erfahren hatte, war heute eben alles, „danach kommt für mich nur jemand aus dem Rathaus infrage. Und ich habe den Bürgermeister im Verdacht – so ahnungslos wie der getan hat! Und ein Bürgermeister braucht immer Geld. Er steckt mit irgendwelchen dunklen Typen unter einer Decke, Herr Werner kriegt das spitz und – hast du dich nicht versehen – haut der Bürgermeister dem Werner einen Baseballschläger über den Kopf. Das ist meine Meinung, Herr Wendtland."

Er lächelte über Lottermännchens detektivisches Vorgehen und erschrak bei der Vorstellung, dass sie tatsächlich recht haben könnte. Doch er unterdrückte diesen Gedanken: „Wenn dann auch noch sein Fahrrad quietscht, dann hätten wir ihn!", antwortete er leichthin.

Frau Lottermann war ein wenig gekränkt: „Sie werden sehen, Herr Kriminalhauptkommissar, ich liege bestimmt nicht falsch!"

„Aber", mahnte Wendtland, „psssst!"

„Ehrensache", beteuerte Frau Lottermann und wandte sich wieder neuen Berichten zu, die zu schreiben waren.

Um zehn kamen Sandra Weinzierl und Chris Keller. Er schilderte kurz den Stand in Sachen Werner und kam dann auf die weiteren Aufgaben zu sprechen. Chris Keller war erleichtert, dass er sich im Moment nicht um alkoholisierte, prügelnde und messerstechende junge Männer kümmern sollte. „Die sollte man", begann er, wurde aber von Wendtland mit erhobenem Finger gebremst: „Keine Äußerungen, die die Unvoreingenommenheit der Polizei infrage stellen könnten!"

Dabei war er selbst von Vorurteilen keineswegs frei, sprach sie jedoch nie aus, meinte er wenigstens. Sie wandten sich gerade wieder dem Fall Werner zu, Wendtland vergaß auch nicht, Frau Lottermanns Verdacht zu erwähnen („das werden Sie sehen!", kam eine Stimme aus dem Nachbarzimmer, da Wendtland bei internen Gesprächen fast nie die Tür schloss) – in dem Moment klingelte bei ihr das Telefon und wenige Sekunden später auch bei ihm: „Ein Herr Badura von der Volksbank“, sagte sie und Wendtland übernahm.

Er hörte lange Zeit nur zu, dann sagte er nur: „Vielen Dank, das hilft mir sehr“ und legte auf. Die jungen Kollegen sahen ihn mit gespanntem Blick an, doch Wendtland machte sich zunächst in aller Gemütsruhe ein paar Notizen. Dann blickte er auf: „Sehr interessante Neuigkeiten. Auf den Namen von Frau Werner gibt es ein Konto bei der Volksbank seit etwa zwei Jahren, auf das regelmäßig jeden Monat 500 Euro eingezahlt werden; in den letzten beiden Monaten waren es aber 1000 und ganz zum Schluss 2000. Was schließen wir daraus?“ Er wartete die Antwort gar nicht ab, sondern gab sie sich selbst. „Erwin Werner kassiert seit etwa zwei Jahren Schweigegeld, kürzlich hat er seine Forderung angehoben, aber mit der letzten Erhöhung offenbar zu viel gewollt. Jetzt müssen wir wohl noch einmal zu Frau Werner fahren.“

„Und wer verfügt über das Konto?“, meldete sich Sandra Weinzierl zu Wort.

„Gute Frage, Frau Kollegin, offenbar neben Frau Werner auch Erwin Werner selbst.“

Der Fall begann, ihm Freude zu machen – wenn man von dem unangenehmen Umstand absah, dass es einen Toten gegeben hatte.

III

Er nahm diesmal Sandra Weinzierl mit. Der Fall entwickelte sich recht logisch – ihm fehlte nur noch die letzte Verbindung. Wer war der Erpresste und hatte dieser auch selbst den Mord begangen?

„Ach“, fragte er auf dem Weg, „wie war eigentlich Ihr Wochenende in Hamburg?“

Die Augen der jungen Frau glänzten: „Super! Am besten war natürlich der ‚König der Löwen' – wie man da mit dem Schiff rüberfährt, das ist einfach toll. Das würde Ihren Kindern bestimmt Spaß machen! Aber auch sonst ist die Stadt einsame Spitze!"

Die Bemerkung gab ihm einen leisen Stich. Natürlich könnten sie einen solchen Ausflug auch machen – am Geld würde es vielleicht nicht scheitern, zumal es bestimmt immer wieder Sonderangebote gäbe. Er selbst war das Problem. Er wollte sich, schon gar nicht bei so einem Fall, nicht einfach für drei Tage ‚aus dem Staub machen'. Vielleicht könnte er ja nach Abschluss des Falles … Aber war in Hamburg nicht auch Johanna? „Wie war es denn im Folterkabinett?"

„Ist das nicht krass? Die ganzen Windräder?"

Sie fuhren gerade nach Wöllstein hinunter. Dann aber kam Sandra Weinzierl zu seiner Frage zurück. Sie lächelte, wie er mit einem kurzen Seitenblick erkennen konnte. „Heftig – viel gruseliger als in der besten Geisterbahn. Selbst abgebrühte Polizistinnen" (Wendtland lächelte über die mutige Selbsteinschätzung der Kollegin) „können da Gänsehaut kriegen. Aber irgendwie ist das dann doch ganz witzig, weil es ja nur gespielt ist. Sie sollten sich das auch mal ansehen."

Wendtland schüttelte den Kopf: „Und wo lasse ich die Kinder?"

„Kein Problem, Herr Kriminalhauptkommissar, nebenan ist eine riesige Modellbahnanlage!"

Wendtland war sich ziemlich sicher, dass auch er lieber die Modellbahnanlage anschauen würde.

Sie fuhren an dem Haus der Werners vor. Auf ihr Klingeln öffnete die alte Dame selbst. „Meine Tochter ist zum Einkaufen gefahren – sie müsste aber bald wieder da sein. Sind Sie denn schon weitergekommen?"

Erleichtert stellte Wendtland fest, dass der Rest der Familie Wansleben wohl wieder abgereist war. Auf eine erneute Auseinandersetzung mit Frieder Wansleben hatte er keine besondere Lust. Wendtland flunkerte ein bisschen, als er bedächtig den Kopf hin und her wiegte. „Vielleicht, Sie können uns dabei im Übrigen auch ein Stück helfen."

Frau Werner wirkte wesentlich gefasster. Sie hatte den unsäglichen Schmerz überwunden und war in ein Stadium stiller Trauer eingetreten. Sie führte die Polizisten in das Wohnzimmer („leider kann ich Ihnen nichts anbieten, Johanna muss erst neuen Kaffee kaufen") und setzte sich in ihren Sessel. Wendtland und seine Kollegin nahmen auch Platz. „Wir möchten Sie etwas fragen", begann er. „Ihr Sohn hatte ein Konto bei der Volksbank auf Ihren Namen eingerichtet und regelmäßig darauf eingezahlt. Wussten Sie davon?"

Das Erstaunen in ihrem Gesicht war echt – sie schüttelte den Kopf. „Wieso hat er das denn gemacht? Er hatte doch selbst nicht viel."

Als sie erfuhr, dass sich mittlerweile mehrere Tausend Euro dort angesammelt hatten, bekam sie einen sichtlichen Schreck. „Was soll ich denn mit dem Geld? Der Junge" (von fast fünfzig Jahren, dachte Wendtland) „brauchte es doch selbst!"

In diesem Moment wurde ein Schlüssel in die Tür gesteckt. Wenige Augenblicke später stand Johanna Wansleben im Zimmer, die beiden Einkaufstüten noch in der Hand. „Gibt es etwas Neues?", fragte sie.

„Wie man es nimmt", antwortete Wendtland.

„Ihr Bruder hatte ein Sonderkonto für Ihre Mutter eingerichtet, auf das er regelmäßig Geld eingezahlt hat."

Johanna Wansleben zog die Augenbrauen hoch (sehr charmant, dachte Wendtland): „Wovon will er das denn bei seinem schmalen Gehalt abgezweigt haben?"

„Das", antwortete der Kriminalhauptkommissar, „fragen wir uns auch."

Johanna zuckte mit den Schultern: „Das ist zwar schön für Mama und hilft ihr jetzt bestimmt auch etwas über die Runden – aber Erwin macht es auch nicht wieder lebendig."

IV

Auf dem Weg zum Rathaus steuerte Wendtland noch den Marktplatz an. Er musste jetzt etwas in den Magen bekommen. Etwas unvorschriftsmäßig parkte er in der Auffahrt zur Fußgängerzone. Er ließ den Blick schweifen – bei ‚Fisch-Willy' blieb er hängen. „Ich hole mir jetzt ein Fischbrötchen, sonst verhungere ich", teilte er sehr bestimmt mit. „Wollen Sie auch etwas?" Sandra Weinzierl schüttelte den Kopf und holte einen Apfel aus ihrer Tasche. Bei so gesunder Kost bekam Wendtland ein schlechtes Gewissen, zumal er Susannes Mittagszehrung im Büro gelassen hatte. Aber sein Magen forderte unmissverständlich Arbeit.

Während sie beide im Wagen ihre kleine Mittagsmahlzeit verzehrten, setzte Wendtland seine Kollegin kurz ins Bild: „Erwin Werner hat seinen Amtsleiter kurz vor seinem Tod aufgesucht; davon hat mir Herr Kutter nichts erzählt. Ich musste den Eindruck haben, dass er seinen Mitarbeiter kaum kannte. Außerdem ist da die Sache mit dem Foto auf Werners Laptop. Ich will dem Herrn Amtsleiter jetzt ein wenig auf den Zahn fühlen – irgendetwas ist faul an der Sache. Fragen Sie bitte getrennt die Vorzimmerdame, was Erwin Werner an diesem Freitag getan und gesagt hat. Ich übernehme den Amtsleiter!"

Es war schon nach halb zwei, als sie wieder auf den Rathausparkplatz einbogen. Die junge Frau am Infoschalter erkannte ihn sofort wieder: „Haben Sie den Täter schon? Bestimmt war es die Mafia, oder?“

Wendtland war recht empört über die schamlose Neugier. Ungehalten wandte er sich an die Fragerin: „Wenn wir den Täter gefasst haben, werde ich das Ihnen gewiss nicht auf die Nase binden!“

Die junge Frau lief puterrot an, drehte sich schnell zur Seite und befasste sich intensiv mit einigen Formularen. Wendtland lächelte und hatte doch ein schlechtes Gewissen: Er hatte seine dienstliche Überlegenheit ziemlich brutal ausgespielt. Verbrechen schienen die Fantasie der Menschen immer zu beflügeln.

Herr Kutter erwartete sie bereits, die Vorzimmerdame musste gar nicht erst den Herrn Amtsleiter herbeirufen. Er war allerdings überrascht, als Sandra Weinzierl im Vorzimmer stehen blieb. Er bot seinem Besucher den Platz an seinem Besprechungstisch an. „Kaffee?“, fragte er.

Wendtland schüttelte den Kopf, schloss die Verbindungstür zum Vorzimmer und setzte sich dann. „Womit kann ich Ihnen dienen?“, eröffnete der Amtsleiter das Gespräch.

Wendtland schaute sein Gegenüber einen Moment lang an. Er wollte die Wirkung seiner Antwort auf diese unbefangene Frage noch etwas steigern: „Herr Kutter, der Getötete war vorletzte Woche in Ihrem Büro und kam sichtlich vergnügt wieder heraus. Haben Sie dafür eine Erklärung?“

Der Amtsleiter wurde sichtlich blass und rang um Fassung. Schließlich sagte er: „Herr Werner wollte einen Termin, um über seine Arbeit zu sprechen.“

Wendtland sah ihn durchdringend an: „Herr Kutter, macht nicht normalerweise Ihre Sekretärin solche Termine aus?“

Kutter knetete seine Hände: „Natürlich ist das so, aber

wahrscheinlich war Frau Domröse gerade nicht im Büro, sodass er einfach zu mir gekommen ist. Ich habe ihm dann gesagt, dass er mit Frau Domröse einen Termin suchen soll."

Wendtland schwieg eine Weile und schrieb in sein Notizheft. Sollte der Amtsleiter ruhig das Gefühl haben, dass er das Gespräch protokollierte (stattdessen notierte er nur eine To-do-Liste für zu Hause). Nach gefühlten fünf Minuten hob er den Kopf: „Herr Kutter, das klingt nicht gerade überzeugend", sagte er reichlich frostig. „Sie haben normalerweise kaum Kontakt zu Ihrem Mitarbeiter – und dann soll er ausgerechnet kurz vor seinem Tod mit Ihnen über seine Arbeit sprechen wollen?"

„Aber so war es!", beteuerte Peter Kutter fast beschwörend und versuchte gleichzeitig mitzuhören, was wohl im Vorzimmer gesprochen würde. Aber Sandra Weinzierl machte ihre Sache gut: ‚nicht laut werden', ‚Ruhe bewahren', ‚die Frau nicht aufregen', hatte er ihr vorher eingeschärft.

Wendtland ging die Sache nun von einer anderen Seite an: „Wenn ich mich recht erinnere, Herr Kutter, hatten Sie erwähnt, dass Sie die Mitarbeiterschaft um aktive Mithilfe bei der Polizeiarbeit gebeten hatten, richtig?"

Der Amtsleiter nickte etwas gequält; er ahnte, worauf Wendtland hinauswollte.

„Warum haben ausgerechnet Sie ein so wichtiges Detail der Polizei gegenüber verschwiegen?"

Der Amtsleiter war jetzt aschfahl geworden, alle Souveränität, die er sonst um sich verbreitete, war verschwunden. „Ich habe nicht daran gedacht", murmelte er kleinlaut.

Wendtland erhob sich: „Bleiben Sie bitte hier – ich werde kurz mit meiner Kollegin sprechen." Er öffnete die Verbindungstür und winkte Sandra Weinzierl zu sich, dann wandte er sich an die Vorzimmerdame: „Warten Sie bitte einen Moment auf dem Flur." Als sie das Zimmer verlassen hatte, fragte er halblaut: „Und? Was hat sie gesagt?"

„Nun, am Freitag vor einer Woche, so gegen zwölf sei Herr Werner in ihr Zimmer gekommen, habe sie kurz gegrüßt und sei direkt in das Arbeitszimmer des Herrn Amtsleiters marschiert", erwiderte sie.

„Hat sie denn mitbekommen, worum es ging?", fragte Wendtland weiter.

„Kaum, denn Werner habe die Verbindungstür zugezogen, allerdings sei es zunächst etwas laut gewesen, danach aber geradezu unheimlich still. Er sei vielleicht zehn Minuten drinnengeblieben. Ich habe sie natürlich auch gefragt, warum sie der Polizei das nicht früher mitgeteilt hat. Die Antwort, Herr Wendtland, war schon strange", Sandra Weinzierl lächelte dabei, weil sie wusste, dass Wendtland diese Anglizismen hasste, „sie hat nämlich erklärt, sie könne doch nicht einfach über die Gespräche ‚des Herrn Amtsleiters' sprechen, ohne dass sie ihn um Erlaubnis gefragt habe. Dazu sei es in der Hektik des Tages gar nicht gekommen."

„Danke." Wendtland lächelte in sich hinein, vielleicht war das ja ein erster konkreter Anhaltspunkt. Er ging zurück in das Büro des Amtsleiters. „Herr Kutter, ich glaube, wir sollten uns in Ruhe in unserer Dienststelle unterhalten. Möglicherweise gibt es doch mehr zu erzählen."

Peter Kutter war in sich zusammengesunken, raffte sich dann aber auf, nahm seinen Mantel und seine Aktentasche und folgte den beiden Polizisten. „Sagen Sie bitte alle Termine für heute Nachmittag ab", wandte er sich an Frau Domröse, die verwirrt mal auf ihren Chef, mal auf Wendtland, mal auf die junge Polizistin schaute.

„Was soll ich denn sagen?", fragte sie zurück.

„Ich bin auf einem Außentermin."

Wendtland lächelte; der Mann hatte sich schnell wieder gefangen – und in gewisser Weise stimmte die Aussage ja sogar.

V

Auf dem Flur raunte er Peter Kutter zu: „Gehen Sie bereits vor und warten 100 Meter vom Rathaus entfernt an der Straße – es muss ja nicht jeder sehen, dass wir gemeinsam das Haus verlassen." Der Leiter des Ordnungsamtes atmete sichtlich erleichtert auf und ging zur Treppe.

Sandra Weinzierl wunderte sich: „Was ist, wenn er jetzt zu fliehen versucht?"

Wendtland beruhigte sie: „Wenn er das täte, würde er sich doch nur hochgradig verdächtig machen. Aber er will doch Bürgermeister werden. Außerdem", fuhr er fort, während sie ebenfalls dem Ausgang zusteuerten, „darf ich ihn – er ist bisher nur Zeuge – nicht in eine prekäre Situation bringen, die möglicherweise die Wahl beeinflusst."

Sandra Weinzierl schaute etwas betreten: „Daran hatte ich nicht gedacht!"

Wendtland beruhigte sie. „Vielleicht wäre ich nicht so rücksichtsvoll gewesen, hätten wir nicht diese unangenehme Panne mit den beiden Prostituierten gehabt. Mainz beobachtet sehr genau, wie wir in diesem Fall vorgehen."

Sie stiegen ins Auto – 100 Meter weiter wartete tatsächlich Peter Kutter und nahm auf dem Rücksitz Platz. Es war eine schweigsame Fahrt. Wendtland wollte die Befragung nicht im Auto fortsetzen, Sandra Weinzierl konnte nicht von sich aus das Gespräch suchen – und Peter Kutter war mit Sicherheit vollauf damit beschäftigt, seine Gedanken zu sortieren und sich seine Aussage zurechtzulegen.

Wendtland führte ihn in sein Büro und bat Sandra Weinzierl, an dem Gespräch teilzunehmen. Frau Lottermann schaute herein und stellte die übliche Getränkefrage. Er konnte jetzt gut einen Kaffee gebrauchen, während die Kollegin sich mit stillem Wasser begnügte. Peter Kutter lehnte alles ab. Nachdem sie versorgt waren, schloss Wendtland die Tür und setzte sich Peter Kutter direkt gegenüber. Er machte gar keine Präliminarien, sondern steuerte direkt auf sein Anliegen zu. „Herr Kutter, was wollte Erwin Werner wirklich?“

„Das habe ich doch schon …“, setzte sein Gegenüber an, doch Wendtland schnitt ihm das Wort ab. „Das habe ich Ihnen schon vorhin nicht geglaubt. Brauchen Sie zehn Minuten, um einem Mitarbeiter zu sagen, dass er im Vorzimmer einen Termin ausmachen soll?“

„Domröse“, flüsterte Peter Kutter fast unhörbar.

„Darf ich daraus schließen, Herr Kutter“, setzte Wendtland nach, „dass Frau Domröse von sich aus über das Gespräch mit Herrn Werner nichts verlauten lassen sollte?“

Man merkte, dass es für Peter Kutter jetzt anfing, mehr als ungemütlich zu werden. Er rutschte auf dem Stuhl hin und her und wischte sich immer wieder über die Stirn. Als wäre es abgesprochen, schaltete sich Sandra Weinzierl ein: „Dass ein Mitarbeiter bei Ihnen ins Zimmer platzt, ist unüblich. Dass Sie ihn dann aber nicht gleich wieder hinauskomplimentieren, ist noch ungewöhnlicher. Dass Sie dann auch noch erst laut werden, dann aber nur noch gedämpft mit dem Mitarbeiter reden, lässt doch vermuten, dass er Ihnen etwas gesagt hat, was Sie (a) nicht erwartet haben und was Sie (b) so trifft, dass Sie niemanden als Ohrenzeugen wollten. Habe ich recht?“

Peter Kutter nickte unmerklich: „Es ist wohl so.“

Als er aber keine Anstalten machte weiterzusprechen, hakte Wendtland nach: „Sollten Sie uns nicht reinen Wein einschenken? Oder sollen wir in Ihrem Umfeld ermitteln, weil Sie uns wichtige Informationen vorenthalten?“ Er wartete einen Moment, während es in Peter Kutter sichtlich arbeitete. Dann holte er das Foto aus dem Stapel auf seinem Schreibtisch. „Sie kennen Erwin Werners Fotos?“

Jede Selbstsicherheit des Amtsleiters war dahin, er vergrub den Kopf in den Händen. „Also gut“, gab er sich schließlich einen Ruck, „auch wenn ich mich dadurch in Ihren Augen verdächtig mache – ich beteuere aber, dass ich mit dem Tod von Erwin Werner nichts zu tun habe.“ Er holte tief Luft: „Erwin Werner kam zu mir ins Zimmer; ich war zunächst ungehalten, weil er einfach so hereinspazierte. Doch er zog die Tür zu und setzte sich ganz ruhig auf den Besucherstuhl. Jetzt wurde ich richtig wütend, weil sein Verhalten schon an Unverschämtheit grenzte. Dann aber sagte er mir: ‚Ich habe Sie aus einem bestimmten Haus kommen sehen.‘ Mir wurde plötzlich heiß und kalt, als er die Adresse nannte. Sie können sich denken, was für ein Haus das war?“

Wendtland nickte und Sandra Weinzierl warf ein: „War es Alina oder Layla?“

Peter Kutter hob erstaunt den Kopf: „Lay …“, aber sofort brach er ab. „Tut das etwas zur Sache?“

Wendtland lächelte: „Wir kennen die Dame, das erleichtert uns die Arbeit.“

Sein Gegenüber setzte seine Schilderung fort: „Um es kurz zu machen, er forderte Geld, 1000 Euro! Ich dachte, damit wäre alles getan und wollte ihm das Schweigegeld schon zubilligen; aber er setzte hinzu: ‚jeden Monat! Die Presse wäre sicher an einem kleinen Kandidaten-Skandal interessiert.‘ Dann zeigte er mir auch noch ein Foto von mir, wie ich gerade aus der Tür kam. Ist es das, was Sie gerade in der Hand halten? Ich war wie vor den Kopf geschlagen; erstens habe ich nicht so viel Geld und zweitens war ich jetzt in der Hand dieses Mannes. Ich habe vorgeschlagen, ihm 1000 Euro zu geben und dann über die Sache noch einmal zu reden. So sind wir auseinandergegangen."

Wendtland drehte jetzt das Foto um: „Und der Mann neben Ihnen, wer ist das?"

„Um Gottes willen, das auch noch!" Kutter rang sichtlich mit sich. „Sie kriegen es ja sowieso raus – das ist ein bekannter Spielhallenbetreiber hier in der Gegend. Es war ein ganz harmloses Gespräch gewesen, wahrscheinlich während meiner Hausbesuche im Wahlkampf. Dass es dieses Foto gibt, wusste ich nicht. Wahrscheinlich hätte er es für die nächste Erpressung verwendet, nach dem Motto ‚Amtsleiter kungelt mit Spielhöllen'."

„Hm", Wendtland kratzte sich am Kinn, „und wir sollen Ihnen abnehmen, dass das der erste Erpressungsversuch war? Hat er nicht schon vorher begonnen und seine Forderungen hochgeschraubt? Wussten Sie, dass Herr Werner den Verdacht hegte, jemand gebe den Etablissements gezielte Tipps, weil bei Kontrollen immer alles korrekt war?"

Peter Kutter schüttelte verzweifelt den Kopf: „Nein, so war es nicht! Es war wirklich der erste Erpressungsversuch; ich war bei der Dame ja auch erst zum zweiten Mal gewesen. Bitte befragen Sie sie."

Wendtland betrachtete ihn nachdenklich: „Das werden wir schon tun – aber das ändert doch nichts daran, dass Sie ein sehr, ich betone, sehr starkes Motiv hatten, Herrn Werner aus dem Weg zu räumen. Immerhin drohte er, Ihre hoffnungsvolle Karriere abrupt zu beenden."

In den Augen von Peter Kutter stand jetzt die nackte

Angst: „Sie glauben doch nicht, dass ich …“, hier brach er ab.

„Wir glauben gar nichts, wir ermitteln“, erwiderte Wendtland (wieder so ein dummer Polizeischulenspruch, dachte er). „Ich muss Sie fragen, wo Sie am Tattag morgens zwischen fünf und sieben gewesen sind; natürlich können Sie sich aber vorher um einen Anwalt bemühen. Denn Sie sind nicht mehr nur als Zeuge hier.“

Es dauerte einen ganzen Moment, bis Peter Kutter die Bedeutung des letzten Satzes ganz erfasst hatte. Aber er schüttelte den Kopf. „Ich habe keinen Anwalt – und ich habe eine weiße Weste in dieser Sache.“

Wendtland zuckte mit den Schultern: „Wie Sie wollen. Also, was war am Tattag?“

Der Mann schaute ihn verzweifelt an: „Ich war zu Hause und habe geschlafen; aber niemand kann das bezeugen, denn meine Frau und ich leben schon seit Monaten getrennt.“

Es lief ziemlich ungünstig für den Herrn Amtsleiter, dachte Wendtland, laut aber sagte er: „Wir werden bei Ihnen eine Hausdurchsuchung vornehmen müssen.“

Peter Kutter nickte nur gequält.

VI

Bis Wendtland den Durchsuchungsbefehl hatte, blieb Peter Kutter in seinem Zimmer sitzen. Er stützte den Kopf in seine Hände. Schließlich bat er darum, bei einem Freund anrufen zu dürfen, der für ihn eine Art Wahlkampfmanager sei. „Ich muss meine Veranstaltung heute Abend absagen – in dieser Verfassung will ich mich den Wählern nicht präsentieren.“ Wendtland schob ihm das Telefon hin, das Gespräch war unverfänglich. Peter Kutter sprach von heftigen Kopfschmerzen, er hoffe nicht, dass ihn die Grippe erwischt habe, ob er den morgigen Termin auf dem Wochenmarkt wahrnehmen könne, wisse er noch nicht ... und so weiter. Danach setzte er sich wieder auf seinen Platz, zog ein Notizbuch und einen Stift aus der Tasche und begann zu schreiben.

„Waren Sie auch in der Garage von Erwin Werner?"

Wendtlands Frage unterbrach die Stille wie ein Peitschenhieb. Peter Kutter hob langsam den Kopf: „Natürlich war das dumm. Ich hatte irgendwie gehofft, das geheime Versteck von Werners Fotos oder das Büchlein, mit dem er herumwedelte, als er bei mir war, zu finden. Aber ich bin kein guter Detektiv." Er zögerte einen Moment: „Die Kandidatur kann ich ja jetzt auch gleich sausen lassen!"

Jetzt kommt das Selbstmitleid, dachte Wendtland bei sich. Immerhin war die Garagenfrage geklärt. „Wie sind Sie denn ‚angereist'?", setzte er nach.

Peter Kutter schaute verständnislos. „Mit dem Auto, aber ich habe etwas weiter weg geparkt. Außerdem habe ich einen breitkrempigen Hut aufgesetzt, um nicht sofort erkannt zu werden."

Nein, so hätte der Bürgermeisterkandidat bestimmt keine gute Figur gemacht. Auch das Thema Fahrrad hatte sich vorerst erledigt.

Endlich war es so weit. Der Durchsuchungsbefehl lag vor, das Team war abfahrbereit, auch wenn es inzwischen schon spät geworden war. Wendtland bat die Kollegen, nicht direkt vorzufahren, sondern etwas abseits zu parken. „Ich möchte kein Aufsehen erregen – ein Volksauflauf reicht mir."
Chris Keller wurde puterrot. Wendtland nahm Peter Kutter zu sich in den Wagen – das war vielleicht etwas sorglos, doch seine Erfahrung sagte ihm, dass von dem Mann keine Gefahr drohe. Er sollte recht behalten, der Tatverdächti-

ge (so musste man ihn jetzt wohl bezeichnen) verhielt sich völlig still, schien fast abwesend, bis sie in der Nähe seines Hauses parkten, das nicht sehr weit vom Haus der Werners entfernt lag. Sie gingen zu Fuß in die ruhige Seitenstraße, wo Peter Kutter ein schmuckloses Reihenhaus, das schon in die Jahre gekommen war, ansteuerte. Er schloss auf und ließ Wendtland hinein. Kurz danach klingelten auch die Kollegen.

Wendtland bat den Hausherrn, auf dem Sofa Platz zu nehmen; sofern sie Auskünfte brauchten, würden sie sich an ihn wenden. Er nahm Sandra Weinzierl und Chris Keller beiseite und sagte ihnen, was sie in erster Linie suchen sollten. „Wir brauchen seine Kontoauszüge, dann suchen wir etwas, das die Tatwaffe gewesen sein könnte – einen Knüppel oder Stock oder einen Schläger. Aber schaut euch auch sonst nach interessanten Dingen um." Wendtland setzte sich auf den Sessel gegenüber von Peter Kutter: „Wenn Sie mir noch etwas sagen wollen, dann können Sie das jetzt tun."

Doch der Mann schüttelte nur den Kopf: „Sie sehen doch in mir schon den Täter!"

Es half nichts, dass Wendtland das verneinte, allerdings auch auf die Tatsachen verwies, die ja nicht gerade zu seinen Gunsten sprächen. Er beobachtete den Mann. Von dessen selbstsicherem, ja leicht arrogantem Auftreten war nichts mehr zu spüren. Die Fassade war vollkommen zerbröckelt – vor ihm saß ein gebrochener Mann. Er war sich nicht sicher, ob er nach diesem Erlebnis wieder in seine alte Rolle zurückfinden würde. Fast tat er ihm ein bisschen leid und im Innersten hegte Wendtland Zweifel, ob sie hier den wirklichen Täter vor sich hätten. Nach einiger Zeit kam Sandra Weinzierl herunter und bat um den Garagenschlüssel. Peter Kutter händigte ihn wortlos aus. Schließlich kamen beide

Kollegen zurück; Wendtland nahm sie beiseite: „Habt ihr was gefunden?“

„Wahrscheinlich nicht das, was Sie sich erhoffen“, antworteten die beiden wie aus einem Mund. „Hier sind die Kontoauszüge“, Sandra Weinzierl reichte ihm einen Schnellhefter. „Außerdem haben wir noch einige Briefe gefunden, die wohl von seiner Frau stammen.“

Wendtland wandte sich Peter Kutter zu: „Wir nehmen Ihre Kontoauszüge und diese Briefe mit. Haben Sie noch weitere Bankkonten?“

Peter Kutter schaute ihn mit leeren Augen an. „Nur ein Depot, wo ich meine Ersparnisse habe – aber die Auszüge sind hinten in dem Hefter dabei.“

Wendtland vergewisserte sich kurz, dass diese Angabe stimmte. „Die Briefe sagen Ihnen gar nichts außer, dass meine Frau mich für ein emotionales Schwein hält. Sollten Sie Trennungserfahrungen haben, kommt Ihnen manches vermutlich sehr bekannt vor – aber nehmen Sie sie nur mit!“

Wendtland wurde nachdenklich – was würde Susanne wohl über ihn sagen, wenn es einmal zu Ende sein sollte? Gab es in jeder Beziehung angestaute Wut und tief vergrabenen Hass, der sich dann Bahn brechen würde?

Es war spät geworden, als sie die Dienststelle wieder erreichten. Beim Aufbruch hatte Chris Keller noch gefragt, ob man nicht den Mann vorläufig festnehmen müsse. Aber Wendtland hatte geantwortet, dass bei Peter Kutter Flucht- oder Verdunkelungsgefahr wohl kaum vorliege. Warum solle man mehr Staub aufwirbeln als nötig! Er verschwieg allerdings, dass die Mahnung aus dem Präsidium, mehr Sensibilität walten zu lassen, nicht ohne Eindruck auf ihn geblieben war.

Er schickte die beiden jungen Kollegen heim und erntete dankbare Blicke. Bestimmt hatten beide am Abend noch etwas vor. Ihn selbst aber ließ der Fall nicht los; er setzte sich an den Schreibtisch und blätterte noch ein wenig in den Kontounterlagen des Peter Kutter. Das Bild war ziemlich düster; am Monatsende blieben dem Mann keine 200 Euro – größere Belastungen durften da nicht kommen. Der Dauerauftrag an die Frau, die Raten für das Haus, Wasser, Strom und Abwasser, Versicherungen, das Auto, solche Ausgaben absorbierten fast alles. Zwar legte er seit einiger Zeit 500 Euro im Monat beiseite, wahrscheinlich für den Wahlkampf, aber große Reichtümer waren so nicht anzusammeln. Das Anlagekonto war dementsprechend bescheiden. Die Forderung von Erwin Werner konnte Peter Kutter, so jedenfalls schien es, aus seinem Einkommen auf keinen Fall bestreiten.

Ein starkes Motiv hätte der Mann schon – sollten bei ihm alle Sicherungen durchgebrannt sein? Allerdings war da die Tatsache zu berücksichtigen, dass in den vergangenen Monaten keine außergewöhnlichen Abhebungen zu verzeichnen waren. Vieles sprach dafür, dass Erwin Werner in seinem Amtsleiter gerade ein neues Erpressungsopfer gefunden hatte. Aber Zeit, um die Lebensgewohnheiten seines Erpressers auszuspionieren, hatte Peter Kutter nicht gehabt. Nein, Wendtland war sich ziemlich sicher, dass sie hier nicht den Täter gefunden hatten. Er klappte die Kontoauszugsmappe zu, legte sie in seinen Schrank, schloss ab und machte sich zum Gehen bereit. Er hatte sich schon den Mantel übergezogen, da holte er noch einmal seine Aufzeichnungen heraus. Wie hieß das Hotel, wo Johanna Wansleben übernachtet hatte? Er suchte vergeblich, also würde er sie morgen fragen müssen.

Nachdem er alles wieder verstaut hatte, ging er aus dem Haus und setzte sich in seinen Wagen. Er legte eine neue

CD ein, die er kürzlich im Internet bestellt hatte: „Sweeney Todd“ von Stephen Sondheim. Vor vielen Jahren hatte er mit seiner damaligen Freundin eine Aufführung dieses Musicals im Mainzer Staatstheater gesehen. Es hatte ihnen beiden sehr gut gefallen; allerdings hatten sie sich bald darauf (nicht wegen des Theaters, sondern weil Charlotte einen anderen gefunden hatte) getrennt. Sie hatten sich zwar versprochen, gute Freunde bleiben zu wollen; aber bei dieser guten Absicht blieb es wie so oft im Leben. Er hatte nach einigen Monaten Charlotte aus den Augen verloren.

VII

Zu Hause überfiel ihn Lena mit der Ankündigung, dass sie sich zu Weihnachten ganz dringend ein Meerschweinchen wünsche. „Die sind sooo süß“, untermalte sie ihren Wunsch. „Mia soll auch eins kriegen!“ Mia war ihre beste Freundin und wohnte nur ein paar Häuser weiter. Wendtland lächelte und nahm seine Tochter auf den Arm. Es folgte die Standardantwort fast jedes Vaters: „Mal sehen, was der Weihnachtsmann bringt!“ Für ihn bedeutete das: Der Wunsch kann sich noch tausendmal ändern. Für Lena bedeutete die Antwort: Ich werde ihn dir erfüllen. Allerdings setzte er noch hinzu: „Wer soll sich denn um das Meerschweinchen kümmern?“

„Na ich!“, rief Lena freudestrahlend. Damit rannte sie wieder in ihr Zimmer.

Susanne kam aus der Küche: „Mia war neulich in Gonsenheim am Tierpark. Dort hat sie das Meerschweinchengehege gesehen; seitdem ist sie wohl ganz vernarrt in die kleinen Tiere. Das hat mir jedenfalls Ulrike gesagt, als ich Lena vorhin abgeholt habe.“

Wendtland sah schon massenweise Probleme auf sie zukommen: Das Tier wird krank, was macht man im Urlaub, wer macht den Stall sauber und so weiter …

Susanne erahnte seine Gedanken: „Ich finde die Idee ziemlich daneben, aber irgendwann ruft jedes Kind nach einem Haustier. Aber vielleicht legt sich das Meerschweinchenfieber auch wieder."

Er hängte seinen Mantel an die Garderobe und zog die Schuhe aus. Dann ging er zu Jonas ins Zimmer. Der war recht spät nach Hause gekommen, denn am Nachmittag hatte der Schulchor geprobt. „Wir singen auf der Weihnachtsfeier", erzählte der Junge stolz. „Ihr seid alle eingeladen." Wendtland freute sich aufrichtig mit Jonas. Er wusste aus seiner Schulzeit, wie toll es gewesen war, auf der Bühne zu stehen und nachher den Applaus des Publikums entgegenzunehmen. Aber ein wenig Lampenfieber hatte er doch gehabt und war froh gewesen, dass er nicht in die erste Reihe gestellt wurde.

Nach dem Abendessen und dem Vorlesen (er war heute bei Lena dran und hatte eine Geschichte über ein kleines Eichhörnchen, das nicht springen wollte, vorzulesen; es waren nette Geschichten – hoffentlich kam nicht noch eine über kleine Meerschweinchen), setzte er sich ins Wohnzimmer. Susanne brauchte noch etwas länger bei Jonas und so schaute er, was an Broschüren auf dem Tisch lag. Es waren – er hätte es sich denken können – lauter Informationen zu Skandinavien einschließlich nordischer Rezepte! Mit Grausen las er über den stinkenden Lutefisk oder von Milchreis mit Zimt und Zucker …

Susanne kam herein und setzte sich in den großen Ohrensessel. „Ja, wir sind fleißig", meinte sie, als sie die Unterlagen in seiner Hand sah.

„Na ja, kulinarisch klingt das nicht gerade aufregend."

„Ach, so schlimm ist es bestimmt nicht, außerdem nehmen wir doch vieles von zu Hause mit“, beruhigte ihn Susanne. Dann aber wechselte sie das Thema: „Du“, begann sie und dehnte das u ziemlich lang (Wendtland wusste, dass jetzt meist etwas Unangenehmes folgte), „du könntest mal den Nachbarn bitten, ob er nicht seine Hecke etwas stutzt. Die ist jetzt schon bestimmt zwei Meter hoch.“ Unrecht hatte sie nicht, die Hecke war schon ziemlich wuchtig. Zum Glück stand sie auf der Nordseite und warf deshalb auch keinen Schatten. Aber schön sah sie nicht aus. Nur, dass er immer solche Gespräche führen sollte, ärgerte ihn. Aber er wollte auch keinen Streit und brummte daher eine Art Zustimmung.

„Ich guck noch ein bisschen „Inspector Barneby“, was Besseres gibt es heute in der Kiste nicht!“, sagte er und ging nach oben, wo ein kleiner Fernseher stand. Da Susanne für Krimis nicht zu haben war, verzichtete er darauf, das große Gerät im Wohnzimmer zu nutzen. Er mochte die Figur dieses Inspectors und außerdem liebte er die englische Landschaft, von der man immer etwas mitbekam. Eine tolle Ablenkung war der Film allerdings auch nicht; nach wenigen Minuten glaubte er, ihn schon einmal gesehen zu haben. Er wurde schläfrig und irgendwann schlummerte er tatsächlich ein. Als er wieder aufwachte, war alles schon vorbei – nun wusste er nicht einmal, wer der Täter war.

An Schlaf war jetzt nicht zu denken – er setzte sich wieder ins Wohnzimmer, Susanne war bereits zu Bett gegangen, und griff sich seinen „Hundertjährigen“, der inzwischen in China zugange war.

Zweiter Dienstag

I

Wendtland war heute zwar nicht gut ausgeschlafen; an wilde Träume konnte er sich aber auch nicht erinnern. Er hatte kaum sein Büro betreten, da schaute Chris Keller herein: „Chef, die Kollegen haben die Schläger– alles gute Bekannte. Ging mal wieder um Frauen. Wahrscheinlich hat einer die falsche Frau zu intensiv oder an der falschen Stelle betrachtet."

Wendtland lächelte: „Gut, dann hätten die das in trockenen Tüchern; aber wahrscheinlich kommen sie wieder mit einer Ministrafe davon oder werden gar nicht verurteilt, weil sie sich gegenseitig die Schuld zuschieben. Zeugen gibt es wohl nicht, oder?"

Chris Keller schaute missmutig: „Sie wissen doch, wie das ist. Viele waren da, aber gesehen haben will keiner etwas."

Wendtland nickte zustimmend; die Leute hatten einfach Angst, dass sie das nächste Opfer sein würden, wenn sie gegen diese Typen aussagten.

„Sonst was Neues?", fragte er.

Chris Keller schüttelte den Kopf, aber aus dem Nebenzimmer tönte es: „Doch, versuchter Raubüberfall!" Frau Lottermann rollte mit ihrem Stuhl zur Tür. „Die Sache liegt auf Ihrem Schreibtisch." Wendtland sichtete den Stapel, der sich dort angesammelt hatte. Er fand schließlich die Meldung. Auf den Kiosk auf dem großen Parkplatz war ein Raubüberfall verübt worden. Der oder die Täter – die Beschreibungen gingen in dem Punkt auseinander – waren kurz vor Ladenschluss aufgetaucht und hatten mit vorgehaltener Waffe Geld verlangt. Dann aber seien Passanten vorbeigekommen und der oder die Täter hätten die Flucht ergriffen. Die Frau im Kiosk war bis auf den Schock unversehrt. Immerhin gab es eine Beschreibung des Fluchtautos, ein roter Kleinwagen mit dem Kennzeichen des Nachbarkreises KIB.

Wendtland schaute Chris Keller an.

„Warum kriegen wir die Sachen immer noch, Frau Lottermann?“, rief er ins Nachbarzimmer. „Machen Sie der Poststelle mal Dampf und erklären denen, dass wir einen Mordfall bearbeiten!“

Wendtland sichtete den Rest auf seinem Schreibtisch – viele Umläufe, die üblichen Rundschreiben des Präsidiums, was nun wieder alles zu beachten sei und so weiter. Die Zahl der anonymen Hinweise war deutlich zurückgegangen. Das Thema war interessant gewesen, als es um das Rotlichtmilieu ging. Heute hatten sich ein paar Schreiber die Spielhallen vorgenommen: „Alles Mafia“, konnte er lesen, aber auch: „Was steckt der kleine Beamte auch seine Nase in solche Sachen.“ Einige Briefe waren auch offen rassistisch; eigentlich müsste man diesen Schreibern ein Verfahren an den Hals hängen. Aber dann würden sie gar keine Hinweise mehr erhalten. Wendtland schob alles beiseite. Irgendwie schrieben meist die falschen Leute – und waren auch noch empört, wenn die Polizei ihren Hinweisen nicht nachging.

Er schaute in die E-Mails. Die Zentrale hatte ein paar Mails weitergeleitet, die einen Zusammenhang mit seinen Fällen erahnen ließen. Er war gerade dabei, die ersten Mails zu öffnen, als Frau Lottermann ins Zimmer guckte. „Eine Frau Domröse ist am Telefon“, raunte sie. Wendtland blickte auf, was mochte die Sekretärin von Peter Kutter jetzt wollen? „Stellen Sie durch, das ist in Ordnung.“

Er meldete sich und hatte eine völlig aufgeregte Stimme am Telefon: „Ist Herr Kutter bei Ihnen? Er ist bisher nicht ins Büro gekommen und hat sich nicht gemeldet. Jetzt fürchten wir, dass Sie ihn verhaftet haben.“

In Sekundenschnelle gingen ihm die Gedanken durch den Kopf. Hatte sich der Herr Amtsleiter doch aus dem Staub gemacht? Zu Frau Domröse aber sagte er: „Nein, Frau Domröse, hier ist er nicht – und verhaftet haben wir ihn auch nicht. Haben Sie es bei ihm zu Hause bereits versucht?"

„Ja", antwortete die aufgeregte Stimme, „aber niemand hebt ab."

„Geben Sie mir seine Adresse", meinte Wendtland ruhig, „wir schicken jemanden vorbei." Er notierte sich die Angaben und sprach noch beruhigend auf die Sekretärin ein.

Er hatte eben aufgelegt, da kam Chris Keller ins Zimmer: „Und wie geht es weiter mit unserem toten AZ-Abonnenten?"

Wendtland lehnte sich etwas zurück: „Ich glaube, wir", Chris Keller verstand sehr wohl, dass damit er allein gemeint war, „müssen uns Bilder ansehen. Vielleicht finden wir ja noch andere schöne Schnappschüsse unseres ‚Großwildjägers'!"

II

Das Auto war bis zur Unkenntlichkeit zertrümmert und total ausgebrannt. Der Fahrer musste mit hoher Geschwindigkeit gegen den Brückenpfeiler gerast sein. Der Verkehr auf der A 63 Richtung Kaiserslautern war um diese Zeit ziemlich gering. Ein Unfall aus der Verkehrssituation heraus erschien unwahrscheinlich. Sekundenschlaf? Zeugen gab es leider nicht; der Lkw-Fahrer, der die Polizei alarmiert hatte, war zu weit entfernt gewesen. Er hatte nur das brennende Fahrzeug gesehen. Die Feuerwehr brauchte lange, um den Fahrer aus dem Wrack herauszuholen – oder besser, das was von dem Menschen noch übrig geblieben war. Die Autobahn war zunächst gesperrt worden, für den Fall, dass ein Rettungshubschrauber notwendig gewesen wäre. Doch hier wäre jede Hilfe zu spät gekommen.

Nachdem die Unfallstelle aufgenommen worden war, wurde das Fahrzeug zur weiteren Untersuchung abtransportiert. Es dauerte einige Zeit, bis es identifiziert worden war. Zugelassen war es auf eine gewisse Anja Kutter, wohnhaft in Erbes-Büdesheim. Die Person im Fahrzeug aber war eindeutig ein Mann gewesen. Zwei Kollegen der Autobahnpolizei machten sich auf den Weg zur angegebenen Adresse. Dort stand zwar der Name Kutter, aber niemand öffnete. Da schaute eine Nachbarin aus der Tür. „Wen suchen Sie denn? Der Herr Kutter ist schon längst zur Arbeit."

„Ihn suchen wir auch gar nicht", gaben die Polizisten zur Antwort, „wir suchen eine Frau Anja Kutter."

„Das ist oder war seine Frau", informierte sie die Nachbarin, „die ist schon vor Monaten ausgezogen und wohnt jetzt irgendwo bei Worms."

Die Polizisten zogen unverrichteter Dinge wieder ab. Über Funk gaben sie eine Personensuchmeldung ab. Es dauerte eine gewisse Zeit, bis sie die Auskunft erhielten, Frau Anja Kutter sei jetzt in Zell gemeldet.

Sie brauchten eine gute halbe Stunde, bis sie die angegebene Adresse erreichten. Sie hatten Glück – die Gesuchte war zu Hause. Eine vielleicht 40-jährige Frau in Jeans und Pullover öffnete ihnen. „Frau Anja Kutter?", begann der erste Kollege.

Die Frau nickte, blickte aber unruhig hin und her.

„Mein Name ist Gert Baumgart von der Autobahnpolizei. Dürfen wir hereinkommen?"

Sie öffnete die Tür weiter und ließ die beiden Polizisten vorbei. Sie bot ihnen einen Platz im Wohnzimmer an; sie selbst blieb stehen. „Warum kommen Sie?“, fragte sie mit unsicherer Stimme.

„Gehört Ihnen ein grauer Polo mit dem Kennzeichen …?“

„Ja“, antwortete sie, „was ist mit dem Wagen? Er steht normalerweise bei meinem Ehemann – wir leben getrennt.“

Gert Baumgart räusperte sich: „Wir müssen Ihnen eine traurige Mitteilung machen. Der Wagen ist heute Mittag ausgebrannt nach einem Unfall auf der A 63 bei Göllheim gefunden worden.“

Die Frau schlug sich die Hand vor den Mund: „Peter?“

„Ist das Ihr Mann?“, fragte sein Kollege.

Die Frau nickte: „Er hat den Wagen behalten und mir seinen gegeben, weil ich die längeren Fahrten mache – insoweit hat er anständig gehandelt, auch wenn wir uns auseinandergelebt hatten. Ist ihm etwas passiert?“

Der Kollege schluckte: „Wir haben in dem Wagen eine männliche Person gefunden, die den Unfall nicht überlebt hat. Wer es ist, wissen wir noch nicht.“

Tränen traten in die Augen der Frau: „Außer Peter hat doch niemand das Auto benutzt!“

Gert Baumgart legte begütigend die Hand auf ihre Schulter. „Vielleicht hat er das Auto verliehen – oder es wurde gestohlen.“ Aber viel erreichte er damit nicht. Anja Kutter ließ ihren Tränen freien Lauf. Sie hatten sich zwar auseinandergelebt, aber 15 gemeinsame Jahre ließen sich nicht einfach wegradieren.

„Wo könnten wir Ihren Mann erreichen?“

Anja Kutter nannte die Dienstnummer. Baumgart holte sein Mobiltelefon aus der Tasche. „Guten Tag, hier spricht Gert Baumgart von der Autobahnpolizei. Ist Herr Kutter wohl zu sprechen?“ Er lauschte einen Moment, dann sagte er: „Vielen Dank, ich versuche es dann später noch einmal.“

Anja Kutter schluchzte laut auf: „Er ist nicht da, oder?“

Gert Baumgart nickte.

„Dann ist es bestimmt er, der im Wagen gesessen hat.“ Sie vergrub ihren Kopf in den Händen. „Das darf nicht wahr sein – bei aller Wut, die ich auf ihn hatte, und auch noch habe, das hat er nicht verdient.“ Ihre Stimme zitterte, sie rang nach Fassung. Die Polizisten fragten, ob sie jemanden benachrichtigen wolle, der in den nächsten Stunden bei ihr bleiben könne. Sie nickte dankbar und gab ihnen die Nummer einer Freundin, die bestimmt zu Hause sein würde. Es dauerte aber eine Weile, bis sie – sie mochte ähnlich alt wie Anja Kutter sein – eintraf; denn sie wohnte gut 20 Kilometer entfernt. Gert Baumgart informierte sie im Flur kurz darüber, was wahrscheinlich geschehen war.

Dann machte er sich mit seinem Kollegen wieder auf den Weg. Alles Weitere war nicht mehr ihr Job. Sie gaben einen kurzen Bericht an ihre Dienststelle – die würde die nächsten Schritte einleiten. „Glaubst du, dass der mit Absicht gegen die Brücke gefahren ist?“, fragte der Kollege. Gert Baumgart zuckte mit den Schultern: „Wäre nicht der erste Selbstmord auf diese Weise.“

III

Das Verschwinden Kutters war nicht nur ärgerlich – es verstärkte die Verdachtsmomente gegen ihn auch noch zusätzlich. Wendtlandt bat Lottermännchen, das Kennzeichen von Kutters Wagen abzufragen. Nach einer Viertelstunde hatte er die gewünschte Auskunft. Er hängte sich selbst ans Telefon, um eine Suchmeldung an die Verkehrspolizei weiterzugeben. Als sein Gesprächspartner, Sigurd Lange, der Leiter der Autobahnpolizei, den Namen des Gesuchten hörte, stutzte er: „Warte einen Moment, Lothar, irgendwie kommt mir der bekannt vor."

„Wäre nicht ungewöhnlich", meinte Wendtland, „es ist der städtische Ordnungsamtsleiter."

„Nein, nein, Lothar, ich habe den Namen heute gesehen – hier ist es: ‚Tödlicher Unfall auf der A 63'. Der Wagen – allerdings nicht der, den du suchst – ist mit hoher Geschwindigkeit gegen einen Brückenpfeiler geprallt. Der Fahrer – mit 99-prozentiger Wahrscheinlichkeit ist es der Ehemann der Halterin, Peter Kutter", meinte der Kollege. „Aber ganz genau wissen wir das erst, wenn wir einen Gebiss- oder Genabgleich gemacht haben." Wie der Kollege betonte, gab es keine Anzeichen für Fremdverschulden; für eine technische Untersuchung möglicher Mängel am Wagen würde man bei dem Zustand des Wracks sicher ein paar Tage brauchen.

So lange wollte Wendtland nicht warten. Chris Keller war noch im Zimmer, sodass Wendtland ihn gleich losschicken konnte. „Das sieht verdächtig nach Suizid aus. Suchen Sie in Kutters Haus nach so etwas wie einem Abschiedsbrief. Frau Weinzierl soll das gleiche in seinem Büro machen. Sie soll aber der Sekretärin die Unfallnachricht möglichst schonend beibringen."

Chris Keller nickte: „Hatte er doch was zu verbergen?"

Wendtland schüttelte den Kopf: „Keine voreiligen Schlüsse, junger Kollege – oder lernt man das nicht mehr, seit die Polizeischule auf den Hahn gezogen ist?"

Chris Keller errötete, mochte das aber nicht unwidersprochen hinnehmen: „Sie suchen ja auch schon nach einem Abschiedsbrief, obwohl wir gar nicht wissen, ob das Unfallopfer Peter Kutter ist und ob nicht ein technischer Defekt den Unfall verursacht hat."

„Ausgleich, 1:1", lachte Wendtland. „Jetzt aber los!"

Kaum hatte Sandra Weinzierl mit Ursula Domröse gesprochen, da wusste schon das ganze Rathaus von dem Vorfall. Fast alle waren sich sicher, dass Peter Kutter mit Absicht gegen die Brücke gefahren war; denn er galt bei allen, die schon einmal bei ihm im Wagen gesessen hatten, als ruhiger und sicherer Fahrer. „Um Gottes willen, was hat den Mann dazu getrieben?", „Ich mochte ihn zwar nicht leiden, aber so ein Ende, nein!", „Hat er die Trennung von seiner Frau nicht verwunden?" So oder ähnlich wurde auf den Fluren und in den Büros getuschelt. An normale Arbeit war gar nicht zu denken. Ferdi Schild, der jetzt das Ordnungsamt kommissarisch zu leiten hatte, war sichtlich überfordert. Mit Ursula Domröse war überhaupt nicht zu sprechen – sie heulte in einem fort. Christa Schirrmann ahnte, dass sie wieder das Geld für einen Kranz einsammeln müsste – aber nicht heute, wo doch, wie die Polizistin gesagt hatte, noch ein Fünkchen Hoffnung bestand, dass der Mann im Wagen nicht Peter Kutter gewesen war.

Ihre Kollegin Roswitha war jetzt auch nicht mehr so hart und verschlossen. Zwei solcher Schicksalsschläge in nur wenigen Tagen – das war selbst für sie zu viel und auch ihre Augen wurden feucht. Schließlich kam der Bürgermeister ins Amt. Er schickte alle nach Hause. „An einem solchen Tag, das verstehe ich, kann niemand mehr arbeiten." Das war zwar vernünftig gedacht, aber – Christa Schirrmann spürte den feinen Unterschied – als der kleine Vollzugsbeamte getötet worden war, hatte die Hausleitung an einen solchen Schritt nicht einmal gedacht.

Wendtland konnte sich inzwischen wieder seinen Mails widmen, wurde aber schon bald unterbrochen, als Sandra Weinzierl Fehlanzeige meldete. Dafür berichtete sie über die triste Atmosphäre im Rathaus. Wendtland konnte sich das gut vorstellen. Zwei Todesfälle in so kurzer Zeit – das würde auch die Polizeiinspektion aufwühlen. Wahrscheinlich würde die Aufregung im Rathaus auch ihn bald erreichen.

Er musste gar nicht lange warten, dann hatte er Franz-Josef Menzel, den Bürgermeister, am Telefon. Es klang ganz danach, als würde der seinen Zorn mühsam unterdrücken: „Herr Kommissar“, er hatte wieder das Haupt vergessen, Wendtland ärgerte sich immer noch ein wenig darüber, „ich verstehe ja, dass Sie Ihre Arbeit machen müssen, aber mein Rathaus", oha, dachte Wendtland, das Rathaus schien ganz das Eigentum des Bürgermeisters zu sein, „kommt ja nicht aus den Schlagzeilen. Was suchen Ihre Leute denn im Büro von dem armen Herrn Kutter?“

Wendtland ließ ihn geduldig weiterreden, als er auch noch auf die bevorstehenden Bürgermeisterwahlen verwies und den tragischen Tod seines Mitarbeiters und Konkurrenten erwähnte. „Hier ist ja an normale Arbeit nicht zu denken – das ganze Haus ist ein einziges Palaver. Jeder redet mit jedem über die Fälle. Ich musste das gesamte Ordnungsamt heute nach Hause schicken!“

Wendtland blieb ganz ruhig, als er erwiderte: „Herr Menzel, die Fälle hat sich die Polizei ja nicht ausgesucht. Der gewaltsame Tod von Herrn Werner und der mutmaßliche Verkehrstod von Herrn Kutter sind ja geschehen. Wenn wir nicht auch im Rathaus ermitteln, bleiben uns doch möglicherweise wichtige Hinweise verborgen. Es ist ja nicht auszuschließen, dass Herr Kutter Suizid begangen hat; dann gibt es möglicherweise in seinem Büro oder bei ihm zu Hause, wo wir im Übrigen auch sind, Anhaltspunkte für ein Motiv, falls", das betonte er ausdrücklich, „ein Suizid vorliegt. Also lassen Sie uns unsere Arbeit machen. Davon", das konnte er sich nicht verkneifen, „verstehen wir wohl ein bisschen mehr.“

Er konnte förmlich spüren, wie sein Gesprächspartner errötete. Franz-Josef Menzel wusste darauf nichts wirklich Hilfreiches zu sagen; sein Vorschlag, doch alle Ermittlungen im Haus nach Feierabend zu machen, war das bestimmt nicht. Die Bediensteten im Haus würden sich noch zusätzlich über eine solche Anordnung – wenn sie überhaupt gegenüber dem Personalrat durchzusetzen war – erregen. Das Rathaus wäre dann noch weit mehr gelähmt. Im Übrigen würden nur unnötige Mutmaßungen und Spekulationen (‚gibt es etwas zu verbergen? Soll jemand geschützt werden?') die Runde machen.

Wendtland verzichtete aber darauf, das auszusprechen. „Ich versichere Ihnen, dass wir mit der größten Zurückhaltung vorgehen, aber wenn ein Fall es erfordert, müssen wir schnell reagieren können." Damit war das Gespräch vorbei. Wendtland wusste jedoch, dass Menzel keine schlechten Kontakte ins Innenministerium hatte, immerhin war der Innenminister sein Parteifreund. Offenbar fürchtete Menzel um seine Wahlchancen, auch wenn – oder vielleicht gerade weil – sein schärfster Konkurrent so schrecklich ums Leben gekommen war. Aber war das Wendtlands Problem?

IV

Martin Buchholz, seines Zeichens Steuerberater, war während des ganzen Tages nicht dazu gekommen, die Eingangspost zu sichten. Es war schon nach fünf, als er den Stapel heranzog und sichtete. Plötzlich fiel sein Blick auf ein Kuvert, das mit dem Zusatz ‚persönlich/vertraulich' an ihn adressiert war, aber keinen Absender enthielt. Er öffnete es und fand einen handschriftlichen Brief. Er blätterte bis zum Ende: „Peter Kutter" stand da – es war ohne Zweifel seine

Unterschrift. Schon beim ersten Satz wurde ihm kalt ums Herz:

Lieber Martin,

wenn du dies liest, werde ich schon tot sein. Ich habe heute beschlossen, meinem Leben ein Ende zu setzen. Du wirst dich fragen, warum? Ist es wegen der Trennung von Anja? Nein, das ist es nicht, auch wenn die Einsamkeit schon manchmal bedrückend ist. Ich bin auch nicht depressiv oder sonst irgendwie psychisch krank. Nein, die Ereignisse von heute haben aus mir einen gebrochenen Mann gemacht.

Heute Nachmittag kam ein Polizist, dieser Kommissar Wendtland, der in der Sache Werner ermittelt, zu mir und wollte wissen, warum Werner kurz vor seinem Tod bei mir im Zimmer war. Hätte die Domröse, meine Sekretärin, nicht so blöde reagiert, hätte ich vielleicht noch alles geradebiegen können. Aber sie hat dem Polizisten wohl mehr gesagt als gut für mich war. Jedenfalls hat mir der Polizist die Sache mit Layla aus der Nase gezogen. Du hattest mir ja damals den Tipp gegeben und in meiner Situation brauchte ich etwas Abwechslung. Dieser Werner muss mich aber dort gesehen und fotografiert haben. Du kannst dir meinen Schrecken vorstellen. Woher wusste er das? Außer dir und mir war doch niemand dabei, als wir über die ‚Dame' geredet haben.

Er wollte 1000 Euro – und zwar nicht einmal, sondern monatlich. Du kennst meine finanzielle Situation. Das hätte mich ruiniert. Daher habe ich tief durchgeatmet, als der Werner am Montag tot war. Natürlich habe ich mir nichts anmerken lassen; aber der Polizist hat es mir auf den Kopf zugesagt, ich hätte ja ein veritables Motiv. Mit einem Alibi konnte ich auch nicht aufwarten. Er hat mich zwar laufen lassen; aber wahrscheinlich ist der Haftbefehl inzwischen längst ausgestellt. Damit bricht für mich alles zusammen. Als Kandidat bin ich erledigt, auch wenn ich nicht der Täter war, wie ich dir schwöre. Wer wählt schon jemanden, auf dem solch ein Verdacht gelastet hat! Wer würde mir nicht aus dem Weg gehen im Rathaus, selbst wenn meine Unschuld erwiesen wäre? Ich höre sie doch schon tuscheln: „Die Frau ist abgehauen – sie hat wohl nicht kräftig genug gepeitscht", oder so ähnlich. Und dann ist da auch noch ein Foto, wo ich mit Zoran, dem ‚Fun King' von Rheinhessen, zu sehen bin. Völlig harmlos, aber Stoff für weitere Gerüchte …

Martin, es ist besser, ich mache den Abgang. Noch einmal: Ich habe Erwin Werner nicht getötet. Aber vieles spricht gegen mich. Ich wäre dir dankbar, wenn du dich um meine Hinterlassenschaft kümmerst. Es macht mir nichts aus, wenn alles an Anja geht. Ich hätte sonst sowieso niemanden, den ich bedenken könnte.

Behalte mich in guter Erinnerung

Peter Kutter

Buchholz ließ den Brief sinken, dann las er ihn noch einmal. Er nahm sein Handy und wählte Peter Kutters Nummer – niemand ging ans Telefon. Hatte Kutter seine Ankündigung etwas schon in die Tat umgesetzt? Warum hatte er ihm von der ganzen Chose nichts erzählt? Er hätte ihm doch einen guten Anwalt besorgen können, der dem kleinen Erpresser ordentlich eingeheizt hätte. War Kutter so sensibel? Er überlegte einen Moment. Natürlich musste er das Schreiben an die Polizei weiterleiten – aber ein Hinweis an einen Freund bei der AZ wäre vielleicht nicht schlecht. Ein paar Mutmaßungen über die Verflechtungen Bürgermeister – Innenministerium – Polizei wären sicher ganz gut für den bevorstehenden Wahlkampf und würden Menzel nicht so sehr gefallen. Während er zum Hörer griff und direkt in der Redaktion anrief (niemand im Büro sollte etwas von dieser Sache wissen), überlegte er bereits, ob die Freien Wähler jetzt den Kandidaten einer anderen Partei unterstützen sollten. Für die Nominierung eines anderen, eigenen Kandidaten war es nach dem Kommunalwahlrecht zu spät. Es hätte auch den Geruch von ‚Leichenfledderei' gehabt.

Am anderen Ende der Leitung meldete sich Paul Mummert, sein Vertrauensmann bei der AZ. Martin Buchholz schilderte ihm den Fall und las ihm den Brief vor. Er wusste, Mummert würde sich die entscheidenden Stellen notieren.

„Weiß die Polizei schon davon?“, wollte er wissen.

„Noch nicht“, antwortete Martin Buchholz, „ich habe ihn ja eben erst selbst aufgemacht. Ich dachte, das könnte für euch interessant sein.“

Paul Mummert bejahte, das werde sicher der Knüller im morgigen Regionalteil. Martin Buchholz musste ihn bei seiner Begeisterung dezent daran erinnern, dass hier schließlich ein Mensch gestorben sei. Der Journalist schwieg betreten. Dass er keine Quelle seiner Information nennen würde, musste zwischen beiden ohnehin nicht ausgesprochen werden. Erst dann wählte er die Nummer der Polizei …

V

Wendtland widmete sich nun zum dritten Mal seinem Mailaccount. Auch hier waren ein paar Hinweise zum Fall eingegangen. Das meiste war unbrauchbar: schnapsnase@web.de vermutete, Erwin Werner sei nach einer Zechtour niedergeschlagen und dann zu seinem Haus geschafft worden; noten-fuchs@googlemail.org hatte den originellen Gedanken, der Chorleiter sei es gewesen, weil das Opfer falsch gesungen habe; wutrentner@gmail.de machte streunende Fußballfans verantwortlich und so weiter und so weiter, aber nach einiger Zeit stieß er auf etwas Interessantes. Die Autovermietung Kazenmaier aus Landau meldete sich, Herr Werner habe vor vier Wochen bei ihnen ein Auto ausgeliehen. Wendtland notierte sich gerade die Telefonnummer, als Lottermännchen ins Zimmer rief: „Ich habe Chris am Telefon, soll ich reinstellen?" Wendtland bejahte und musste sich enttäuscht anhören, dass im Haus nichts gefunden worden war.

„Ich habe auch seine getrennt lebende Frau angerufen", berichtete der junge Polizist, „die war völlig aufgelöst – eigentlich komisch, wenn man den eigenen Mann gerade verlassen hat – aber bei ihr war auch nichts."

Wendtland legte auf. Bei einem Suizid gab es zwar nicht immer einen Abschiedsbrief, aber er schätzte Peter Kutter so ein, dass er sich nicht grußlos von der Welt verabschieden würde. Nun, er würde abwarten müssen, ob noch ein Schriftstück, eine E-Mail oder sonst etwas auftauchen würde. In der Zwischenzeit machte er sich selbst daran, bei der Autovermietung nachzufragen. Er ließ sich von Frau Lottermann mit der angegebenen Nummer verbinden, kurz darauf stellte sie durch: „Guten Tag, Sie sind bei der Autovermietung Kazenmaier; leider sind zur Zeit alle Leitungen belegt. Bitte gedulden Sie sich einen Moment, Sie werden gleich verbunden. Sofern Sie einen Wagen reservieren möchten, können Sie dies auch telefonisch machen. Drücken Sie dazu bitte die Raute-Taste." Die Wartemusik ertönte und Wendtland fluchte innerlich über diese Warteschleifen. In der Zwischenzeit tickte bestimmt der Gebührenzähler.

Die Stimme vom Band hatte gerade wieder angehoben, da meldete sich ein Mitarbeiter. „Wendtland, Polizeiinspektion", sagte er. „Sie – oder jemand aus Ihrer Firma – hat uns eine Mail geschickt und hat angegeben, dass Herr Erwin Werner bei Ihnen einen Wagen gemietet hat."

Der Mitarbeiter erinnerte sich, dass jemand an die Polizei geschrieben habe. „Das war, glaube ich, meine Kollegin – die hat heute aber frei."

„Haben Sie vielleicht eine Privatnummer oder ihren Mobilanschluss?", fragte Wendtland.

„Na klar“, antwortete der junge Mann und gab ihm eine Handynummer.

Wendtland legte auf und wählte jetzt selbst, erreichte aber nur die Mailbox der Frau. Er nannte Namen und Anliegen und bat um dringenden Rückruf. Es dauerte keine zwei Minuten, da kam der Rückruf schon. Wieder so jemand, der erst abhört, wer sich gemeldet hat, falls er oder sie die Nummer nicht kennt. Susanne machte das auch manchmal – er ärgerte sich, dass die Rückrufe auf ihre Rechnung gingen.

„Wendtland“, meldete er sich. „Sie haben der Polizei eine Mail zu Erwin Werner geschrieben.“

Die junge Frau dachte einen Moment nach: „Ja klar, das ist doch der, den sie erschlagen haben, oder?“

Wendtland bejahte.

„Ich hab das Bild im Fernsehen gesehen und mich an das Gesicht erinnert, komisch, dabei sah er so nach gar nichts aus. Aber vielleicht sogar deshalb.“

Wendtland hörte geduldig zu, die Dame brauchte offenbar einen etwas längeren Anlauf.

„Sind Sie noch da?“, fragte sie, weil Wendtland schwieg.

Er brummte eine Art Zustimmung.

„O.k., also dieser Herr war vor vier Wochen hier und hat ein Auto ausgeliehen. Sein eigenes habe was an der Elektrik und müsse in die Werkstatt, so oder so ähnlich.“

Jetzt meldete sich Wendtland: „War er denn schon öfter bei Ihnen?“

„Nein, er war zum ersten Mal da und hat das Auto am Montag - genau: Geliehen hat er es sich am Freitagabend - zurückgebracht. Alles war in Ordnung. Das wars.“

„Hat er denn gesagt, warum er in Landau war?“, wollte Wendtland wissen.

„Nicht direkt, er sprach von einem Besuch, aber mehr

auch nicht." Wendtland bedankte sich bei der Frau und bat darum, ihm die genauen Mietdaten noch zu übermitteln.

Was oder wen wollte Werner in Landau besuchen? Eine andere Prostituierte? Das hätte sein Budget allerdings arg strapaziert; außerdem fehlten einschlägige Telefonnummern. Sein Erpressungsopfer? Aber – wenn es jemand aus der Spielszene in Rheinhessen war, wieso Landau? Sie müssten wohl überprüfen, welche Besitzer oder Betreiber von Spielhallen in der Stadt in der Nähe von Landau wohnten. Das könnte Chris Keller machen. Oder wurde das Geld irgendwo für ihn hinterlegt? Denn eine direkte Konfrontation hätte doch gefährlich sein können. Fragen über Fragen, aber immerhin so etwas wie eine konkrete Spur. Er müsste die Mutter noch einmal befragen, ob es Verwandtschaft oder Bekanntschaft in Landau gibt. Das würde er wohl am besten selbst übernehmen. Er gab Chris Keller seinen Auftrag mit und meldete sich bei Lottermännchen ab.

VI

Frau Werner war zu Hause, ihre Tochter aber inzwischen wieder nach Hamburg abgereist. Das bedauerte er ein wenig, gab sich dann aber einen Ruck – die Gedanken, die ihm durch den Kopf gingen, musste er verscheuchen. „Guten Tag, Frau Werner", grüßte er, „geht es Ihnen einigermaßen gut?"

Die alte Frau schüttelte den Kopf. „Nein, nichts geht – ich denke immer, gleich kommt mein Erwin die Treppe herunter, gleich höre ich sein Auto. Aber nichts. Stille. Unheimliche Stille. Können Sie das verstehen?"

Wendtland dachte an den Trubel bei sich zu Hause, dort hätte er etwas Stille manchmal gut gebrauchen können. Aber diese absolute Stille, wo nur das Holz knackt und die eigenen Schritte Geräusche machen – das war wohl ziemlich beklemmend.

„Ich möchte Sie fragen“, begann Wendtland, „ob Ihr Sohn häufiger in Landau oder der Umgebung zu tun hatte. Jedenfalls ist er vor vier Wochen dort gewesen und musste seinen Wagen in Landau in der Werkstatt lassen.“

Die alte Frau schaute ihn verständnislos an. „Nein, Verwandte haben wir dort bestimmt nicht. Ob der Erwin dort sonst noch jemanden kennt, weiß ich nicht. Vielleicht ein anderer Hobbyfotograf? Er hat ja nie viel erzählt.“

Wendtland hatte so etwas befürchtet. „Ist er denn häufiger an Freitagen länger fort gewesen?“

Frau Werner dachte nach. „Ja, manchmal hat er gesagt, dass er nicht direkt von der Arbeit kommt, sondern noch ein paar Besorgungen macht.“

Immerhin etwas, dachte Wendtland. Er würde wohl in und um Landau um Mithilfe bitten müssen.

Er kehrte nur kurz ins Büro zurück; Chris Keller würde heute sowieso keine Ergebnisse liefern können. Doch auf seinem Schreibtisch erwartete ihn eine Überraschung. Die Polizei aus Worms hatte vorab den Abschiedsbrief von Peter Kutter als Scan gemailt. Als Adressat des Briefes war ein Steuerberater Martin Buchholz angegeben. Wendtland suchte in seinem Gedächtnis nach diesem Namen. Richtig, das war der Steuerberater mit den Verbindungen zur Spielhallenszene, Ratsmitglied und – wie er inzwischen recherchiert hatte – Parteifreund Kutters. So wurde ein Schuh daraus. Wendtland las den Brief – er war von Selbstmitleid geprägt. Der Mann hatte schon ein zerstörtes Leben vor sich gesehen, da hatte er dann lieber selbst die Zerstörung gesucht. Wenn jeder, der von der Polizei vernommen wurde, den Freitod suchte, dann wäre das Land bald entvölkert. Trotzdem nagte der Suizid an ihm – Kutter war doch stets so selbstbewusst aufgetreten. Hatte er indirekt eine Mitschuld? Wer wollte, konnte den Brief so lesen. Wendtland schüttelte sich. Nein, das musste ihn nicht berühren.

Trotzdem grübelte er noch, als er nach Hause kam – er war nicht nur mit seinen Ermittlungen wahrlich nicht sehr weit vorangekommen; jetzt sollte auch noch der Freitod Kutters sein Gewissen belasten. Susanne sah ihm seine Sorgen an der Nasenspitze an. Sie küsste ihn flüchtig auf die Stirn: „Ich habe geahnt, dass du nicht bestens gelaunt bist. Also habe ich uns ein paar Bratkartoffeln gemacht."

Wendtland liebte diese männlichste aller Speisen. Er war dankbar, dass Susanne einen so guten Riecher bewiesen hatte. Nach dem Essen gab es die Vorlesestunde, die seine Gedanken ablenkte. In dem Buch, das er Jonas vorlas, hatte Tobias, die Hauptfigur, gerade den edlen Retter seiner verletzten Freundin spielen dürfen. Irgendwie hatte er das Gefühl, in Tobias ein Stück Jonas wiederzuerkennen. Er löschte das Licht und ging ins Wohnzimmer, nahm sich die Zeitung – und war nach einer Viertelstunde eingeschlafen. Als er hochschreckte, war Susanne schon zu Bett gegangen – und er selbst dachte, dass das mit dem Einnicken in letzter Zeit etwas überhandnehme. Offenbar zu viel Stress.

Zweiter Mittwoch

I

Davon gab es am nächsten Tag jede Menge. Ein Blick in die AZ reichte. Ausführlich wurde über den wahrscheinlichen Freitod von Peter Kutter berichtet. Die Spekulationen über sein Motiv kreisten vor allem um seine Vernehmung am

Montag bei der Polizei. Ganz offensichtlich hatte ein Journalist Wind von dem Abschiedsbrief bekommen, denn mehrere Stellen wurden fast wörtlich zitiert. Hatte der Steuerberater das Papier durchgesteckt? Vermutlich ja, denn der Journalist hatte in einem Kommentar einen Bezug zur bevorstehenden Bürgermeisterwahl durchscheinen lassen. Wörtlich hieß es: „Vielleicht nur ungewollt, hat die Polizei mit ihren Ermittlungen die Urwahl entschieden. War das Vorgehen gegen Peter Kutter, der seinem Leben auf so fürchterliche Weise ein Ende setzte, wirklich angemessen?"

Wendtland schob die Zeitung seiner Frau hinüber. Sie blickte ihn an, als sie den Artikel überflogen hatte. „Was war denn so besonders an eurem Vorgehen?", fragte sie.

„Gar nichts, der Mann stand ja bei mir ursprünglich nicht einmal unter Verdacht. Aber was der Schreiberling geflissentlich verschweigt, ist die Tatsache, dass der Mann bei den bewussten Damen war. Werner wollte das ausnutzen. Nur, die Sache war nur wenige Tage alt – für eine bewusste Planung einer Tat war überhaupt keine Zeit." Er hoffte, dass er so unverfänglich wie möglich gesprochen hatte, da die Kinder mit am Tisch saßen. Aber die waren gerade damit beschäftigt, sich gegenseitig Marmelade auf den Teller zu schaufeln, bis Susanne energisch eingriff. Als er das Haus verließ, flüsterte sie ihm ein „viel Glück" ins Ohr. Das konnte er gut gebrauchen.

Irgendwie war er gespannt, was wohl heute geschehen würde. Doch erst wollte er noch schnell den Tag organisieren. Er rief seine beiden jungen Kollegen zu sich. „Wir müssen in und um Landau recherchieren, ob Erwin Werner dort gesehen wurde, am besten in Lokalen – denn er muss ja irgendwo gegessen haben." Als er das fragende Gesicht von Sandra Weinzierl sah, schilderte er rasch den Sachverhalt. „Haben Sie in Sachen Spielhallenbetreiber etwas gefunden?“, fragte er Chris Keller.

Der schüttelte den Kopf: „Keine Spur nach Landau und die Südpfalz“, verkündete er.

„Ihr fahrt trotzdem hin; nehmt halbwegs vernünftige Bilder von Erwin Werner mit!“ Dann zeigte er beiden den Ausschnitt aus der AZ.

„Wow“, rief Sandra Weinzierl, „das klingt ganz heftig nach Ärger. Brauchen Sie Unterstützung?“

Wendtland lachte. „Das muss ich schon allein überstehen. Fahrt lieber los – ich habe das Gefühl, dass wir uns der Sache langsam nähern.“ Er wollte sich schon seinem Poststapel widmen, als ihm noch etwas einfiel: „Haben Sie auf den Bildern weitere Personen gefunden?“

Chris Keller war mit seiner Antwort vorsichtig. „So schöne Porträts wie von Herrn Kutter bisher nicht – aber auf den Landschaftsbildern sind auch ein paar Personen zu sehen. Ich hatte aber noch nicht die Zeit (Wendtland bemerkte den vorwurfsvollen Blick, den ihm der junge Polizist zuwarf) das genauer zu analysieren.“

„Sind Sie sicher, dass dieser Kutter nicht der Täter war?“ Sandra Weinzierl schien mit dem Fortgang der Ermittlungen nicht ganz zufrieden zu sein. „Ich meine, dann müssten wir den Ausflug nach Landau gar nicht machen.“

Wendtland nahm sich etwas Zeit für seine Antwort, um auch für sich selbst seine Gedanken zu sortieren. „Natürlich wäre es einfach, den Aktendeckel zuzuklappen und Peter Kutter zum mutmaßlichen Täter zu erklären. Die logische Indizienkette würde wahrscheinlich sogar in der Öffentlichkeit akzeptiert. Aber“, er machte eine kurze Kunstpause, „mein Gefühl sagt mir, dass Peter Kutter zwar kein Unschuldslamm, aber auch kein Mörder ist. Die Ausführung der Tat spricht dagegen – und es gibt mindestens noch ein Erpressungsopfer."

Er war sich nicht sicher, ob die junge Kollegin damit zufrieden war – aber Zeit für eine längere Diskussion war eben auch nicht.

Er hatte die zwei kaum hinausgeschickt, da brach der Sturm los. „Das Präsidium", raunte Frau Lottermann. Wendtland nahm den Anruf entgegen. Er hielt den Hörer etwas entfernt, denn der Polizeipräsident wäre auf einen Kilometer zu verstehen gewesen.

„Was haben Sie da nur angerichtet? Jetzt heißt es, die Ermittlungen seien politisch motiviert, um einen Wahlerfolg des Kandidaten der Freien Wähler zu verhindern. Was haben Sie bloß gemacht, dass der sich gegen die Brücke fährt?"

„Nur ganz normale Polizeiarbeit, Herr Präsident", erwiderte der Gescholtene. Dann schilderte er in groben Zügen den Ablauf der Vernehmung von Peter Kutter am Montag. „Dass er das zum Anlass nimmt, Suizid zu begehen, konnte ich nun wirklich nicht ahnen. Aber hätte ich ihm sagen sollen ‚Sie sind nicht verdächtig', wenn doch ein starkes Motiv vorlag?"

Der Präsident hatte sich ein wenig beruhigt. „Gut, oder besser: nicht gut. Wir müssen sehen, wie wir aus dieser Sache herauskommen. Erste Regel: Kein Interview mit den Medien. Das macht die Pressestelle! Zweite Regel: Sie geben der Pressestelle alle Informationen. Dritte Regel: Machen Sie um das Rathaus, wenn es irgend geht, einen großen Bogen."

Damit war das Gespräch beendet – es war weniger schlimm gewesen, als er sich das vorgestellt hatte. Außerdem war sein Gewissen etwas beruhigt, weil der Präsident letztlich an seinem Vorgehen nichts Falsches entdecken konnte. Trotzdem lastete die Selbsttötung schwer auf ihm. Der

Vormittag war allerdings hin, denn er musste lange mit der Pressestelle an einer Erklärung feilen, die am Nachmittag der Presse überreicht werden sollte. Inzwischen hatten auch der SWR (Radio wie Fernsehen) und RPR 1 angefragt, waren aber von Frau Lottermann an das Präsidium verwiesen worden. Es war schon Nachmittag geworden, als er sich endlich wieder seinem Schreibtisch widmen konnte. Was konnte er in der Sache Werner jetzt machen? Er musste warten, ob die beiden Kollegen in Landau fündig würden.

Er schaltete den PC an – vielleicht gab es ja neue Mails. Außerdem wollte er sehen, was der SWR zu dem Fall berichtete. Auf der Rheinland-Pfalz-Seite des Senders war über den Freitod des Amtsleiters berichtet worden. Allerdings war dieser Bericht deutlich seriöser als der Zeitungsartikel. Am Ende wurde noch auf eine Presseerklärung der Polizei verwiesen, die in Kürze erwartet werde. Dann folgte ein Satz, der ihn aufmerken ließ: Die Wählergruppe hatte angekündigt, in der heutigen Stadtratssitzung zu dem Fall zu sprechen. Er war im Kommunalrecht nicht sehr bewandert – konnten die aber einfach so zu einer Sache reden, die die Stadt im Grunde nichts anging? Aber wahrscheinlich war der Bürgermeister gut beraten, die Angelegenheit nicht formal zu unterbinden.

II

Schade, dass er nicht inkognito hingehen konnte. Aber ihm kam eine Idee. Gab es nicht inzwischen einige Kommunen, die ihre Ratssitzungen im Internet live übertrugen? Er ging auf die Homepage der Stadt – welch ein Glück für ihn! Tatsächlich wurde unter ‚Aktuelles' darauf hingewiesen, dass man die heutige Ratssitzung (Tagesordnung anbei) im Internet live verfolgen könne. Beginn der Sitzung sei 16 Uhr. Plötzlich fiel ihm siedend heiß ein, dass er vielleicht besser die Pressestelle in Mainz über die Liveübertragung der Ratssitzung informieren sollte. „Vielen Dank für den Tipp", meinte der Pressesprecher des Präsidiums, „wir ziehen uns den Stream nachher einmal runter. Übrigens, der Rest der Medien hat das hysterische Getue der AZ nicht mitgemacht. Wir haben vorsichtig angedeutet, dass der Selbstmörder ja unter hohem Stress wegen der Urwahl stand und deshalb möglicherweise überreagiert habe. Mal sehen, was da heute Abend in der Sitzung noch kommt."

Wendtland ging auf die Homepage der Stadt und fand recht schnell die richtige Seite. Die Kamera war offenbar fest installiert und zeigte eine Totale mit der Verwaltungsbank an der Stirnseite sowie das Halbrund, in dem die Ratsmitglieder saßen. Das hatte zur Folge, dass man einige von ihnen nur von hinten sehen konnte. Während die Bildqualität manchmal etwas nachließ, schien der Ton gut rüberzukommen. Man sah die Damen und Herren hereinkommen; es gab den üblichen Small Talk. Dann klingelte der Bürgermeister. Wendtland fragte sich, wer sich – wenn nicht beruflich gezwungen – eine solche Vorführung wohl ansehen würde.

„Meine Damen und Herren", begann der Bürgermeister, „in nur wenigen Tagen sind zwei Mitarbeiter unseres Hauses auf sehr tragische Weise verstorben: Peter Kutter, Leiter des Ordnungsamtes, und Erwin Werner, Mitarbeiter im Außendienst des gleichen Amtes. Ich bitte Sie, sich im Gedenken an die beiden Verstorbenen von Ihren Plätzen zu erheben." Er wartete vielleicht 15 – 20 Sekunden. „Ich danke Ihnen, dass Sie der Verstorbenen gedacht haben."

Damit ging er zur Tagesordnung über, die – wie Wendtland

vorab festgestellt hatte – nichts Bewegendes enthielt. Verschiedene Anträge der Fraktionen zu sehr spezifischen örtlichen Fragen, z. B. zum Stand der Planungsarbeiten für den Ausbau einer Straße, zum Umbau des Gymnasiums und den damit verbundenen Belästigungen im Schulbetrieb; es folgten mehrere Bebauungspläne und ein paar Haushaltsangelegenheiten. Auf die Frage des Bürgermeisters, ob gegen die Tagesordnung Einwände bestünden, meldete sich ein Ratsmitglied, das allerdings genau mit dem Rücken zur Kamera saß. „Herr Buchholz, bitte“, sagte der Bürgermeister. Das also war dieser ominöse Steuerberater, dachte sich Wendtland.

„Herr Bürgermeister“, begann dieser, „der Tod beider Mitarbeiter hat uns tief erschüttert. Peter Kutter war zudem Kandidat für die Urwahl, die in Kürze stattfinden wird. Er hat seinem Leben auf tragische Weise ein Ende gesetzt, weil ihn die Polizei – grundlos, wie er in seinem Abschiedsbrief versichert hat, den er mir als seiner Vertrauensperson geschickt hat – in die Mangel genommen hat." Unmutsäußerungen kamen aus der Ecke der Partei des Bürgermeisters. „Ja, meine Damen und Herren, in die Mangel genommen hat. Er fühlte, dass – auch wenn er schuldlos war – das Vorgehen ihm in seinem persönlichen und beruflichen Ansehen schaden würde. Und, so frage ich – wem untersteht die Polizei?"

„Unverschämt!", „unerhörte Unterstellung!", tönte es von der Bürgermeisterfraktion.

„Ich will keinen Bezug zur bevorstehenden Wahl herstellen", so macht er es gerade erst recht, dachte Wendtland, er selbst hatte ja bis zu dem Fall nicht einmal gewusst, dass Peter Kutter überhaupt Kandidat war, „aber über dem Wahlgang liegt nun ein tiefer Schatten.“

Damit setzte er sich und eine heillose Unruhe breitete sich

aus. Beschimpfungen und Vorwürfe flogen nur so durch den Raum. Wendtland war entsetzt, mit welcher Perfidie dieser Steuerberater die Verbindung Politik-Polizei-Selbstmord hergestellt hatte. Hoffentlich agitierte dieser Mensch nicht auch in anderen Fragen in ähnlicher Weise. Der Bürgermeister klingelte verzweifelt mit seiner Glocke, um Ruhe zu schaffen. Schließlich fand ein älteres Ratsmitglied Gehör. Der ca. 60jährige Mann sprach zunächst leise, um die Stimmenvielfalt zu besänftigen: „Meine Damen und Herren", begann er, „ich bin nun schon mehr als 30 Jahre Mitglied dieses Rates und habe in der Zeit manche Entgleisung gehört. Aber dieser Beitrag ekelt mich an", begeisterte Zustimmung kam von fast allen Seiten. „Die polizeilichen Ermittlungen ganz subtil – das kann er ja, unser Herr Buchholz – in einen Zusammenhang mit der anstehenden Urwahl zu stellen, den Eindruck zu erwecken, hier solle ein unliebsamer Gegenkandidat kaltgestellt werden – das ist schon dreist. Und pietätlos obendrein!"

Martin Buchholz sprang auf und protestierte: „Das sind bösartige Unterstellungen. Das habe ich nie gesagt!" Nicht direkt, aber zwischen den Zeilen, befand Wendtland. „Ich erwarte einen Ordnungsruf gegen den Sprecher!"

Franz-Josef Menzel war der Situation sichtlich nicht gewachsen. Er beriet sich mit der Verwaltungsbank, Wendtland erkannte Herrn Busch, den Hauptamtsleiter. Schließlich – noch immer diskutierten die Ratsmitglieder voller Erregung – ergriff er erneut das Wort. „Gibt es zur Tagesordnung noch Einwände oder Ergänzungen?" Er hatte ganz geschickt gewartet, bis Martin Buchholz in eine Debatte mit einem Zuschauer verwickelt war. „Das ist nicht der Fall, dann rufe ich jetzt den nächsten Tagesordnungspunkt auf."

In diesem Moment bemerkte Martin Buchholz, dass er

übertölpelt worden war. Er eilte zu seinem Platz, ergriff – ohne das Wort zu haben – das Mikrofon und sagte mit sichtlich erhöhter Stimmlage: „Das wird ein Nachspiel haben. Ich lasse mir hier nicht etwas in den Mund legen, was ich nicht gesagt habe! Die Dienstaufsichtsbeschwerde ist noch heute Abend unterwegs – mal sehen, was Ihre Parteifreunde damit machen!" Damit packte er seine Sachen und verließ grußlos den Saal. Selbst seine eigenen Fraktionsfreunde waren offensichtlich überrascht, denn sie steckten die Köpfe zusammen und flüsterten. Inzwischen war die Sitzung weitergegangen. Wendtland schaltete ab, den Rest musste er sich nicht mehr antun.

III

Wendtland machte sich auf den Weg nach Hause. Er hoffte, dass morgen die Kollegen mit Erkenntnissen aus der Südpfalz aufwarten könnten. Mehr hatte er zurzeit nicht in der Hand. Als er in die Garageneinfahrt einbog, stürmte Lena auf ihn zu. „Nicht so wild, junge Dame", rief er, als sie atemlos die Seitentür zu öffnen versuchte. Er ließ das Fenster herunter.

„Papa, die Mia hat sich heute den Arm gebrochen."

Das war ja nun wirklich eine Eilmeldung an den Vater wert. Er ließ Lena ins Auto krabbeln und parkte den Wagen vor die Garage, in der schon Susannes kleiner Fiat stand. Ziemlich aufgeregt und durcheinander erzählte die Kleine, wie das Mia passiert sei. „Sie ist im Kindergarten von der Schaukel gefallen, weil der Laurens sie geschubst hat", war am Ende die Quintessenz ihrer Mitteilung.

Als er die Tür öffnete, fiel ihm bei Susannes fragendem Blick ein, dass er ja Jonas vom Training hätte abholen sollen.

Er schaute auf die Uhr, er könnte es gerade noch so schaffen.

„Jetzt aber schnell, Herr Kommissar, oh Verzeihung, Herr Kriminalhauptkommissar“, lachte Susanne und schob ihn sanft wieder zur Tür hinaus. Lena kam angerannt und wollte unbedingt mitfahren. „Komm, spring rein“, sagte er und zog anschließend ihren Sicherheitsgurt fest. Recht schnell fuhr er durch die 30-km-Zone, er gab kein gutes Vorbild für einen Polizeibeamten ab. Immerhin schafften sie es so gerade rechtzeitig am Sportheim zu sein, als die Jungs herauskamen. Jonas kam mit drei Freunden und trennte sich von ihnen, als er den Wagen seines Vaters sah. Wendtland bekam einen heftigen Schreck, denn Jonas hatte ein ziemlich blaues Auge.

„Was ist passiert?“

„Ach nichts“, antwortete der Junge tapfer, „ich hab nur einen Ball abbekommen. Ist nicht so schlimm!“ Er stieg in den Wagen. Jonas war recht schweigsam, Lena dagegen plapperte in einem fort. Auch Jonas musste ja die ganze Mia-Geschichte erfahren. Den aber schien sein blaues Auge doch mehr zu beschäftigen, denn Lena meckerte: „Du hörst mir ja gar nicht zu!“

Susanne war natürlich in heller Aufregung, als sie Jonas‘ Auge sah. Sie untersuchte gleich, ob irgendwo am Auge selbst eine Verletzung zu entdecken sei. Sie konnte nichts feststellen. „Wir gehen aber morgen trotzdem zum Arzt, vorsichtshalber.“

Jonas‘ Protest änderte nichts an ihrer Haltung. „Sicher ist sicher.“ Wendtland stimmte ihr da voll und ganz zu. Natürlich war neben Mias gebrochenem Arm nun auch Jonas‘ Auge das Gesprächsthema beim Abendbrot.

Nach der Vorlesestunde setzte sich Wendtland zu Susanne ins Wohnzimmer. Er war ihr dankbar, als sie fragte, was denn aus der Presseberichterstattung geworden sei. Als er zu der Internet-Übertragung aus der Stadtratssitzung kam, wurde Susanne zornig: „Das muss ja ein ganz widerlicher Kerl sein, dieser Buchberg, oder wie er heißt. Die Leiche ist noch nicht kalt, da schmeißt er sie in den Wahlkampf, nach dem Motto ‚Deines Sieges, Bürgermeister, wirst du nicht froh‘!“

„Du hast ja so recht“, entgegnete Wendtland, „aber diese Typen sind aalglatt, denen kannst du nicht einfach beikommen. Wenn du dir die Aufzeichnung anhörst, dann wirst du feststellen, dass der Kerl alles zwischen den Zeilen gesagt hat. Der ist wie ein Pudding – den kannst du nicht an die Wand nageln!“

In diesem Moment klingelte sein Handy. Chris Keller war am Apparat: „Sorry, dass ich so spät störe – aber ich glaube, wir haben was gefunden. Unser Vogel ist wohl häufiger aufgetaucht. Wenn Sie einverstanden sind, sollten wir morgen direkt nach Landau fahren. Soll ich einen Dienstwagen ordern?“

„Ist nicht nötig“, antwortete Wendtland, „wir können mit meinem fahren. Gute Arbeit, danke und bis morgen.“

Susanne schaute ihn an: „Klang ganz erfreulich, oder?“

Wendtland nickte. „Ich hatte schon das Gefühl, in einer Sackgasse zu sein; vielleicht kommen wir bald zur Lösung. Dieser Fall hat mir schon zu viele Bürgermeister, Landräte oder Kommunalpolitiker in Aufregung versetzt!“

Susanne lächelte: „Was hältst du davon, wenn ich dich ein wenig in Aufregung versetze?“

Sie sah im in die Augen, zog ihn vorsichtig aus dem Sessel und nahm ihn mit nach oben. „Handy ausschalten nicht vergessen“, flüsterte sie. Sie nahm ihn in die Arme: „Lothar, ich denke an Nummer 3.“ Und bevor er antworten konnte, verschloss sie ihm mit einem langen Kuss den Mund. Sie ist doch die Beste, dachte Wendtland …

Zweiter Donnerstag

I

Sie trafen sich vor der Dienststelle. Während der Fahrt nach Landau berichteten Sandra Weinzierl und Chris Keller vom Ergebnis ihrer Ermittlungen. „Sie ahnen ja gar nicht, Chef, wie viele Lokale diese Stadt hat – ohne unsere drei Kollegen aus Landau würden wir wohl noch jetzt durch die Lokale tingeln!"

Sandra Weinzierl sah ihren Kollegen missbilligend an: „Jetzt trägst du aber ziemlich dick auf", mahnte sie. „Nach drei Stunden waren wir doch fündig geworden."

„Na schön", maulte Chris Keller, „dann eben nur drei Stunden – aber ein Gerenne war es trotzdem. Also, wir haben uns überlegt, was so ein typischer Beamter wohl für eine Gaststätte besucht: Deutsch, Bratkartoffel, Schnitzel…"

„Ts, ts", unterbrach ihn Wendtland, „was für Vorurteile gegen Beamte. Denken Sie mal an Ihren eigenen Status", im Rückspiegel konnte er sehen, wie die junge Kollegin grinste. „Außerdem: Geht der typische deutsche Beamte in Sadomaso-Klubs?"

Chris Keller wurde rot. „O.k. Chef, ich wollte ja nur schildern, wie wir vorgegangen sind. Also irgendwann …"

„Nach drei Stunden!", rief Sandra Weinzierl dazwischen.

„Also gut, nach drei Stunden – aber wie soll ich unsere Ermittlungen schildern, wenn ich ständig unterbrochen werde?"

„Dann sei mit deiner Schilderung eben etwas genauer", antwortete Sandra Weinzierl recht schnippisch.

„Jetzt kabbelt euch nicht die ganze Zeit", ging Wendtland dazwischen, „sonst sind wir in Landau – und ich weiß gar nicht, wohin ich fahren soll." Er hatte die B 271 genommen und sie befanden sich schon auf der Durchfahrt durch Monsheim.

„Also, wie gesagt: Nach exakt drei Stunden", er schaute seine Kollegin spöttisch an, „stehen wir vor dem Restaurant Akropolis in der Königstraße. Sah gar nicht schlecht aus, der Grieche. Als wir hineingingen, hatte der Betrieb noch nicht begonnen. Der Koch hatte keine Ahnung, wir sollten auf Herrn Apostolidis, den Wirt, warten, der käme in einer halben Stunde. In der Zwischenzeit haben wir dann noch zwei Lokale – ziemlich ergebnislos – abgeklappert. Um halb zwölf – richtig, Frau Kollegin? – waren wir wieder zurück. Und was sage ich: Georgios Apostolidis ist unser Mann. Er konnte sich an unser Mordopfer erinnern. Und was noch schöner ist – er kam in letzter Zeit wohl regelmäßig."

„Gut gemacht", lobte Wendtland, als sie gerade Grünstadt umfuhren. „War er allein?"

„Ja, gegessen hat er immer allein, aber der Wirt meinte, er hätte ein- oder zweimal gesehen, wie er vor der Tür offenbar jemanden erwartete." Wendtland runzelte die Stirn. Das wäre ja auch zu einfach gewesen, wenn Werner sein Erpressungsopfer beim Gyros getroffen hätte.

Eine Zeit lang fuhren sie schweigend, bis Wendtland hinter Bad Dürkheim auf die A 65 bog. Eine Viertelstunde später waren sie in Landau. Er steuerte das Parkhaus am Rathaus an, das sich durch seine offene und transparente Bauweise positiv von so vielen anderen düsteren Autoaufbewahrungsanstalten unterschied. Sie gingen die wenigen Schritte zum Marktplatz. Wendtland blieb einen Moment stehen und ließ die Atmosphäre des Platzes auf sich wirken. Er kam zwar nicht oft nach Landau – aber dieser Platz war ihm im Gedächtnis geblieben. Zweimal waren Susanne und er, beim ersten Mal noch ohne Kinder, hier auf dem Weihnachtsmarkt gewesen. Dieser Markt hatte ihnen gefallen – vielleicht sollten sie dieses Jahr wieder hinfahren.

Dann bogen sie in die Königstraße ein. Das Lokal machte von außen einen sehr guten Eindruck, der auch anhielt, als sie den Gastraum betraten. Hell, vielleicht ein wenig altmodisch eingerichtet, aber der Wirt hatte sich damit wahrscheinlich dem Geschmack seiner Kunden angepasst. Beamtenmäßig, fuhr es ihm durch den Kopf. Herr Apostolidis erwartete sie schon. „Bitte nehmen Sie doch Platz.“ Er wies auf einen Tisch am Fenster. „Kann ich Ihnen etwas zu trinken anbieten?“

„Gerne“, Wendtland nickte. „Für mich bitte einen einfachen Kaffee.“ Sandra Weinzierl nahm ein stilles Wasser (das war etwas, was Wendtland nicht verstand: Statt sich dieses Wasser teuer zu kaufen, könnte sie doch auch das Wasser aus der Leitung nehmen, das im Zweifel nicht schlechter, eher sogar besser war), Chris Keller eine Cola.

II

„Also, dieser Mann, den mir Ihre Kollegen gestern gezeigt haben“, wandte sich der Wirt an Wendtland, „kam etwa einmal im Monat und hat sich immer dort hinten an das Fenster gesetzt." Klar dachte sich Wendtland: um die Straße im Blick zu haben. „Er hat immer die Akropolis-Platte und eine Apfelsaftschorle bestellt. Deswegen kann ich mich an ihn auch erinnern.“

„Seit wann ist er Ihr Stammgast?“, fragte Wendtland.

„Na ja, genau weiß ich das natürlich nicht, aber ein Jahr kommt er bestimmt schon.“

„Sie haben gestern gesagt“, fuhr Wendtland fort, „er hat manchmal vor der Tür gewartet, als ob er sich mit jemandem treffen wolle.“

Georgios Apostolidis nickte. „Ich spioniere ja meinen

Gästen nicht nach, aber ich lasse meine Augen ja im ganzen Raum wandern. Ich muss ja sehen, ob ein Gast etwas möchte. Mich muss man nicht rufen; ich sehe schon vorher, wenn ein Gast einen Wunsch hat. So habe ich eben auch gesehen, dass Ihr Mann vor dem Lokal, nicht direkt vor der Tür, stehen geblieben ist. Ich habe natürlich keine Zeit, die Leute auf der Straße zu beobachten – meine Aufgabe ist hier drinnen."

Wendtland nickte verständnisvoll.

„Aber einmal hatte ich den Eindruck, dass er auf eine Frau zuging und mit ihr in Richtung Marktplatz verschwand. Ehrlich gesagt: Er sah mir gar nicht nach Frauenheld aus – und diese Dame wirkte sehr elegant."

Wendtland war froh, dass Herr Apostolidis seine Augen nicht nur im Raum gelassen hatte – wie er sich ausdrückte. Die gewisse Neugier des Wirtes kam ihnen jetzt schon sehr zupass.

„Sie können die Dame nicht beschreiben?"

Herr Apostolidis wiegte nachdenklich den Kopf. „Viel kann man ja nicht sehen – und es war ja auch nur ein kurzer Moment."

„Versuchen Sie es", ermunterte ihn Wendtland.

„Tja", der Wirt dachte nach, „sie war nicht klein, eher groß und hatte langes Haar. Es lag über ihrem Mantelkragen. Der Mantel war schick, sonst wäre sie mir vielleicht gar nicht aufgefallen. Aber", er machte eine kurze Pause und lächelte, „eine schöne Frau kann auch einen griechischen Wirt, der glücklich verheiratet ist und drei wundervolle Kinder hat, verwirren."

„Wann war das?", fragte er nach.

„Das ist vielleicht drei oder vier Monate her, ja wohl eher vier, denn wir hatten den Biergarten noch nicht lange geöffnet."

„Waren die beiden denn vertraut miteinander?“ Wendtland war beeindruckt von der Aufmerksamkeit des Wirtes.

„Jetzt, wo Sie das fragen: Sie gingen aufeinander zu, aber keine Umarmung, kein Kuss. Sie wirkten eher geschäftsmäßig.“ Herr Apostolidis kramte noch im tiefsten Winkel seines Gedächtnisses. Wendtland hatte den Eindruck, dass die Dame eine ernste Gefahr für eine griechische Ehe hätte werden können – aber hatte er nicht das gleiche Gefühl gegenüber Johanna Wansleben? Er verscheuchte den spontanen Gedanken, zwischen beiden Frauen eine Verbindung herzustellen.

„Noch eines“, meldete sich der Wirt, „sie hatte eine rote Tasche, das fiel natürlich auf.“

Wendtland dachte nach, an wie vielen roten Taschen er wohl schon achtlos vorbeigegangen war. Hatte Susanne überhaupt eine? Er musste mal heimlich zu Hause nachschauen. Plötzlich lächelte er; das war ja fast als sei er bei sich daheim auf Spurensuche.

Er dankte Herrn Apostolidis, der sich strikt weigerte, Geld für die Getränke anzunehmen. „Sie waren meine Gäste, aber wenn Sie zum Essen kommen, dann sind Sie und Ihr Portemonnaie herzlich willkommen.“

Wendtland lächelte; der Gegenwert lag wohl unterhalb der Schwelle für die Annahme von Belohnungen und Geschenken. Trotzdem fragte er die beiden jungen Kollegen: „Durften wir ohne zu bezahlen gehen?“ Die zwei schauten sich etwas ratlos an.

„Eigentlich dürfen wir ja gar nichts annehmen“, meinte Sandra Weinzierl. „Aber das war doch so geringfügig – deswegen würden wir Herrn Apostolidis doch nicht laufen lassen, wenn er der Täter wäre.“ Wendtland nickte. „Außerdem müssen wir interkulturell denken, soweit es der

Rahmen erlaubt. Herr Apostolidis wäre wohl zutiefst beleidigt gewesen, wenn wir Geld auf den Tisch gelegt hätten – und“, er schmunzelte ein wenig, „er ist ja ein sehr wertvoller Zeuge.“

III

Bevor allerdings das Gespräch in interkulturelle Betrachtungen über die möglichen Ursachen der Griechenland-Krise abglitt, steuerte Wendtland ein Café an. „Hier sind wir vor Versuchungen sicher, hier dürfen wir selbst bezahlen.“ Leider war diese Kellnerin nicht so aufmerksam wie Herr Apostolodis, und Wendtland musste schon zweimal energisch winken, bevor sich die Dame an ihren Tisch bemühte. Bis die Getränke und für jeden ein Stück Kuchen kamen, begann Wendtland mit der Auswertung: „Was mag das für eine geheimnisvolle Dame gewesen sein?“

„Vielleicht eine andere Sadomaso-Größe?“, mutmaßte Chris Keller.

„Das glaube ich nicht“, erwiderte Sandra Weinzierl. „Die Damen empfangen zu Hause und ein so präsentabler Lover war Erwin Werner ja wirklich nicht.“

Alle Achtung, dachte Wendtland, die junge Frau kannte sich aus.

„Eine Botin aus der Spielhallenszene?“, startete Chris Keller den nächsten Versuchsballon.

„Könnte sein“, meinte Wendtland. „Aber würden Sie als Boten eine offenbar auffällige Frau losschicken?“

Chris Keller zweifelte: „Wohl eher nicht, wahrscheinlich würde ich einen finsteren Typ nehmen, der den Erpresser etwas einschüchtert. Oder einen hohlen Baum suchen.“

Wendtland lächelte, als er diesen Topos früher Jugendromane hörte – was hatte nicht sein Vater erzählt, wie sie als Kinder im Wald geheime Briefkästen gesucht hätten. „Tja, was dann?", fragte Wendtland die Kollegen.

„Was halten Sie von Frau Wansleben?", mischte sich Sandra Weinzierl ein. „Die Beschreibung könnte passen, nur ein Motiv fehlt."

Wendtland wurde nachdenklich, streute aber Zweifel in diesen Gedanken: „Wenn Frau Wansleben tatsächlich mehr als einmal ihren Bruder getroffen haben sollte."

Sandra Weinzierl entgegnete selbstbewusst: „Am Wochenende vor dem Mord war sie immerhin auch in der Nähe!"

Wendtland ärgerte sich, dass er vergessen hatte, Herrn Apostolidis zu fragen, ob Erwin Werner am Freitag vor seinem Tod ebenfalls bei ihm zu Gast gewesen war. Aber das ließ sich schnell erledigen. Er nahm sein Handy und wählte die Nummer des Lokals. Er hatte jemand anders am Apparat, eine Frauenstimme. Sie war schwer zu verstehen, zumal die Geräusche aus dem Gastraum zu hören waren. Er musste seinen Wunsch, Herrn Apostolidis zu sprechen, wiederholen, bis das Telefon endlich an diesen weitergereicht wurde. Der Wirt bestätigte die Anwesenheit Werners an besagtem Freitag und fügte noch hinzu: „Es ist besonders schrecklich, wenn man den Menschen persönlich kennt!" Gekannt hat, dachte Wendtland, sagte aber nichts, dankte und beendete das Gespräch.

Er schaute die Kollegen an: „Ist das eine Spur?"

„Mehr als eine Idee ist es nicht", versetzte Sandra Weinzierl. Merkte sie, dass Wendtland sich gegen den Gedanken sträubte? Das durfte er auf keinen Fall – persönliche Gefühle gegenüber den Beteiligten waren, das war ja Standardwissen der Polizeischule, strikt zu vermeiden.

„Sollen wir", fragte Chris Keller, „ihr Bild dem Wirt zeigen? Wenn er in ihr nicht die Frau erkennt, die er gesehen hat, dann können wir die Spur ablegen. Sonst müssten wir der Fährte doch wohl zunächst nachgehen."

Wendtland stimmte zu. Anders ging es nicht. „Haben wir denn ein Bild von ihr dabei?", fragte er. „Internet!", sagte Chris Keller, holte sein privates iPad hervor, warf es an und tippte „Johanna Wansleben" in die Suchmaschine. Er ging auf „Bilder" und schon kurz darauf tauchte die Gesuchte auf. Sie mussten aber ein wenig blättern, da es wohl mehrere Frauen dieses Namens gab.

Neugierig wanderten sie noch ein bisschen durch das Netz. Johanna Wansleben war als freiberufliche Psychologin geführt, ihr Schwerpunkt war die Beratung kleiner und mittlerer Unternehmen bei Konflikten in der Belegschaft oder bei besonderen Auffälligkeiten. Immerhin ließ das häufigere Reisen vermuten. Natürlich konnte sie sich dabei mit ihrem Bruder treffen; warum aber hatte sie dann ausgesagt, dass das Verhältnis nicht gerade herzlich war? Wendtland zahlte und sie gingen noch einmal zurück zum Restaurant Akropolis. Herr Apostolidis begrüßte sie herzlich, wahrscheinlich dachte er, dass sie jetzt bei ihm essen würden. Er blieb allerdings auch dann freundlich, als Wendtland ihm erklärte, dass sie ihn nur noch um eine Auskunft bitten wollten. Er sah sich das Bild auf dem iPad lange an.

„Sicher bin ich natürlich nicht, aber sie sieht der Frau zumindest ein bisschen ähnlich."

Wendtland bedankte sich noch einmal und musste zum Abschied versprechen, noch einmal mit der Familie zum Essen zu kommen.

IV

Auf der Rückfahrt – die sich durch einen Stau bei Neustadt etwas länger hinzog – erörterten sie, wie sie der Frage am besten und unauffälligsten nachgehen könnten. Ein direkter Angriff auf Johanna Wansleben schien zu riskant; sie hatten praktisch nichts in der Hand. Möglicherweise zwei Treffen mit dem Bruder – das war eigentlich nichts! Es war Sandra Weinzierl, die vorschlug, mit der Mutter zu beginnen: „Wenn da etwas sein sollte, dann ist sie das schwächste Glied im Verteidigungsring!“ Wendtland wunderte sich über diese Betrachtungsweise, ließ es aber dabei bewenden.

Chris Keller rief in der Zwischenzeit bei Frau Werner an, die alles andere als erfreut auf die Besuchsankündigung reagierte. „Übrigens“, meinte er dann, „ich hab‘ mal die Speisekarte von diesem Griechen studiert – klang richtig lecker! Sie sollten mit Ihrer family mal einen Ausflug nach Landau machen! Außerdem hat die Stadt einen Zoo!“

Das war nun völlig neu für Wendtland. Eine so kleine Stadt mit einem Zoo? Was es nicht alles gab! Sie fuhren vor das Ihnen hinlänglich bekannte Haus und klingelten. Eine unbekannte Frau von vielleicht 50 Jahren – vermutlich die Nachbarin – öffnete. Wendtland wies sich aus und die Frau ließ die drei eintreten. Etwas unsicher über ihre Rolle fragte sie: „Frau Werner, soll ich bleiben?“

Die alte Dame, wie es schien immer noch in der Kleidung, in der sie sie das erste Mal gesehen hatten, schüttelte den Kopf: „Vielen Dank, Frau Köppen, Sie sind so freundlich zu mir, aber ich muss ja auch allein zurechtkommen. Und die Polizei müssen Sie sich wirklich nicht anhören – die sagt manchmal auch sehr unschöne Dinge.“

Wendtland runzelte die Stirn. Aber ganz unrecht hatte die Frau auch nicht – der Schock, als sie erfahren hatte, welchen

Gelüsten ihr Sohn nachging, hatte wohl ziemlich tief gesessen.

Kaum hatte die Nachbarin das Haus verlassen, wurde Frau Werner zornig. „Was wollen Sie denn noch von mir? Ich habe Ihnen doch alles gesagt, was ich weiß."

Wendtland beruhigte sie: „Natürlich, Frau Werner, aber wir sind auf ein Detail gestoßen, bei dem Sie uns vielleicht weiterhelfen können."

Die alte Frau schaute gequält und knetete unablässig ihre Hände: „Wollen Sie meinem Sohn noch mehr Schweinereien anhängen?"

Wendtland musste sich beherrschen, angehängt hatte ihm niemand etwas. Aber die Erinnerung an das Gespräch musste für die alte Frau sehr schmerzlich sein. „Nein, Frau Werner, überhaupt nicht. Wir haben aber erfahren, dass Ihr Sohn etwa einmal im Monat in Landau war. Haben Sie eine Ahnung, was er dort gemacht hat?"

Die Frau schüttelte den Kopf: „Vielleicht der Chor?"

„Nein, er war allein dort – besser gesagt, nicht ganz allein."

An dieser Stelle griff Sandra Weinzierl, unabgesprochen, aber genau im richtigen Moment, ein: „Frau Werner, es gibt Hinweise, dass er sich dort mit seiner Schwester getroffen hat."

Die alte Frau schluchzte und vergrub den Kopf in ihren Händen. „Müssen Sie mich denn so quälen, es ist doch schon so schlimm genug!"

Die junge Polizistin legte ihr begütigend den Arm um die Schultern, die Frau ließ sie gewähren. „Frau Werner, irgendetwas lastet doch auf Ihrer Seele, wollen Sie sich davon nicht befreien?"

Kaum hörbar antwortete sie: „Dann bricht doch alles zusammen!"

Die Polizisten ließen ihr etwas Zeit, schweigend saßen sie

vielleicht zwei oder drei Minuten da. Endlich fasste sich die alte Frau ein Herz. „Ja, Erwin hat sich mit Johanna getroffen. Er muss irgendetwas gegen sie in der Hand gehabt haben; denn er kam jedes Mal mit Geld zurück, das er dann ja auf das Konto eingezahlt hat."

Wendtland ließ seine junge Kollegin weiterfragen: „Frau Werner, haben Sie eine Vorstellung davon, was er über seine Schwester wusste, was für sie unangenehm war?"

Die Frau schüttelte den Kopf – in ihrer Stimme war neben der Trauer auch Verzweiflung zu hören: „Nein, aber bestimmt hat es etwas mit einem Verhältnis zu tun, Johanna hat schon einige Abenteuer hinter sich. Können Sie verstehen, wie sich eine Mutter fühlt, wenn ihre Kinder kein normales Leben führen? Was habe ich, was haben wir nur falsch gemacht, dass unsere Kinder so geworden sind?"

Sie wandte sich an die beiden jungen Polizisten: „Sie sind noch jung, tun Sie das Ihren Eltern nie an. Hier sehen Sie, was man damit anrichten kann. Eine Mutter muss machtlos zusehen, wie alles in Scherben zerbricht. ‚Jetzt hab' ich meine saubere Schwester am Kanthaken', hat Erwin gesagt, ‚jetzt gehts uns besser, Mutti!' Und dann ist er mit dem Geld gekommen."

Das war zu viel für die alte Frau; sie sackte in sich zusammen. Sandra Weinzierl hielt sie so gut es ging. „Frau Werner", fragte sie, „sollen wir Ihre Nachbarin rufen?"

„Nein, bitte nicht, so soll mich niemand sehen. Ich muss das allein durchstehen."

„Sollen wir noch etwas bleiben?", setzte Sandra Weinzierl hinzu. Wendtland bekam immer mehr Respekt vor dieser Kollegin und ihrem Einfühlungsvermögen. Er würde morgen gleich eine positive Beurteilung für die Personalakte formulieren.

„Ja bitte, mein Kind, wenn Sie so nett sein wollen und noch ein bisschen neben mir sitzen bleiben. Dafür wäre ich sehr dankbar." Wendtland nickte und gab Chris Keller ein Zeichen, dass sie gehen sollten. Die alte Frau merkte gar nicht, dass sie das Haus verließen.

V

Als sie zur Dienststelle zurückfuhren, meinte Chris Keller: „Chef, es ist schon komisch, nun ist es wohl doch die Familie. Keine Spielhallenmafia, keine Sadomaso-Zuhälter, nicht einmal der ertappte Kollege."

Wendtland brummte zustimmend. „Herr Keller", begann er, „was kann Werner an belastendem Material gehabt haben?"

„Ich schätze mal, ein paar Fotos", antwortete dieser.

„Und was machen wir jetzt?"

Chris Keller überlegte nicht lange: „Wir prüfen, ob auf den Bildern irgendwo Johanna Wansleben zu sehen ist." Chris Keller schien das Jagdfieber gepackt zu haben: „Ich setz' mich gleich dran!"

Sie kamen kurz vor Dienstschluss zurück, sodass Lottermännchen noch schnell zwei ICE-Tickets nach Hamburg buchen konnte. Das war zwar etwas außerhalb der üblichen Routine – aber die Genehmigung der Dienstreise erst abzuwarten, würde viel zu lange dauern. Trotzdem wollte er doch vorsichtshalber im Präsidium Bescheid geben.

Er ließ sich die Pressestelle geben. „Sieht so aus, als wären wir auf einer heißen Spur. Dafür müssen wir morgen nach Hamburg. Aber bitte Letzteres nicht rausgeben; wir wollen dem Nest einen Überraschungsbesuch abstatten."

Der Pressesprecher war überrascht, dass in diesem Fall

mal eine Meldung von den Kollegen und nicht von der Presse oder aufgebrachten Kommunalpolitikern kam. „Hoffentlich geht diesmal alles gut“, kam die Antwort aus Mainz.

Wendtland lächelte: „Versprechen kann ein Polizist so etwas nie – aber Hamburg ist von Mainz doch ganz schön weit weg!“

Der Pressesprecher lachte. „Einverstanden. Wär es in Ordnung, wenn ich den Präsidenten kurz unterrichte?“ Wendtland stimmte zu und beendete das Gespräch.

Er warf noch schnell einen Blick auf seinen Schreibtisch und auf sein E-Mail-Konto. Zum Glück war kein neuer Fall hinzugekommen. Dafür mussten sich die Kollegen mit einer neuen Enkeltrick-Serie herumschlagen. Wendtland wunderte sich, dass immer wieder alte Leute darauf hereinfielen. Wussten sie wirklich nicht mehr, welche Enkel sie hatten? Er hoffte, niemals so verwirrt zu werden – aber diese Frage war zum Glück noch in weiter Ferne. Ansonsten viel Routine; aber ab morgen würde es wieder neue Arbeit geben. Das Wochenende war leider die Hochzeit für Schlägereien, Messerstechereien oder Vergewaltigungen. Nun, morgen waren sie aber zunächst in Hamburg. Er rief Sandra Weinzierl auf ihrem Handy an, um ihr die morgige Reise anzukündigen; sie war im Übrigen immer noch bei Frau Werner. „Wir nehmen morgen den ICE kurz vor acht ab Frankfurt – ich würde Sie um Viertel vor sieben abholen; Sie wohnen doch in Wörrstadt?“

Sandra Weinzierl gab ihm ihre Adresse – damit war für morgen alles klar.

Als Wendtland nach Hause kam, fiel es ihm schwer, sich auf das Familienleben zu konzentrieren. Im Geiste ging er durch, wie er Johanna Wansleben befragen würde.

Lena war ziemlich ärgerlich, als er ihren Bericht über Mias

Arm gar nicht wahrnahm. „Du hast gar nicht zugehört, Papa – was habe ich gerade erzählt?“ Susanne machte von hinten Zeichen, offenbar wollte sie ihm zeigen, dass Mia den Arm in einer Schlinge trug.

„Mia hat eine Schlinge für den Arm“, antwortete er rasch. Aber er konnte seine Tochter nicht täuschen. „Mama hat dir vorgesagt, ich habs genau gesehen!“ Er strich ihr über den Kopf und zuckte bedauernd mit den Schultern in Richtung seiner Frau.

Als sie abends noch beisammensaßen, sagte Susanne: „Du bist an einem entscheidenden Punkt. Richtig?“

Wie konnte sie das nur ahnen? War er denn ein so offenes Buch?

„Du hast recht“, antwortete er. „Aber woher weißt du das?“

„Du bist ziemlich leicht zu durchschauen. Außerdem habe ich ja schon eine ganze Reihe von Jahren mit dir das Vergnügen.“

Wendtland überlegte, ob er über seine Frau Gleiches sagen könnte. Er musste verneinen. Wahrscheinlich verschwanden Frauen hinter Milchglas, wenn man versuchte, in sie zu blicken. „Ich muss morgen früh nach Hamburg – vielleicht endet da unsere Jagd.“

Als Susanne seine Reisepläne hörte, empfahl sie ihm, doch etwas früher zu starten. „Auf der Strecke ist fast immer Stau!“ Er rief rasch bei Sandra Weinzierl an und verlegte die Abholung um eine Viertelstunde nach vorne.

„Kein Problem“, bekam er zur Antwort, „im Zug kann ich noch lange genug schlafen!“

Als er fertig war, spürte er, wie Susanne ihre Arme um seinen Hals schlang.

„Für kleine Wendtländer muss man öfter arbeiten, Herr Kriminalhauptkommissar!“ Lachend zog sie ihn mit sich …

Zweiter Freitag

I

Sie hatten es trotz des frühen Starts nur recht knapp geschafft. Die Weisenauer Brücke war wieder einmal der Flaschenhals. Nachdem Wendtland den Wagen in der Tiefgarage unter dem Frankfurter Hauptbahnhof abgestellt hatte, waren sie erst fünf Minuten vor Abfahrt in ihrem Zugabteil. Seit einiger Zeit waren sie gehalten, auch bei längeren Strecken die 2. Klasse zu nehmen – einer der typischen Sparvorschläge in einer Behörde. Wendtland machte diese ‚Degradierung' zwar nicht viel aus, er fand es jedoch traurig, dass an solchen Stellen gespart wurde, während ganz andere Kosten – z. B. für ein überbordendes Controlling, das ständig Berichte und Zahlen verlangte – unverändert weiterliefen.

Auf der Fahrt nach Frankfurt hatte Sandra Weinzierl weitestgehend gedöst; trotz ihrer fröhlichen Worte, als Wendtland die Reise noch weiter vorverlegt hatte, war sie im Grunde ein Morgenmuffel. Das Aufstehen, um rechtzeitig zum Dienst zu erscheinen, fiel ihr noch immer schwer. Sie liebte es, am Wochenende lange auszuschlafen. Doch jetzt war sie allmählich wach geworden. Bis halb acht am Abend habe sie bei der alten Frau gesessen.

„Mein Kind", hatte sie gesagt, „Sie hätten meine Tochter sein sollen – und nicht das Flittchen, das ich geboren habe."

Das gab Wendtland einen ziemlichen Stich. Sie sei, hätte die Frau gesagt, ein anständiges Mädchen (dabei wurde die junge Polizistin ein wenig rot); das könne sie spüren. Nun hätte sie auch noch erfahren müssen, dass ihr Sohn perverse Neigungen gehabt habe.

„Ich habe versucht, ihr zu erklären, dass Menschen unterschiedlich und deswegen aber nicht unbedingt schlecht sind. Aber das wollte sie gar nicht hören. ‚Das ist lieb von Ihnen, mein Kind', hat sie geantwortet, ‚aber ich weiß es besser. Johanna hatte schon mit 16 Liebhaber." Wendtland dachte an Lena, wie würde er reagieren? „Und leider immer wieder neue. Hätte sie nicht die Pille konsequent genommen, wären lauter Bälger ins Haus gekommen.' Ehrlich, das hat mir schon zugesetzt. Wissen Sie, Herr Kriminalhauptkommissar, in solchen Momenten denkt man über sich selbst nach – oder auch über Freundinnen. Und wir sind bestimmt keine Heiligen! Sie hat wohl ihre ganze Zuneigung auf den Sohn konzentriert. Der erste Zusammenbruch war wohl seine diebische Freude, die Schwester erpressen zu können; der zweite endgültige dann nach der Aufdeckung der sexuellen Vorlieben ihres Sohnes. Chef", sie verfiel in den Jargon von Chris Keller, „die Frau ist am Ende."

Wendtland war betroffen, trotzdem wollte er sein Lob loswerden: „Frau Weinzierl, ich muss sagen, Sie haben mich in dieser Situation beeindruckt. Ihr Mitgefühl für die alte Dame ist ja auch nichts Selbstverständliches. Ich werde dafür sorgen, dass Ihre Personalakte positiv aufgewertet wird."

Sandra Weinzierl lief jetzt ganz rot an: „Bitte Herr Kriminalhauptkommissar, das war doch selbstverständlich, aber das geht doch außer Ihnen niemanden etwas an. Das Controlling würde doch nur über verplemperte Arbeitszeit lamentieren", damit mochte sie wirklich recht haben, dachte Wendtland. „Seien Sie mir nicht böse – ich habe versprochen, auch am Wochenende für ein paar Stunden bei ihr zu sein."

Wendtland schüttelte den Kopf: „Sie erstaunen mich immer mehr – im positiven Sinne!"

Der Rest der Reise verlief eher schweigend – Polizeitaktik sollte im Zugabteil nicht erörtert werden. Außerdem wurde Sandra Weinzierl jetzt von Müdigkeit überwältigt. Wendtland widmete sich dem „Hundertjährigen"; vielleicht würde er ihn auf dieser Fahrt zu Ende bringen. Der Held imponierte ihm – nicht so sehr wegen der Abenteuer im Laufe seines Lebens; die waren völlig unwahrscheinlich. Nein, am meisten begeisterte ihn, dass er der Pflegerin im Altenheim ein Schnippchen geschlagen und sich kurz vor der Geburtstagsfeier aus dem Staub gemacht hatte. Wurden die Alten wirklich wie kleine Kinder behandelt? Gab es eine Möglichkeit, so einem Schicksal zu entgehen? Aber wer war schon noch so rüstig wie Allan Karlsson in dem Buch, der mit hundert noch aus dem Fenster steigen konnte? Er konzentrierte sich wieder auf die Strecke. Als sie über die Elbbrücken fuhren, weckte er seine junge Kollegin. „Wir sind gleich da!“

Sie rieb sich verwundert die Augen. „Habe ich etwa die ganze Zeit geschlafen?“

Wendtland nickte lächelnd. „Sie sehen auch im Schlaf sehr hübsch aus.“

Sie drohte mit dem Zeigefinger: „Herr Kriminalhauptkommissar, Sie haben Familie!“ Aber ihr Lachen verriet, dass sie das Ganze für ein harmloses Spiel hielt.

Vor der Fahrt hatte Wendtland noch in sein E-Mail-Fach geschaut, aber keine Nachricht gefunden. Schließlich hatte er aus dem Zug Chris Keller angerufen. Der war ganz verwundert: „Ich hab Ihnen doch das ganze Material geschickt!“

Als Wendtland antwortete, er habe nichts erhalten, konnte er hören, wie sich Chris Keller an den Kopf schlug.

„Ich Esel, ich habs an Ihre Büroadresse geschickt, aber mit der reisen Sie ja nicht durch die Gegend. Ich schicke alles noch einmal an Ihre private Mail-Adresse. Sorry!“

„Ist ja schon in Ordnung, Herr Keller“, beschwichtigte Wendtland. „Sie haben ja gute Arbeit geleistet!“

Inzwischen hatten sie Hamburg Dammtor erreicht, wo sie aussteigen wollten. Von hier war es nicht so weit zum Klosterstern, Wanslebens wohnten in der Nähe. Sie hatten ihren Besuch nicht angekündigt, sie wollten das Überraschungsmoment ausnutzen.

Doch zunächst steuerten sie das nächste Café an, um sich Chris Kellers Ausbeute anzusehen. Nachdem sie Kaffee, diesmal nahm auch Sandra Weinzierl einen Cappuccino, bestellt hatten, warf Wendtland sein Gerät an. Es dauerte, bis er es endlich hochgefahren hatte. Insgesamt zehn Bilder hatte der Kollege geschickt. Die Fotos waren, auch wenn die Personen, die dort zu sehen waren, nur aus der Ferne aufgenommen worden waren, ziemlich eindeutig: Eine Frau, eng umschlungen mit einem Mann. Die Frau kann Johanna Wansleben sein, hatte Chris Keller geschrieben, leider habe ich ihren Mann nicht mehr vor Augen – aber die stehen ja nicht gerade innig zueinander, sodass sie wohl kaum in den Weinbergen schmusen. Übrigens scheinen es zwei verschiedene Typen zu sein. Zwischen den zwei Lovern liegen übrigens ein paar Monate.

Hätte er es gekonnt, hätte Wendtland durch die Zähne gepfiffen. Wie war der Bruder nur daran gekommen? Er musste seine Schwester in seiner Umgebung erwischt haben, denn die Bilder waren unzweifelhaft in den Weinbergen aufgenommen worden. Er zoomte sich näher an die Personen ran. Die Auflösung wurde zwar schlechter, aber die Ähnlichkeit mit Johanna Wansleben war schon deutlich. Dagegen wies keiner der beiden Männer auch nur eine gewisse Ähnlichkeit mit Frieder Wansleben auf. Wendtland erinnerte das alles an den Film „Blow-Up“ aus den Sechzigerjahren, in dem ein Fotograf durch Vergrößerung seiner Bilder schließlich einem Verbrechen auf die Spur gekommen war. Wendtland nickte anerkennend: „Kein schlechtes Material, um jemanden zu erpressen!“

Sandra Weinzierl lächelte: „Die glatte Fassade der erfolgreichen Psychologin hat einige Risse bekommen.“

Bildete er es sich nur ein, dass sie ihn dabei genauer musterte – oder tat sie es wirklich? Die Kollegin war ja für viele Überraschungen gut.

II

Sie verließen das Café, gingen durch die Bahnhofshalle und auf die andere Seite der großen Straße. Dort bestiegen sie ein Taxi, Wendtland nannte die Adresse. Während der Fahrt ließen sie die Stadt auf sich wirken. Weder Wendtland noch gar seine Kollegin hatten diesen Teil der Stadt (ausnehmend schön, aber wahrscheinlich auch sehr teuer, befand Wendtland) je zu Gesicht bekommen. Beide bedauerten, dass die Fahrt schon bald vorbei war. Sie standen vor einem Gründerzeithaus in einer ziemlich ruhigen Straße. Sie klingelten und hatten unverschämtes Glück. Eine Stimme kam durch die Sprechanlage, Wendtland konnte förmlich spüren, wie Johanna Wansleben – sie musste es sein, auch wenn der Lautsprecher die Stimme verzerrte – zusammenzuckte.

Der Summer ertönte und sie betraten das Haus. Der Fahrstuhl brachte sie in die vierte Etage. Wendtland bedeutete seiner Kollegin, etwas abseits zu warten.

Johanna Wansleben stand in der Tür und rief: „Was für eine Überraschung, Lothar, was führt Sie denn nach Hamburg?“

Wendtland gab Sandra Weinzierl ein kurzes Zeichen, sodass sie sich aus dem Schatten löste. Das Gesicht Johanna Wanslebens wurde aschfahl. „Wir haben da noch ein paar Fragen, die wir Ihnen gerne stellen würden. Dafür wollten wir Sie nicht ins Rheinhessische bemühen.“

Die Frau rang sichtlich um Fassung, als sie sie hineinbat.

Sie hatte sich wieder etwas im Griff, als die Polizisten sich im Wohnzimmer gesetzt hatten und sie sie gefragt hatte, ob sie etwas zu trinken wünschten. Beide lehnten dankend ab. Wendtland zog seinen Laptop aus der Tasche: „Wir möchten Sie fragen, ob ein paar Bilder Ihnen etwas sagen – es dauert nur einen Moment, bis der Apparat hochgefahren ist. Leider schon ein älteres Modell, aber ein Polizistengehalt erlaubt keine sehr großen Sprünge." Endlich war es so weit und er drehte das Gerät so, dass Johanna Wansleben die Bilder sehen konnte. „Das sind Sie, oder?", lautete die mehr rhetorische Frage.

Johanna Wansleben nickte stumm. „Wie sind Sie an die Bilder gekommen?"

„Berufsgeheimnis, Frau Wansleben (es fiel ihm jetzt leicht, in die förmliche Anrede zurückzufallen). Ihr Bruder hat die Fotos gegen Sie verwendet, nicht wahr?"

Johanna Wansleben stand auf und holte sich ein Glas; aus dem Schrank nahm sie eine Flasche Whisky und goss sich einen Finger hoch ein. Ihre Hand zitterte leicht: „Entschuldigung, aber ich brauche das jetzt."

Wendtland nickte, zeigte aber keine Regung. „Ich frage etwas genauer", fuhr Wendtland fort. „Er hat sie erpresst."

Die Frau, die auf ihn so selbstbewusst gewirkt und ihn damit auch beeindruckt hatte, schien plötzlich völlig hilflos. Aber Wendtland wollte auf der Hut bleiben; noch einmal wollte er sich nicht täuschen und umgarnen lassen. „Wie viel haben Sie bezahlt?" Er ließ nicht locker.

„500 Euro im Monat", antwortete sie, „aber dann wollte er mehr und mehr. Zuletzt waren es 2.000 Euro im Monat."

Wendtland ging seine Informationen durch – Erwin Werner hatte die Beträge auf das Konto seiner Mutter eingezahlt. Aber der liebende Sohn hatte auch an sich selbst gedacht, besaß er doch die Vollmacht für das Konto.

„Sie haben sich in Landau getroffen?“

Johanna Wansleben schaute ihn mit tränengefüllten Augen an. „Wenn Sie das alles schon wissen, warum fragen Sie dann? Ja, ich habe ihm immer in Landau das Geld übergeben.“

„Und als es immer mehr wurde, haben Sie beschlossen, Ihren Bruder zu erledigen.“

„Nein!“, schrie sie plötzlich. „So war es nicht. Ich habe ihn nicht umgebracht. Ich habe viele schlechte Seiten, aber eine Mörderin bin ich nicht! Darf ich jetzt meinen Mann anrufen?“

Wendtland war einverstanden. Während sie telefonierte, fragte er Sandra Weinzierl: „Was glauben Sie, stimmt ihr Aufschrei, sie sei es nicht gewesen?“

Die Kollegin dachte einen Moment nach. „Ich glaube schon – außerdem gehen wir doch davon aus, dass einen so kräftigen Schlag eher ein Mann ausgeführt hat.“

„Mein Mann kommt sofort, er bringt auch seinen Anwalt mit.“ Johanna Wansleben war wieder ins Zimmer zurückgekehrt. Schweigend saßen sie, bis es läutete.

Frieder Wansleben stürmte förmlich ins Zimmer: „Was fällt Ihnen ein, hier bei uns zu Hause hereinzuplatzen und …“

Der Anwalt bremste ihn. „Frieder, das bringt nichts – wir müssen schon hören, was die Polizei vorzubringen hat.“

Frieder Wansleben war aber kaum zu beruhigen: „So ein Geschmeiß, die sollen sich lieber um die Gangster kümmern, die unsere Städte so unsicher machen!“

Noch einmal intervenierte der Anwalt: „Frieder, bitte“.

„Danke“, sagte Wendtland, „wir machen hier nur unsere Arbeit. Frau Wansleben ist, wie wir inzwischen wissen und wie sie selbst bestätigt …“

Frieder Wansleben wollte schon wieder aufspringen, aber

der Anwalt hielt ihn zurück. „Bitte fahren Sie fort, Herr Wendtland."

Wendtland sprach weiter: „Frau Wansleben wurde von ihrem Bruder erpresst. In letzter Zeit hat er die Summe immer weiter erhöht. Es ist zu vermuten, dass er damit die Schmerzgrenze überschritten hat. Herr Wansleben, Sie wissen vermutlich, warum er Ihre Frau erpresst hat."

Der Anwalt war nicht schnell genug. „Flittchen, Hure und eine perverse Brut!" Frieder Wansleben war kaum zu stoppen. „Der wievielte Lover war es eigentlich?", er wischte den Arm des Anwalts beiseite. „Herr Kommissar, was würden Sie sagen, wenn Ihre Frau ständig in anderen Betten liegt?"

Die Familienverhältnisse der Wanslebens waren eindeutig zerrüttet. Wendtland wunderte sich immer wieder, wie viel Hass doch zwischen Menschen, die eigentlich zusammengehörten, bestehen konnte.

„Frau Wansleben", Wendtland wurde sehr förmlich, „ich werde Haftbefehl gegen Sie beantragen, wegen des dringenden Verdachts, dass Sie Ihren Bruder am – er nannte das Datum – zwischen sechs und halb sieben erschlagen haben. Ihr Anwalt wird Sie über Ihre Rechte in Kenntnis setzen können."

Johanna Wansleben hatte während der ganzen Zeit geschwiegen und apathisch vor sich hingestarrt. Auch die ganzen Gehässigkeiten ihres Mannes hatte sie einfach über sich ergehen lassen. Plötzlich gab sie sich einen Ruck: „Herr Kommissar, ich möchte mit Ihnen allein sprechen."

Wendtland erhob sich, aber auch Frieder Wansleben sprang auf: „Untersteh dich", schrie er; doch sie starrte einfach durch ihn hindurch.

Der Anwalt wollte Johanna Wansleben begleiten, doch sie winkte ab: „Vielen Dank, aber ich brauche Sie nicht!"

III

Sie führte ihn und Sandra Weinzierl – Wendtland hatte darauf bestanden, dass sie mitkam – in ihr Arbeitszimmer, schloss die Tür und bat die beiden sich zu setzen. „Sie haben viel herausgefunden, Herr Kommissar. Es ist alles daneben gegangen, mein Leben, die Familie, alles. Ich möchte, dass Sie zumindest verstehen.“ Sie machte eine kurze Pause. „Ja, ich habe meinen Mann betrogen; das passiert täglich tausendfach auf der Welt. Ich weiß, dass ich nicht abstinent leben kann und Frieder, Sie haben ihn ja selbst erlebt, er ist bestimmt nicht der Typ Mann, den eine Frau sich wünscht. Über kurz oder lang hätte ich auch Sie verführt.“

Wendtland hoffte, dass er nur innerlich errötete.

„Ich hatte – die Affäre ist seit einigen Monaten vorbei – einen Geliebten in der Nähe von Karlsruhe. Wir haben uns in Freundschaft getrennt, weil er inzwischen für seine Firma auf unbestimmte Zeit nach Singapur gegangen ist. Erwin muss uns irgendwo gesehen haben. Jedenfalls hat er mir zwei sehr kompromittierende Fotos geschickt und mir versprochen, sie zu löschen, wenn ich ihm 500 Euro gebe. Ich habe eingewilligt, doch er hat offenbar Blut geleckt und jeden Monat neues Geld gefordert. Zuletzt wollte er 2000 Euro, sonst würde er meinen Kindern die Bilder mal zeigen. Ich bin in Panik geraten; so viel Geld habe ich nicht und so bin ich an unser gemeinsames Konto gegangen. Frieder hat das sehr schnell entdeckt – er ist in Finanzdingen ziemlich penibel. Er hat mich an den Haaren gepackt und gebrüllt: ‚Wofür brauchtest du so viel Geld? Um einen neuen Lover auszuhalten? Wo hurst du jetzt rum?‘ Ich hatte Angst, dass die Kinder aufwachen, und sagte: ‚Lass mich los und brüll nicht so, die Kinder müssens ja nicht hören.‘ Und dann habe ich so viel erzählt, wie ich für richtig hielt.

Jürgen, meinen Geliebten, habe ich weitgehend aus dem Spiel gelassen."

„Es sind aber zwei verschiedene Männer auf den Bildern, Frau Wansleben", setzte Wendtland nach. „Der zweite ist sozusagen noch ganz ‚frisch'! Sonst hätten Sie wohl kaum ständig weiter bezahlt, zumal Ihr Mann Ihr Sexualleben zu kennen scheint."

Johanna Wansleben stand auf und holte sich ein Glas Wasser. Als sie sich gesetzt hatte, fuhr sie fort: „Ja, ich habe mich mit einem Kollegen von Jürgen getröstet – eigentlich nichts Ernstes; jedenfalls nicht so wie mit Jürgen. Trotzdem war es ein wunderbarer Tag. Andreas ist sehr einfühlsam – also genau das Gegenteil vo meinem Mann. Sie denken jetzt sicher, junge Frau", sie wandte sich Sandra Weinzierl zu, „warum hat sie denn einen wie Frieder Wansleben geheiratet? Frieder war nicht immer so, aber die Geschäfte laufen nicht gut, das hat ihn extrem reizbar gemacht. Und dann die Geldforderungen von Erwin. Irgendwie hat Frieder von der Sache mit Andreas Wind bekommen. Er arbeitet in der gleichen Branche und die ist offenbar sehr gesprächig. Vielleicht hat Andreas auch ein bisschen geprahlt, dass er die Frau von Frieder Wansleben flachgelegt hat – ich weiß es nicht. Jedenfalls ist Frieder in dem Moment völlig ausgerastet: Wir stehen praktisch vor der Scheidung."

Wendtland räusperte sich: „Ein gutes Alibi haben Sie aber nicht, denn Karlsruhe ist nicht so weit vom Tatort entfernt."

Sie zuckte bedauernd mit den Schultern.

„Ich denke, ich habe genug gehört. Wir sollten wieder hinübergehen."

Frieder Wansleben saß auf der Sesselkante und machte ein Gesicht wie ein angriffslustiger Stier. Der Anwalt hatte offenbar vergeblich versucht, ihn zu beruhigen.

„Frau Wansleben“, Wendtland versuchte eine sehr dienstliche Miene aufzusetzen, was ihm nach der eben gehörten Beichte nicht ganz leicht fiel, „wo waren Sie an dem besagten Montagmorgen zwischen fünf und sieben?“

Sie zitterte leicht bei ihrer Antwort. „Ich war in meinem Hotelzimmer.“

„Kann das jemand bezeugen?“

Hier hakte der Anwalt ein: „Sie müssen nicht antworten. Sollten Sie jetzt niemanden benennen können, sollten Sie jetzt schweigen. Das bedeutet natürlich nicht, dass Ihre Angabe, Sie seien im Hotelzimmer gewesen, falsch ist.“

Folgsam schwieg Johanna Wansleben. Doch dann brach es aus ihr heraus: „Ich habe viel Mist in meinem Leben gebaut, wirklich – aber eine Mörderin bin ich nicht!“

Plötzlich klingelte es: „Das wird mein“ – „„immer noch unser!“, bellte ihr Mann dazwischen – „Sohn sein, er hat heute etwas früher Schulschluss. Darf ich ihm aufmachen?“

„Selbstverständlich, aber er soll in sein Zimmer gehen.“

Sie stand auf und man hörte, wie sie mit dem Jungen sprach. Wendtland raunte Sandra Weinzierl etwas ins Ohr. Sie ging aus dem Zimmer und achtete darauf, dass die Neugier des Jungen nicht überhandnehmen würde.

Wendtland wandte sich nun an Frieder Wansleben: „Wo waren Sie eigentlich an besagtem Montag?“ Impulsiv sprang dieser auf; doch der Anwalt drückte ihn wieder auf seinen Sitz.

„Darf ich fragen, was Sie mit dieser Frage bezwecken?“, fragte er anstelle des Angesprochenen zurück.

Wendtland holte etwas weiter aus: „Bei den zuletzt sehr hohen Erpressungssummen hat Frau Wanslebens eigenes Geld wohl kaum ausgereicht. Also dürften Sie, Herr Wansleben, über das gemeinsame Konto, das Sie vermutlich führen, über die hohen Sonderausgaben informiert gewesen sein."

Diesmal konnte der Anwalt seinen Mandanten nicht hindern: „Eigenes Geld, dass ich nicht lache – mit ihrem Psychologiequatsch verdient sie doch kaum etwas, war doch nur ein Vorwand, um Lover zu treffen!" Er machte eine Bewegung, als wolle er vor sich auf den Boden spucken.

Wendtland fuhr unbeirrt weiter: „Ihre Geschäfte laufen nicht so gut, ist in der Branche zu hören", hier bluffte er ganz ungeniert. „Hätten die geforderten Summen nicht auch Ihr Unternehmen in Schwierigkeiten gebracht? Angenommen, es war so – und davon wird sich manches überprüfen lassen – dann hätten Sie doch ein starkes Motiv, den ohnehin ungeliebten Schwager loszuwerden. Ein nicht ganz unbegründeter Anfangsverdacht läge doch vor, sehen Sie das nicht auch so, Herr Anwalt? Deswegen wäre es für ihn von Vorteil, wenn Herr Wansleben für die Tatzeit ein gutes Alibi vorweisen könnte. Können Sie das, Herr Wansleben? Waren Sie am Wochenende und am Tattag hier zu Hause?"

Frieder Wansleben knurrte: „Nein, ich war hinter meiner Frau her – ich wollte sie bei ihrem Lover und meinem ‚Kollegen' ‚besuchen' und den beiden eine kleine Überraschung bereiten. Aber die zwei sind mir entwischt. Offenbar hat der Kerl dort in der Nähe eine Zweitwohnung." Er drehte sich zu seinem Anwalt. „Sorry, Ansgar, aber das hätten die Kerle ja ohnehin herausgekriegt."

„Und für die Tatzeit?"

„Da gilt das, was meine Frau – wenn ich sie so überhaupt noch bezeichnen kann – gesagt hat." Immerhin hatte sich Frieder Wansleben wieder etwas beruhigt.

„Haben Sie eigentlich einen Baseball- oder einen Hockeyschläger im Haus? Wir können natürlich auch eine Hausdurchsuchung anordnen lassen. Für uns wäre das nur zeitaufwendig, für Sie aber möglicherweise unangenehm."

An dieser Stelle war auch der Rechtsanwalt nachdenklich geworden. Wendtland war sich ziemlich sicher, keinen Strafrechtler, sondern einen Fachanwalt im Wirtschafts- oder Steuerrecht vor sich zu haben. Das wäre der normale anwaltliche Kontakt eines Unternehmers. Der vertraute Umgang mit Frieder Wansleben bestärkte ihn in seiner Vermutung.

Der Mann nickte erschöpft: „Unsere Söhne spielen beide Hockey, Uhlenhorster HC, wenn Ihnen das etwas sagt."

Wenn er damit Wendtland als ahnungslosen Provinzler hinstellen wollte, dann war er an den Falschen geraten. „Gewiss, Herr Wansleben, aber in unserer Region halten wir es lieber mit dem Dürkheimer HC oder der TG Frankenthal, auch wenn beide derzeit nicht so erfolgreich sind. Sie werden verstehen, dass Ihre Söhne für eine gewisse Zeit ohne ihr Spielgerät auskommen müssen."

Er nahm sein Handy und informierte die Hamburger Kollegen, dass er jetzt ihre Hilfe brauche. „Aber bitte in Zivil – wir wollen kein Aufsehen erregen." Zu dem Thema hatte er zu Hause hinreichend Erfahrung gesammelt.

Wendtland wandte sich an Frieder Wansleben: „Ich möchte die Vernehmung nicht mehr hier fortsetzen. Die Hamburger Kollegen werden Sie gleich auf das nächstgelegene Revier bringen. Ich betone ausdrücklich, dass Sie bisher nicht unter Verdacht stehen."

Kurz darauf klingelte es und zwei Beamte in Zivil (Wendtland atmete auf – man hatte sich an seine Bitte gehalten) standen vor der Tür. Sie nahmen Frieder Wansleben in Empfang und gaben Wendtland einen Handzettel, damit er das Revier am Wiesendamm finden würde. Er wandte sich an Johanna Wansleben: „Ich muss Sie bitten, Hamburg vorerst nicht zu verlassen. Auch Ihre Aussage werden wir möglicherweise noch brauchen."

Kurze Zeit später hatte sie das Taxi am Wiesendamm abgesetzt. „Da war ich nun neulich in Hamburg – aber ich erkenne gar nichts wieder!", war Sandra Weinzierl etwas verwirrt. Die beiden betraten das Revier. In einem kahlen Raum saß Frieder Wansleben, neben ihm einer der beiden Polizisten. „Vielen Dank", meinte Wendtland zu ihm, „glauben Sie, wir könnten einen Kaffee bekommen? Sie auch, Herr Wansleben?" Der nickte stumm, während der Hamburger Kollege versprach, aus dem Automaten („Besseres kann ich leider nicht anbieten") drei Becher Kaffee zu bringen.

„Herr Wansleben, Sie waren in der Zeit, in der Ihr Schwager getötet wurde, in Rheinhessen. Ist das richtig?"

Frieder Wansleben wirkte jetzt nicht mehr so aggressiv. Er stützte den Kopf in die Hände: „Ich weiß es nicht, ich bin einfach drauflosgefahren. Außerdem hatte ich ziemlich viel getrunken."

„Wo?", fragte die Kollegin. „Ich weiß es nicht. Ich habe an einer Tanke Schnaps gekauft und während der Fahrt immer wieder einen Schluck genommen. Ab einem gewissen Zeitpunkt kann ich mich an nichts mehr erinnern."

Wendtland blickte ihn durchdringend an. „Das ist ein bisschen dünn – ‚ich war blau und weiß nichts mehr'! Sollen wir die Tankstellen abklappern? Viele Stationen haben Video-Überwachung. Es würde mich nicht wundern, wenn wir Sie noch finden. Was haben Sie außer Schnaps trinken denn noch so gemacht?"

Er flüsterte Sandra etwas ins Ohr. Die verließ den Raum, gerade als der Kaffee gebracht wurde. Kurze Zeit später war sie wieder da: „Chris kümmert sich drum!" Wendtland nickte kurz. Frieder Wansleben hatte bis dahin geschwiegen. „Herr Wansleben, Sie treiben sich in Rheinhessen herum. Sie müssen doch, verdammt noch mal, irgendein Ziel gehabt haben!“ Wendtland wurde jetzt etwas lauter. Aber Frieder Wansleben schüttelte den Kopf. „Dann sage ich Ihnen jetzt mal etwas: Sie fahren zum Haus der Schwiegermutter, sehen wie der Schwager herauskommt, greifen sich den Hockeyschläger Ihres Sohnes und schlagen zu!“

Stille, nichts. Wendtland versuchte immer wieder, den Mann aus seiner Erstarrung herauszuholen, aber es war vergeblich. Dann klingelte sein Handy. „Ja, prima, danke“, er drückte die rote Taste. „Nun, Herr Wansleben, sehr weit weg vom Tatort war die Tankstelle, an der Sie kein Benzin, sondern Schnaps getankt haben, nicht", bluffte Wendtland. „Meinen Sie nicht auch, dass das ziemlich stark gegen Sie spricht? Ich werde jetzt einen Haftbefehl beantragen.“

Er ging hinaus, um sich mit dem zuständigen Leitenden Oberstaatsanwalt verbinden zu lassen. „Ich hoffe, Sie haben noch ein bisschen mehr als das, was Sie mir erzählt haben“, meinte dieser, war aber dennoch bereit, den Haftbefehl beim zuständigen Haftrichter zu beantragen. „Ich bin mir sicher, dass wir auch die Tatwaffe haben. Die DNA-Analyse wird uns das zeigen. Und die Waffe haben wir in der Wohnung des Verdächtigen gefunden.“

„Na schön – guten Ermittlungserfolg!“

„Wollen Sie Ihren Anwalt benachrichtigen?“, fragte Wendtland, nachdem er wieder in das Vernehmungszimmer zurückgekommen war.

Frieder Wansleben bejahte und nahm sein Handy vom Tisch. Eine halbe Stunde später stand Ansgar von Bertheau im Zimmer. Wendtland erklärte dem Rechtsanwalt, dass er eine Vorführung seines Mandanten beim Haftrichter beantragt habe. „Und ich werde beantragen, Herrn Wansleben auf Kaution auf freien Fuß zu setzen, Herr Kommissar. Wenn Sie erlauben, möchte ich jetzt einige Worte mit meinem Mandanten wechseln.“

Nach einer halben Stunde kam der Rechtsanwalt wieder heraus. „Ich fahre jetzt zum Haftrichter“, verkündete er. Wendtland sah zu, dass die Hamburger Kollegen Frieder Wansleben ins Untersuchungsgefängnis bringen ließen. Dann fragte er auf dem Revier nach einer nahegelegenen Unterkunft für Sandra und sich, denn für die Rückfahrt war es schon viel zu spät. Zum Glück hatte er seine Notfalltasche für solche Fälle dabei. Als er aber die Preise hörte, musste er schlucken. Ob das von den Reisekosten gedeckt sein würde?

Zweiter Samstag

I

Am nächsten Morgen erfuhr er, dass Wansleben gegen 100.000 Euro Kaution auf freien Fuß gesetzt worden war. Wo mochte er das viele Geld nur aufgetrieben haben? Aber das sollte ihm egal sein. Trotzdem ärgerte es ihn, auch wenn Flucht- oder Verdunkelungsgefahr eher unwahrscheinlich waren. Für den übernächsten Tag lud er Frieder Wansleben zur Vernehmung auf seiner Dienststelle vor. Er telefonierte mit Chris Keller, der auch den Nachttankwart inzwischen hatte sprechen können. „Er konnte sich noch ganz gut an Wansleben erinnern. ‚Der sprach so norddeutsch und tat auf feiner Pinkel, obwohl er einen ziemlich billigen Fusel gekauft hatte. Ich hab‘ noch gesagt, er solle nicht beim Fahren trinken. Aber da wäre er fast ausgerastet. Ich hab dann nur noch gesagt ‚Ist schon gut Mann‘ und dann ist er abgezogen.

Einen Moment hab' ich überlegt, der Polizei Bescheid zu sagen, aber er wirkte im Laden noch vollkommen fahrtüchtig.' Das war's, Chef. Und sind Sie weitergekommen?"

Wendtland schilderte kurz den Sachverhalt. „Ich warte jetzt auf das Analyseergebnis. Wenn meine Vermutung stimmt, sieht es für Herrn Wansleben nicht sehr gut aus!"

Er hatte einen Zug um die Mittagszeit herausgesucht, vertrieb sich ein wenig die Zeit und streifte in der Umgebung des Hotels herum. Sandra Weinzierl hatte er gestattet, durch die Innenstadt zu bummeln. Die Zeit verging sehr langsam. Er hatte das Gefühl, sich wie eine Schnecke seinem Ziel zu nähern. Eine Stunde vor Abfahrt war er schon am Bahnhof. Sein Handy klingelte: „Chef", Chris Keller, wirkte ziemlich aufgeregt. „Gerade rief ein Nachbar von Werners an, der wegen einer längeren Auslandsdienstreise fortgewesen war. ‚Ich habe von meiner Frau gehört, dass Sie nach einem fremden Wagen suchen. Als ich frühmorgens mit dem Mietwagen zum Flughafen gefahren bin, habe ich in unserer Nähe – ich meine direkt an der Einmündung zum Mühlenweg – einen Wagen mit Hamburger Kennzeichen gesehen. Der wäre mir nicht aufgefallen, wenn nicht mein Mietwagen von Europcar ebenfalls eine Hamburger Nummer gehabt hätte. Instinktiv schaue ich dann immer, ob ich auch an dem anderen Auto das kleine grüne Europcar-Schild sehe.' Ist das nichts?"

II

Auf der Rückfahrt im Zug ging er mit Sandra Weinzierl den Fall durch. „Ich glaube, es reicht, was wir an Material haben. Das Labor muss uns sagen, ob einer der Schläger die Tatwaffe war, und dann DNS-Abgleiche machen. Auf wen hatten Sie getippt?"

„Intuitiv auf den Mann, der ja ein ziemliches Ekel zu sein scheint – aber sie kann gut schauspielern."

Das war wohl wahr. Wendtland erinnerte sich an die erste Begegnung. Die Frau war die angemessen trauernde Schwester gewesen, die sich liebevoll um ihre Mutter kümmerte, die doch wusste, wie es zwischen Bruder und Schwester stand.

„Warum hat uns die alte Frau das nicht alles gleich zu Anfang erzählt? Dann wäre die ganze Sadomaso-Geschichte doch gar nicht herausgekommen und Peter Kutter möglicherweise noch am Leben."

Wendtland kratzte sich am Kopf; die Leute machten einen einfachen Fall so kompliziert.

Doch Sandra Weinzierl widersprach. „Ich habe lange bei Frau Werner gesessen und geredet. Ich verstehe sie in gewisser Weise. Sie hat doch gesehen, wie ihre Familie in Trümmer fällt – da hat sie zumindest versucht, die Fassade zu wahren. War das bei Wanslebens nicht genauso? Sie springt von Bett zu Bett, aber nach außen sind sie eine erfolgreiche Hamburger Unternehmerfamilie. Der Mann hat sie offenbar gehasst; bestimmt hat er sie – attraktiv und intelligent – aber auch als auffallende Begleitung bei gesellschaftlichen Anlässen gebraucht. Ehe als Geschäft auf Gegenseitigkeit. Sie tobt sich aus, bis es unangenehme Folgen gib. Man munkelt in der Branche; er hatte sie quasi als Firmenprospekt und musste sehen, dass sein Aushängeschild plötzlich verbrannt war. Außerdem waren die Erpressungsgelder, mit nach oben steigender Tendenz, für sein Unternehmen – und den Lebensstil – existenzgefährdend."

Wendtland schaute die Kollegin überrascht an. „Das ist aber reichlich zynisch, was Sie da sagen – aber es trifft wohl leider die Wahrheit."

Sie lachte: „Es soll aber auch noch so etwas Altmodisches

wie Liebe geben!" Sie legte den Kopf an die Fensterscheibe und war kurz vor Hannover schon eingeschlafen. Er selbst nahm sich den „Hundertjährigen" vor, den er in Höhe Fulda endlich geschafft hatte. Der Schluss war zwar im Zeitraffer geschrieben; aber irgendwann waren dem Autoren die historischen Personen ausgegangen – oder er hätte sich mit noch Lebenden befassen müssen, mit möglicherweise unangenehmen Auseinandersetzungen über Persönlichkeitsrechte. Er versuchte, auch ein wenig zu dösen; aber ihm ging die beneidenswerte Fähigkeit vieler junger Leute ab, zu jeder Zeit und in fast jeder Umgebung schlafen zu können.

Es war schon recht spät geworden, als er endlich zu Hause ankam. Er freute sich auf den Sonntag, auch wenn er an diesem Tag noch seinen Bericht aus der frischen Erinnerung heraus schreiben wollte. Er setzte sich mit Susanne noch auf eine Flasche Silvaner in die Sofaecke und berichtete über die Trümmerlandschaften, die er in den letzten beiden Tagen zu sehen bekommen hatte.

„Wie schrecklich für die alte Frau", Susanne war voller Mitleid. „Wie kann sie das nur aushalten? Zwei Kinder – eine Nymphomanin und ein Perverser, puh!"

Wendtland zuckte mit den Schultern und berichtete von dem Einsatz von Sandra Weinzierl. „Alle Achtung, tolles Mädchen!" Susanne war voll des Lobes.

Mit einem gewissen prickelnden Gefühl im Bauch erwähnte Wendtland die Andeutung von Johanna Wansleben, auch ihn verführen zu können.

„O, du mein armer Adonis!", spottete Susanne. „Das hat deiner Eitelkeit aber mächtig gutgetan! Aber ich weiß, mein tapferer Odysseus, du hättest dir im Ernstfall die Ohren mit Wachs zugestopft, um den betörenden Klang der Sirene nicht zu hören und treu zu deiner Gemahlin Penelope zurückeilen zu können."

Wendtland war ziemlich betreten, bei so viel Sarkasmus und Ironie. Bei der Gelegenheit hatte ihm Susanne ganz nebenbei bewiesen, dass sie genauso belesen war wie er selbst zu sein glaubte.

„Damit mein Odysseus weiß, welche Wonnen ihn daheim erwarten, will ich ihn in mein Gemach führen …"

Dritter Montag
I

Als er am Montag sein Büro betrat, erwartete ihn Rosemarie Lottermann schon mit Spannung. Obwohl sie außer ‚Guten Morgen' nichts sagte, konnte er in ihren Augen die Neugier blitzen sehen. Er wollte sie nicht auf die Folter spannen. „Es sieht so aus, als sei der Fall gelöst – ein Mosaiksteinchen fehlt noch. Dann dürfen wir wieder verlorene Opas suchen!"

Er ging die Post auf seinem Schreibtisch durch, aber das Gesuchte fand er nicht. Er musste jedoch nicht lange warten, denn Chris Keller kam mit einem Fax herein: „Das Analyseergebnis, Chef! Scheint zu passen!" Wendtland lächelte: „Prima, stecken Sie es am besten in einen Umschlag und bringen es mir zehn Minuten nach Beginn der Vernehmung."

Pünktlich um drei erschien Frieder Wansleben mit Ansgar von Bertheau im Schlepptau. Eine jüngere Frau begleitete sie. „Theresa Mouillard, eine Kollegin!", erklärte Herr von Bertheau (ziemlich viele Hugenotten in Hamburg, dachte Wendtland). „Jetzt sagen Sie mal, was Sie unserem Mandanten konkret vorwerfen", begann Frau Mouillard. „Bisher habe ich nur ein paar mehr als vage Verdächtigungen gehört."

„Selbstverständlich“, begann Wendtland, „Ihr Mandant hat zugegeben, zur Tatzeit in der Nähe des Tatortes gewesen zu sein. Er ist an einer Tankstelle gesehen worden, und ein Zeuge hat seinen Wagen ganz in der Nähe des Tatortes stehen sehen.“

„Das besagt doch noch gar nichts!“

„Zudem ...“, Sandra Weinzierl kam nicht dazu, den Satz zu Ende zu führen, denn die Tür wurde aufgerissen und Chris Keller stürzte ziemlich theatralisch herein. „Für Sie, Herr Hauptkommissar!“, rief er und drückte Sandra Weinzierl einen Umschlag in die Hand.

„Machen Sie ruhig auf“, sagte Wendtland zu seiner Kollegin. „Was ist es?“ Sie pfiff durch die Zähne. „Uih, der Hockeyschläger – er weist eindeutige DNA-Spuren auf. Damit dürfte das die Tatwaffe gewesen sein!“

Frau Mouillard fiel die Kinnlade herunter. „Nun“, meinte Wendtland triumphierend, „Herr Wansleben, sollen wir untersuchen, ob der Schläger in Ihrem Wagen gelegen hat – oder sollen wir vielleicht Ihren Sohn befragen, wo er den Schläger zuletzt hingelegt hat?“

„Bitte lassen Sie uns mit unserem Mandanten einen Moment allein“, bat die Anwältin.

Wendtland wusste, dass das Spiel jetzt aus war. Der Alltag hatte ihn wieder …

Ein Jahr später

Der Prozess war lange vorbei, die Beweise gegen Frieder Wansleben waren erdrückend. Nur Vorsatz konnte man ihm nicht nachweisen, da er behauptete, den Hockeyschläger eigentlich mitgenommen zu haben, um damit dem Geliebten seiner Frau „eins zu versetzen“, wie er sich ausdrückte. Warum er stattdessen seinen Schwager erschlagen hatte, blieb im Grunde unklar. Frieder Wansleben hatte etwas von Alkohol und Filmriss erzählt. Nachdem er die Spur seiner Frau verloren habe, hätte er sich mit Schnaps im Auto volllaufen lassen und sei ziellos durch die Gegend gefahren. An mehr könne er sich beim besten Willen nicht erinnern. Plötzlich wäre er in der Nähe des Hauses seiner Schwiegermutter gewesen – wie, könne er sich auch nicht erklären. An den Schlag selbst könne er sich auch nicht erinnern – schließlich sei er auf einem Feldweg aufgewacht; als er auf die Uhr gesehen habe, sei es schon nach zehn gewesen. Dem Verteidiger war es gelungen, mit diesen Punkten das Strafmaß etwas zu mildern.

Sandra Weinzierl hatte es sich zur Aufgabe gemacht, Frau Werner ein wenig zu betreuen, die sie dafür wie eine Großmutter mit all ihrer Aufmerksamkeit bedachte, und sie und ihren Freund ab und zu bekochte. Offenbar hatte sie mit der jungen Frau ihren inneren Frieden gefunden. Chris Keller hatte mittlerweile die Dienststelle gewechselt, da ihn die Liebe in die Pfalz gerufen hatte. Das dritte Wendtländchen, ein Junge mit Namen Lars, war schon drei Monate alt und mischte die Familie gehörig auf. Wendtland selbst kämpfte sich aktuell durch einen dicken Wälzer von Mo Yan, doch nur zu oft fielen ihm abends die Augen zu – und das dicke Buch auf den Boden, sodass er wieder hochschreckte.

Eines Tages fuhr er zu einer Tagung an der Deutschen Hochschule der Polizei in Münster, der früheren Führungsakademie. Es ging um etwas Psychologisches, aber so genau hatte er das Programm nicht studiert. Er war nur ganz froh, für zwei Tage aus dem Dienstalltag heraus zu sein. Erst bei der Eintragung in die Teilnehmerliste und Aushändigung der Tagungsunterlagen warf er einen Blick auf den Ablaufplan. Eine „Johanna Werner" war dort als Moderatorin eines Workshops angegeben – wenn das nicht …

Er musste gar nicht weiterdenken, denn in einer Gruppe, die an einem der Bistrotische stand, entdeckte er sie. Sie wirkte älter, vor allem aber weniger elegant, nicht schlecht gekleidet, aber etwas unauffälliger.

In der Pause ging er auf sie zu: „Herr Wendtland, was für eine Überraschung! Endlich sprechen wir uns ohne Befragung oder Verhör. Sind Sie heute Abend bei dem geselligen Beisammensein auch dabei?"

Er nickte.

„Dann sollten wir sehen, dass wir an einem Tisch sitzen. Entschuldigung – aber ich muss jetzt mit meinen Referenten den Workshop vorbesprechen." Damit verschwand sie. Wendtland war verblüfft, wie souverän und gelöst sie wirkte.

Am Abend saßen sie nebeneinander am Tisch. Als ihre Tischnachbarn aufbrachen, hatten sie endlich etwas Zeit. „Sie haben Ihren Mädchennamen angenommen?", fragte Wendtland.

„Ja, ich habe mich zudem scheiden lassen – die Kinder wollten ihren alten Namen trotz allem behalten. Nicht zuletzt der Kinder wegen sind wir aber weggezogen. Das war nicht leicht, denn die Jungs hatten alle Kontakte, Schule, Freunde, Sport, in der Umgebung. Aber sie sind alt genug, um zu verstehen, dass es auch für sie schwierig geworden wäre, als Kinder eines Mörders stigmatisiert zu werden. Außerdem wurde mir die Belastung für die Wohnung zu hoch – und ich konnte in dieser Luft, die auch mein Exmann geatmet hatte, nicht länger leben."

Wendtland erzählte ihr die Sirenengeschichte von Susanne. Johanna Werner lachte. „Ein hübsches Bild. Vor zwei Jahren hätte Ihr Wachs vielleicht nicht ausgereicht. Aber die Sirene hat bei Jürgen endlich einen sicheren Hafen gefunden, denn er ist wieder zurück in Deutschland. Die Jungs mögen ihn – ihr Vater hat ihnen nie viel bedeutet. Er war ja ständig im Büro. Bald wird Jürgen nach Karlsruhe zurückkommen; dann ziehen wir als richtige – jetzt auch als gelebte – Familie zusammen."

Wendtland fragte nach der Firma – die hatte sie zu einem einigermaßen guten Preis an Andreas (na, das war dann noch ein letzter Fußtritt für Frieder Wansleben, dachte Wendtland) verkauft.

„Und, wie geht es Ihrer Mutter?"

Johanna Werner legte ihm ihre Hand auf den Arm, aber in aller Unschuld. „Das, was Ihre junge Kollegin für meine Mutter tut, ist fantastisch. Für sie ist sie die Tochter oder Enkelin, die sie sich immer gewünscht hat. Sagen Sie ihr ein ganz dickes Dankeschön!" Sie erhob sich. „Ich muss jetzt gehen. Ich darf morgen noch einmal moderieren. Gute Nacht!"

Als Wendtland am ersten Tag nach dem Kongress wieder im Dienst war und mittags sein Brot auspackte, fand er darin einen Zettel mit Susannes hübscher, geschwungener Schrift:

Odysseus ist jetzt tief geknickt.
Die Sirene hat ihn glatt nach Haus geschickt!

DER AUTOR

Gunnar Schwarting
Studium der Volkswirtschaftslehre und Geschichte an der Universität Hamburg; 1979 Promotion zum Dr. rer. publ. mit einer Arbeit über „Kommunale Investitionen". Er war über 15 Jahre als Kommunalpolitiker und in leitender Stellung in der Kommunalverwaltung tätig, bevor er 1992 als Geschäftsführer zum Städtetag Rheinland-Pfalz wechselte. 2001 wurde er zum Honorarprofessor an der Deutschen Hochschule für Verwaltungswissenschaften in Speyer ernannt.
Gunnar Schwarting ist verheiratet und hat zwei erwachsene Kinder; seit 20 Jahren lebt er in Mainz-Gonsenheim.

Im Leinpfad Verlag ist von ihm erschienen:
Klatscht Beifall, Bürger! Die wundersamen Erlebnisse des Bürgermeisters Aloysius P.
Der Beifall gilt dem pfiffigen Bürgermeister Aloysius P., der die kleine Stadt D. durch alle Fährnisse des 16. Jahrhunderts führt. In seinen Geschichten von der Stadt D. und ihrem Bürgermeister Aloysius P. – warmherzig, humorvoll und stilistisch blendend erzählt – werden die Leser voller Freude Parallelen zu aktuellen politischen Diskussionen entdecken: Einerlei, ob es um die wundersamen Erfahrungen mit leeren Stadtsäckeln, Feuersbrünsten, Fremdlingen, den Allerärmsten oder nimmersatten Kaufleuten geht – der Applaus ist verdient!

Lieben Sie Krimis? Wir haben noch mehr!

Vera Bleibtreu: Schneezeit
ISBN 978-3942291-20-0, 172 Seiten, Broschur, 9,90 €

Antje Fries: Nibelungen-Tod
ISBN 978-3-937782-97-3, Broschur, 256 Seiten, 10,90 €

Johannes Gerster: Bombenstimmung am Rosenmontag.
Krimisatire, ISBN 978-3-942291-63-7, 229 S., Broschur, 9,90 €

Jürgen Heimbach: Chagalls Rache
ISBN 978-3942291-19-4, 324 Seiten, Broschur, 11,90 €

Clara Herborn: Schwarzer Rhein
ISBN 978-3942291-23-1, 230 Seiten, Broschur, 9,90 €

Peter Jackob: Das Leben ist kein Tanzlokal. Krimi
ISBN 978-3-942291-29-3, 224 Seiten, Broschur, 9,90 €

Katja Kleiber: Dicker als Blut. Ein Frankfurt-Krimi
ISBN 978-3-942291-63-7, 229 S., Broschur, 9,90 €
Auch als E-Book!

Claudia Platz: Das Blut von Magenza
ISBN 978-3-942291-09-5, 620 Seiten, Broschur, 14,90 €
Auch als E-Book!

Claudia Platz: Betreff: MORD!
ISBN 978-3-942291-09-5, 620 Seiten, Broschur, 11,90 €
Auch als E-Book!

Andreas Wagner: Hochzeitswein. Ein Weinkrimi
ISBN 978-3-942291-21-7, 184 Seiten, Broschur, 9,90 €
Auch als E-Book!

Andreas Wagner: Schlachtfest. Ein Weinkrimi
ISBN 978-3-942291-44-6, 184 Seiten, Broschur, 9,90 €
Auch als E-Book!